The Cliffside house

절벽에 세운 집

유주애

바다주

밤이 되면 어김없이 어둠은 찾아왔고
그 어둠은 인간의 마음속에 깊이 자리 잡았다.
이제는 눈을 감기만 해도 어둠에 삼켜질 듯했다.

"어떻게 해야 하나요? 바다를 표류하는 것처럼 괴롭습니다."

인간은 매일 밤 어둠과 닮은 것들을 떠올렸다.

슬픔, 우울, 고통, 좌절.

인간의 눈동자 속에는 검은 파도가 출렁이고,
그의 내면을 닮은 육중한 형상은 그의 심연 속에서
검은 그림자가 되어 꿈틀거렸다.

그의 꿈속에서 그의 몸을 실은 작은 배는
거대한 파도에 위태롭게 출렁였고

시선은 자꾸만 자신을 닮은 어두운 바다를 향해 아래로 아래로.
허리는 점점 구부러지며 앞으로 앞으로.

그렇게 인간의 몸뚱어리가
바닷물에 통째로 삼켜질 것 같은 그 순간.

신은 그에게 선물 하나를 주었다.

바로 달빛이었다.

한낮의 태양은 그에게 위로가 되지 못했다.

너무 밝고, 정면으로 바라볼 수도 없었다.

평생을 가도 결코 그 태양을 닮을 수는 없을 것만 같았다.

그런데 달빛은 언제나 그를 포근하게 감싸안았다.

어두운 바다를 밝히고, 매일 밤이면 어김없이 떠올랐다.

인간은 어느 순간부터 달빛을 기다리기 시작했다.

그러자 신은 그에게 또 다른 선물을 주었다.

그것은 별빛이었다.

인간은 밝게 빛나는 것들을 바라보기로 했다.

어둠은 아직도 그를 향해 손짓하고 있었지만

더 이상 그를 위협할 수도 삼킬 수도 없었다.

밝은 빛을 따라가자 무섭고 희미했던 길도 보여오는 듯했다.

그렇게 인간은 계속해서 밝은 빛을 따라가기로 했다.

언젠가 그가 바라던 육지에 도달할 때까지.

-'달빛을 기다리며' 중에서-

절벽에
세운집

차례

0. 달빛을 기다리며

달빛을 기다리며

  기억은 손에 들고 있던 일기장의 마지막 장을 덮었다. 일기장의 주인이 그간 어떤 심정으로 어떤 삶을 살아온 건지 걱정이 되었다. 하얀 종이를 빼곡하게 채운 글씨는 펜촉에서 흘러나온 잉크로 적힌 게 아닌 듯했다. 그것은 한 사람의 가슴속에 검게 자리 잡은 응어리들이 지면 위에 녹아내린 것이었다. 그렇게 지면 위에 박제하다 보면 언젠가 응어리가 다 녹아 자유로워질 수 있을까? 기억은 고개를 저었다. 아무리 적고 또 적어 내려가도 결코 그런 방식으로 녹일 수 있는 종류의 것이 아니었다. 오히려 세월이 흐를수록 더 짙고, 검고, 딱딱하게 굳어갔을 것이다. 천장의 균열을 타고 빗물이 뚝뚝 떨어져도, 그 균열을 바라볼 생각조차 하지 못한 채 축축한 바닥만을 훔치는 그런 사람의 글이었다. 시간이 흐를수록 검은 어둠은 본체마저 녹여버릴 게 분명했다. 그런데 다행히도 아직 그 본체는 무사히 몸을 보존한 채 운전대를 잡고 있었다.

  기억은 그곳에 적힌 슬픔을 어렴풋이 이해할 수 있었다. 그 또한 숱한 날을 지옥에 살았다. 도움을 청할 수도 없는 새장 속에 갇혀있었다.

17

자동차 내부에 흐르는 노래는 '달빛을 기다리며'였다. 기억은 태어나서 처음으로 자동차 안이 안락하다고 느꼈다. 이전에는 어디로 향하는지 몰라 두려운, 자신을 속박하는 공간이라 생각했다. 자동차 시트를 타고 올라오는 퀴퀴한 냄새에도 이전처럼 어지럼증이 느껴지지 않았다. 이 대로 영원히 달려간다 해도 괜찮겠다는 생각이 들었다. 굵은 비가 한 두 방울 떨어지더니 창문을 똑똑 두드리기 시작했다. 기억을 태운 자 동차는 아무도 없는 밤하늘을 유유히 날고 있었다. 영롱한 빛을 내며 떠 있는 보름달은 마치 기억에게 괜찮냐고 묻는 듯했다.

'괜찮아. 이젠 정말로…'

기억은 운전석에 앉아 있는 일기장의 주인에게 물었다.

"아저씨. 아저씨는 무인도에 가져갈 걸 하나만 선택하라고 하면 뭘 가 져가실 거예요? 펜이랑 종이?"

낯선 공간마저 평온하게 만드는 존재가 있다. 결국은 공간이 문제가 아니었다. 누구와 함께 있느냐가 중요했다.

아저씨라고 불린 이는 조수석에 앉아 있는 기억을 향해 고개를 돌렸 다. 일정한 간격으로 들리던 빗소리가 멈추더니, 가늘고 영롱한 달빛이 차창 안쪽까지 드리워 그들을 비추었다.

뻐끔뻐끔.

물음에 대답하는 남성의 입술이 슬로우모션처럼 보였다.

1. 멈춰버린 시간

멈춰버린 시간

홀에는 셀 수 없을 만큼 수많은 사람들이 앉아 있었다. 관중들의 이목이 쏠린 곳은 여러 개의 밝은 조명이 내려앉은 무대였다.

"자, 제53회 국제 아티스틱 영화제 VR부문 영예의 대상은!"

수상자의 이름을 호명하기에 앞서 시상자는 일부러 뜸을 들였다. 모든 시상식이 언제나 그러하듯 심장박동 같은 북소리가 홀 안을 가득 채우고 관객 모두가 긴장한 표정을 지었다. 기록의 심장은 북소리에 맞춰 밖으로 튀어나올 것만 같았다. 하지만 애써 평정심을 유지하는 표정을 지었다.

"영예의 대상은! 영화 절벽에 세운 집! 축하드립니다!"

기록이 감독으로 참여한 영화의 이름이 불리자, 기록은 벅찬 마음을 주체하지 못하고 자리에서 벌떡 일어섰다. 그는 헐레벌떡 뛰쳐나가다 다른 사람의 발에 걸려 넘어질 뻔했다. 이 모습을 본 경쟁자들은 그를 노골적으로 비웃었지만 그들의 웃음은 기록에게 아무런 타격도 주지 못했다. 대수롭지 않은 일이라는 듯 다시 중심을 잡았다.

무대를 향해 걸어가는 기록의 의상을 본 관객들은 수군거리기 시작했다. 긴바지인지 반바지인지 헷갈릴 만큼 갈기갈기 찢어놓은 청바지에 윗옷은 가슴팍의 은밀한 부위가 보일 듯 말 듯한 망사 시스루였다. 턱에는 양파 뿌리처럼 거친 수염이 길게 자라나 있었다.

한 손에는 줄 하나가 잡혀있었는데, 그 줄의 끝에는 그의 반려견이 헥헥거리며 이빨을 드러낸 채 웃고 있었다. 어떤 종인지 짐작하기 어려운 이 노견의 이름은 '도도'였다.

"이리 와, 도도."

기록은 도도가 다른 곳으로 가지 못하게 목줄을 끌어당기며 무대의 정중앙으로 갔다. 그곳에는 스탠딩 마이크와 시상자가 나란히 서 있었다. 무대를 전체를 비추던 밝은 조명은 지금 이 순간의 주인공인 기록에게만 집중되었다.

"감사합니다."

기록은 마이크에 입을 대고 말했다. 그의 중저음 목소리가 홀에 가득 울려 퍼졌다. 하지만 그 후로 몇 분간 그는 침묵을 유지했다. 침묵을 참지 못하는 사람들은 정적을 틈타 수군거리기 시작했다.

"옷이 왜 저래…?"

"수염 좀 깎지. 조난이라도 당했다 왔나."

"저 개는 또 뭐야?"

기록은 무언가 굳은 결심을 한 듯 침을 꿀꺽 삼키더니 다시 수상소감을 이어갔다.

"옷이 어떻고 개가 어떻고. 그런 게 다 뭐가 중요하겠습니까. 어차피 그런 건 여러분에게 아무 의미도 없는 것들인데."

기록은 자신의 외모를 평가 중이던 관중석의 한 여성을 쏘아보며 물었다.

"안 그러세요?"

자신에게로 시선이 집중되자 여성은 멋쩍은 나머지 연거푸 헛기침을 했다.

"제가 지금, 이 순간에 살아있다는 게 중요한 거죠. 절벽에 세운 집. 상을 주셔서 정말 감사합니다."

기록은 숨을 고른 뒤, 바지 주머니에 넣어두었던 메모지 한 장을 꺼내 오랫동안 준비해 왔던 수상소감을 읊었다.

"저는 이 영화가 상을 받은 이유가 새롭게 도입된 기술인 뉴럴 인터페이스 때문이라고는 생각하지 않습니다. 물론 촉각과 미각, 후각까지 느낄 수 있게 된 완벽한 몰입 환경은 놀라운 발전이 맞습니다. 가상과 현실의 경계가 더 흐릿해졌다는 것을 저도 인정합니다. 하지만 절벽에 세운 집이 높은 평가를 받을 수 있었던 것은 그 속에 담긴 메시지 때문이었습니다."

그때 갑자기 관중석에 있던 한 남성이 벌떡 일어서더니 물었다.

"어떤 메시지죠?"

그의 질문에 기록은 정신이 아찔해지고 시야가 흐려지는 기분이 들었다. 그는 마치 필름이 끊긴 사람처럼 자신이 어떤 메시지를 담았었는지 기억이 나지를 않았다. 종이를 내려다보았지만 그곳에도 적혀있지 않았다. 오히려 적혀있는 다른 글씨들까지도 흐릿하게 번져 보였다.

"누구시죠?"

기록은 질문에 질문으로 답했다. 하지만 관객석의 남성은 제법 끈질겼다. "제가 먼저 물었는데요."

"그러니까…어떤 메시지냐면…" 기록은 자신을 비추고 있는 조명을 바라보았다. 하얗고 밝은 빛이 강렬해 눈조차 제대로 뜨기 어려울 지경이었다. 등 뒤로는 식은땀이 흐르고 있었다. 그는 그 조명이 무언가의 암시처럼 느껴졌다. 기록은 남성을 쏘아본 후, 다시 수상소감을 이어갔다. "그것은 작품을 본 여러분들이 발견해야 한다고 생각합니다. 그리고 여기는 제 수상소감 자리이지 인터뷰 자리가 아닙니다. 질문은 나중에."

가까스로 위기를 모면한 기록은 다시 자신이 작성해 온 메모를 바라보았다. 그곳에는 언젠가 대중 앞에서 수상소감을 말하게 되는 날에 꼭 하고 싶었던 말들이 적혀 있었다.

"영화 절벽에 세운 집의 배경으로 나오는 집과 절벽은 저의 꿈속에 자주 나타나는 장소입니다. 가 본 적은 없지만 너무 생생해서 마치 그곳에 살았던 것만 같아요. 그래서 그 꿈을 꿀 때 느꼈던 저의 감정. 겪었던 일을 미디어 매체로 남기고 싶었습니다. 그리고 그중 가장 생생하게 재연할 수 있겠다고 판단되는 것이 바로 VR이었습니다. 그리고 사실은…"

또다시 침묵이 흘렀다. 사람들은 이 예측할 수 없는 수상소감에 하던 일을 모두 멈추고 집중하였다. 그것은 온라인으로 이 모습을 지켜보고 있는 시청자들 또한 마찬가지였다.

[뭐야. 여기서도 영화 찍는 거야?]

[저 감독 재밌는 사람이네~]

그를 평가하는 채팅들이 실시간으로 올라오고 있었다.

"누구보다도 이 영화를 봐주었으면 하는 사람이 있습니다. 바로 제 동생. 한기억입니다."

 기록도 시상식이 생중계되고 있다는 것을 알고 있었다. 그는 시선을 옮겨 자신을 찍고 있는 카메라를 찾았다. 그러고는 카메라 렌즈 속을 뚫어져라 바라보았다. 생중계를 지켜보던 사람들은 마치 기록과 아이 컨택을 하는 기분이 들었다. 전 세계에서도 주목하고 있던 영화제였기 에 그를 취재하러 온 기자들도 셀 수 없을 만큼 많았다. 그들은 특종이 시작되었다는 직감에 연신 셔터를 누르고 있었다.

"기억아. 혹시…보고 있니?"

 기록의 눈빛과 목소리에 관객석에 있는 모두가 일시 정지 버튼을 누 른 듯 침묵했다. 그의 표정이 당장이라도 울 것처럼 보였기 때문이다.

 "형이 정말 미안해. 기다리고 있어. 이걸 본다면 꼭 집으로 돌아와 줘."

"아. 찾고 계시는 분이 있으신가 보네요?"

 차갑게 얼어붙은 공기를 녹이기 위해 진행자가 거들듯이 말했다. 기 록은 진행자의 물음에 답하는 대신 오른손에 들고 있던 트로피를 보란 듯이 들어 올렸다.

"나 대상 받았다!"

 기록은 할 말이 끝났다는 듯 메모를 다시 주머니에 넣고는 도도의 목 줄을 끌어당겼다. 그리고 그가 발걸음을 옮기려는 순간. 조금 전 기록 에게 질문을 했던 남성이 또다시 자리에서 벌떡 일어섰다.

"형. 나를 기다리던 게 맞아?"

 이 한 마디에 기록은 그 자리에서 온 몸이 굳어버렸다. 그의 심장은 전율하였고 온몸의 땀샘이 열린 듯 식은땀이 비처럼 흘렀다. 기록은 조심스럽게 목소리가 들리는 곳으로 고개를 돌렸다.

'설마. 내가 못 알아본 건가? 내가 먼저 널 알아보겠다고 그렇게 다짐했는데.'

"너무해, 형."

이 한마디에 애써 침착함을 유지하던 기록의 얼굴이 단숨에 무너졌다. 그의 눈에서는 뺨을 타고 눈물이 방울방울 흘러내렸다. "기억이니…?"

하지만 관객석의 남성은 차갑고 냉랭한 표정이었다. 마치 그렇게 프로그래밍 된 가짜 같았다.

"그때 왜 그랬어?"

"왜 그랬냐니…?"

"왜 내 손을 놓았어?"

"아니야, 아니야…나는 너를…"

기록은 도도를 잡고 있던 줄마저 놓고 기억을 향해 달려갔다. 그가 줄곧 바라던 광경이었다. 이런 식으로 만나게 될 줄은 몰랐지만, 어떤 식으로든 상관없었다. 그저 기억이 돌아오기를 바랄 뿐이었다.

"오지 마."

기록은 기억을 향해 달려가던 발걸음을 멈추었다. 기억은 자신에게 오지 말라고 하고 있었다. "오지 말라고."

"왜…?"

기록은 물었다. 자신을 찾아왔으면서, 왜 오지 말라고 하는 것인지 이해할 수 없었다. 그렇다면 자신이 보고 싶어서 찾아온 게 아니란 말인가.

"형은 살인자야."

"아니야 기억아. 난 그 때…"

눈부시도록 밝은 조명이 여전히 기록을 비추고 있었다. 그가 어디로 움직이든 여전히 그는 이 시상식의 주인공이었다. 하지만 기록에게는 오로지 기억만이 보일 뿐이었다.

"맞아. 난 너를…구하지 못했어."

"그러니까 형이 살인자라는 거야. 우리 모두가 알고 있어. 형이 살인자라는 거."

기록은 식은땀을 훔치며 주변을 둘러보았다. 조금 전까지만 해도 자신을 축하해주던 사람들의 눈빛이 매섭게 변한 채로 기록을 쏘아보고 있었다.

"내가, 내가…나는…정말 미안하다."

기록은 평생을 그리워하던 기억의 얼굴을 자세히 보고 싶었다. 하지만 어째서인지 기억의 얼굴은 바라볼수록 뭉개져 버리고 흐릿해지기만 할 뿐이었다. 도도가 달려와 기록의 발밑에서 헥헥 거렸다. 하지만 기록의 눈에는 더 이상 아무것도 보이지 않았다. 사람들은 정지하고 조명은 꺼졌다. 그의 세상은 순식간에 어둠으로 가득 찼다.

"미안해 기억아. 그 때 차라리 내가 죽었어야 했는데."

2049. 1. 1. 나의 기억에게

기억아. 새해부터 이상한 꿈을 꿨어. 내가 개발하던 영화가 상을 타는 꿈이었어. 전 세계가 나를 주목하고 박수를 쳐 줬어. 정말 잘했다고. 그럴 줄 알았다고.

나는 수상소감에서 네 이야기를 했어. 네가 보고 싶다고. 이 수상소감을 보고 있다면 나를 찾아와 달라고. 근데 글쎄, 네가 정말로 나를 찾아온 거야. 관객석에 앉아 있던 너는 그 누구보다도 나를 축하해줬어.

아니야, 미안해. 사실은 그렇지 못했어. 악몽이었어.
네가 나한테 살인자라고 소리를 치더라.
왜 그때 너의 손을 놓았냐고 했어. 그건 어쩌면 내 안의 죄책감이 꿈속에서 너의 형태로 나타난 게 아닐까. 솔직히 가끔 두렵기도 해. 언젠가 네가 정말로 내 앞에 나타나서, 모든 게 나 때문이라고 하면 어떡하지. 그런 생각. 미리 걱정하지 않으려 하는데도 생각을 멈출 수가 없어. 이렇게 적어내야 조금이나마 후련해지는 기분이야.

이건 어차피 나 혼자 쓰는 일기니까. 아무도 보지 않을 거니까. 그냥 꿈에서라도 네가 와서 축하해줬다, 그렇게 적고 끝내고 싶은데. 꿈속의 존재조차도 나의 일부인 거라면 역시 거짓말은 못 하겠어.

미안해 기억아. 그때 차라리 내가 죽었어야 했는데.
해피 뉴 이어. 언젠가 꼭 다시 만날 나의 소중한 동생.

네가 사라진 그날. 나의 모든 시간도 그 시간에 머물러 있다.

섬세한 물체 하나가 물에 흠뻑 젖은 채로 둔탁한 소리를 내며 바닥으로 떨어졌다. 물체는 저항도 미동도 없이 내팽개쳐졌다.

"일어나. 일어나라고!"

 한 여성이 물체를 향해 소리쳤다. 그러자 공포를 느낀 물체는 일어나는 시늉이라도 하고자 꿈틀거렸다. 하지만 그럴수록 바닥에 부딪혔을 때 입은 충격이 온몸으로 번질 뿐이었다. 물체는 신음했고, 여성은 소리쳤다. 하지만 아무도 그 소리를 듣지 못했다.
 여성은 자신들의 소리를 들을 사람이 아무도 없다는 것을 잘 알고 있었기에 유독 어둠 속에서 가혹했다.
 물체는 창문 너머를 바라보았다. 그곳에는 달려가면 언제든 뛰어내릴 수 있는 절벽이 보였다. 위태롭게 깎아지른 절벽은 물체를 향해 어서 자신의 품에 안기라고 속삭였다. 하지만 물체는 그럴수록 자신의 몸을 더 열심히 웅크렸다. 누구도 도와주지 않는 거라면 어떻게든 스스로를 감싸안아 온기를 만들고자 했다.

2049. 6. 1. 나의 기억에게

기억아. 오늘은 [절벽에 세운 집] 작업을 하다가 너무 일이 안 되어서
영화를 보러 다녀왔어. 내가 고민인 부분은 [절벽에 세운 집]에 어떤
메시지를 넣어야 할지 모르겠다는 거야. 내가 어제 꿨던 꿈. 역시 불안
해서 꿨던 꿈이었나 봐. 관객의 모습으로 나타난 네가 나한테 "메시지
가 뭐냐"고 묻는데 정말 할 말이 없더라. 상업영화는 재미만 있으면 된
다고 생각하는 사람들도 있어. 물론 재미도 중요하지. 나도 그렇게 생
각하던 시절이 있었기도 하고.

궁극적으로 내가 이 영화를 만드는 이유가 뭔지에 대해 생각해 봤어.
처음에는 내가 자주 꾸는 꿈을 VR로 구현하고 싶은 생각이 있었어. 현
실에서는 가 본 적도 없는 동일한 장소가 왜 꿈에서는 계속 나오는 건
지 궁금하더라고. 어떤 사람들은 그게 내 전생이 아니냐고 하더라? 왜
하필 깎아지른 위태로운 절벽이 내 전생인 걸까? 글쎄. 난 내가 뭔가를
놓치고 있는 게 아닌가…그런 생각이 자꾸만 들어.

꿈은 결국 사라지고 말잖아. 그래서 꿈속의 장면을 직접 눈으로 볼 수
있게 VR로 구현해 놓고 싶었어. 근데 거기까지는 좋았는데 메시지를
뭘 담지? 너라면 어떻게 했을까?

기억아. 난 오늘 영화관에서 영화를 보던 도중에 벌떡 일어나서 집으

로 와버렸어. 나도 모르게 "이 쓰레기 같은 영화!"라고 외치기까지 했어. 공공장소에서 그러면 안 되는 거였는데…

영화 속에서 아이가 죽었어. 죽는 장면이 적나라한 건 아니었는데, 아스팔트 위로 흥건한 피가 빗물을 따라 흐르는 묘사가 있었어. 아이 얼굴이 나온 것도 아니었는데 어째서인지 나는 죽은 아이와 눈을 마주친 기분이 들었어. 너도 알다시피 난 어린아이가 죽는 영화는 보지 않잖아. 직접 말한 적은 없지만…이 일기를 통해 종종 너에게 말하고는 했었어.

있잖아 사실은. 어린아이가 죽는 영화를 볼 때마다 어쩌면 그 때 너도…아니다. 차라리 네가 영영 이 일기를 보지 않았으면 해.

어둠으로 가득 찬 방. 기록은 컴퓨터 앞에 앉아 녹음기록 하나를 틀었다. 여성의 목소리가 흘러나왔다.

"좋게 봐줘서 고마워. 근데 친구 이상으로는 생각하고 싶지 않아."

기록의 고백을 거절하는 차가운 대답이었다. 그리고 그다음으로 흘러나온 것은 기록의 목소리였다.

"왜…? 나 이성적인 매력이 부족한가?"

"너 지금도 나랑 하는 대화, 적고 있잖아? 이렇게 쉬지도 않고 모든 대화를 쓰는 사람을 누가 감당하겠냐고."

"…어차피 처음 만났을 때부터 나 이런 사람인 거 알고 있었잖아."

"잘 알지. 근데 너 노력은 해 봤어? 적지 않아도 되는 순간까지도 펜을 멈추지 않잖아. 그 노트에 쓸데없는 기록도 얼마나 많겠냐고!"

여자의 목소리를 들으며 기록은 자신의 웨어러블 시계에서 VR모드를 켰다. 그의 웨어러블 시계에는 AI를 실시간으로 돌릴 수 있는 초소형 칩이 장착되어 있었다. 그러자 이 초소형 칩이 기록이 눈에 착용하고 있던 VR전용 콘택트렌즈와 연동되면서 공중에 뜬 여자의 얼굴이 보여왔다. 차마 몸까지 구현하는 것은 죄책감이 들어 얼굴만 가상으로 볼 수 있게 만든 상태였다.

녹음기록에서는 과거의 기록이 대신 답을 하고 있었다.

"이렇게 해야 내가 살아. 아니면 나 미친다고. 너도 알잖아."

"너 손 좀 봐. 굳은살이랑 물집이 사라지지를 않고 손목터널증후군까지 생겼잖아."

"익숙해. 괜찮아."

"보는 내가 안 괜찮아서 그래."

"저기…그럼 우리 이제 못 보는 건가?" 기록이 조심스럽게 물었다.

"왜?"

"나 지금 차인 거잖아?"

"뭘 못 봐. 친구로는 계속 지냈으면 좋겠어."

이 모든 대화를 들으며 기록은 아련한 표정으로 여자의 얼굴을 똑바로 응시했다.

'내가 이 모든 대화를 녹음하고…VR로까지 만들었다는 사실을 알면 넌 뭐라고 할까.'

기록은 여자를 바라보다가 입맞춤을 하려고 눈을 감았다. 얼굴이 가까워지자 가짜인 줄을 알면서도 심장이 두근거렸다. 그때, 똑똑-문을 노크하는 소리가 들려왔다. 기록은 허둥지둥 자세를 고쳐 잡은 뒤 누구세요-하고 답하며 책상 위의 스위치를 눌렀다. 그러자 방문이 자동으로 열렸다. 문 앞에는 기록의 아버지 기철이 서 있었다.

"너 또 녹음파일 듣고 있냐? 네가 이러고 있다는 걸 알면 사람들이 얼마나 놀라겠냐? 상대방 동의도 없이 녹음한 거지?"

"지금 이 대화도 녹음되고 있어요, 아빠."

기록의 태연한 표정에 기철은 기가 찬다는 듯 허탈한 웃음을 지었다.

"아무래도 내가 네 이름을 잘못 지은 거 같구나. 이름 때문에 이러나 봐."

기록은 자신의 메모장에 [내가 이름 때문에 기록을 멈출 수 없는 것 같다고 이름을 잘못 지었다 하심]이라고 적었다.

"개명할까요?"

"그러게. 기록 말고 다른 좋은 이름 없냐?"

"그런 건 됐고. 의사가 뭐래요?"

기록은 병원에 다녀온 할아버지 기만의 건강 상태가 걱정되었다. 할아버지는 오래전부터 파킨슨으로 인해 거동이 불편했다. 자세는 구부정했고 걷는 속도는 엉금엉금했으며 손이 떨리는 증상이 있었다. 하지만 신약 '뉴로리브'의 개발로 인해 파킨슨 환자들은 새로운 국면을 맞았다. 파킨슨의 주된 원인인 '중뇌에 있는 도파민 생산 세포의 손상'을 막을 수 있게 된 것이다. 가족 모두가 할아버지를 붙잡고 환호성을 질렀다. 좋은 시대에 태어났음에 감사했다. 하지만 기쁨도 잠시. 할아버지는 또 다른 병인 루이소체성 치매가 진행되고 있었다. 파킨슨병의 치료로 운동 증상의 회복은 얻을 수 있었지만, 파킨슨병과는 별도로 기억력 저하, 혼란, 환각 등의 인지 장애 증상은 계속해서 심각해지고 있었다.

특히, 할아버지의 환각 증세는 생각보다 심각했고 그 환각은 주로 손자 기록과 관련이 있었다.

모두가 잠든 밤. 기록은 할아버지가 거실을 배회하고 있는 것을 발견했다. 기록은 할아버지에게 "뭐 찾으세요?"하고 물었다. 그러자 기만은 기록에게 소변이 마렵다고 말했다.

기록은 할아버지가 더 이상 헤매시지 않도록 손을 붙잡고 화장실까지 안내했다. 더 이상 거동이 불편하지 않았기에 기만은 화장실까지 성큼성큼 걸어갔다. 기록은 할아버지가 또 화장실을 못 찾아 헤매시지 않도록 화장실을 뜻하는 표지판을 화장실 문에 붙여야겠다고 생각했다. 그런데 기만은 화장실 앞에 다다라서도 기록의 손을 놓지 않았다.

"할아버지. 여기가 화장실이에요. 다 왔어요."

기만은 대답 대신 고개를 절레절레 흔들었다. 손을 놓고 싶지 않다는 뜻이었다.

"안 놓으실 거예요?"

그러자 할아버지는 이 세상의 모든 깨달음을 얻은 듯한 도인의 표정으로 기록을 바라보았다.

"또 손을 놓으려고?"

기록은 자신의 귀를 의심했다. "네?"

"또 손을 놓으려고?"

기록은 지난날 몇 번이고 꾸었던 꿈속에서 기억이 했던 말이 떠올랐다. 자신의 손을 왜 놓았냐는 물음이었다. 기록은 할아버지가 환자라는 사실을 인지하고 있었기에 애써 침착하게 답변했다.

"그게 무슨 말씀이세요, 할아버지."

"그래서 기억이가 계속 나타나는 거야. 기억이가 떠나지를 못하고 네 주위를 맴도는 거야."

꿈처럼 기록의 등에 식은땀이 흘렀다.

"저기 봐. 저기 있잖아."

기만은 저 멀리 거실 밖 창문을 가리켰다. 그곳에는 새벽 배송을 하는 드론들이 날아다니고 있었다.

"아무도 없어요, 할아버지. 저건 드론이에요."

"자세히 봐. 저기."

기만의 손가락 끝에는 달이 걸려있었다. 그는 보름달을 사람으로 착각하고 있는 모양이었다.

"달이에요. 할아버지."

36

기록은 잡고 있던 손을 놓으려고 했다. 그러자 기만은 기록의 손을 더 꽉 움켜쥐었다. 비틀려지는 손가락 사이로 통증이 일 정도였다.

"이렇게 붙잡았어야지. 손을 놓으니까 쿵-하고 떨어신 거 아냐. 절벽에서."

"절벽이요?"

"그래. 절벽에서. 절벽에 세워진 집에서-!"

기만은 정신을 차리라는 듯 큰 소리로 외쳤다.

'할아버지가 꿈에만 나오는 절벽에 세운 집을 어떻게 아시지? 내 일기장을 훔쳐보기라도 하신 건가?'

"네가 그 절벽에서 동생의 손을 놓았잖아."

"할아버지."

이번에 기만을 부른 목소리는 다른 사람이었다. 점점 커지는 기만의 목소리를 듣고서 기록과 그의 아내 희은이 카디건을 주섬주섬 걸쳐 입고 나온 것이었다.

"무슨 말씀하시는 거예요, 아버지." 기철이 물었다.

"기철아. 기억이가 돌아왔다. 그 절벽을 타고 올라온 거야!"

"무슨 말씀이세요, 아버님. 절벽이라니요."

"절벽에서 떨어졌는데. 그 가여운 것을 아무도 찾지 않았어. 아무도!"

기록은 혼란스러웠다. 제작 중인 VR을 본 사람은 아직 아무도 없었다.

"아빠…혹시 기억이가 떨어진 게…절벽이에요?"

기록이 아버지를 바라보며 물었다. 기철은 어이가 없다는 듯 허탈한 웃음을 지었다. "무슨 말이야. 기억이가 무슨 절벽에서 떨어져."

"다 기록이 때문이야. 다 기록이 때문! 어서 경찰 불러!!"

기만은 괴성을 지르기 시작했다. 기철은 그가 기록을 붙잡고 있는 손을 놓을 수 있게 힘으로 떼어냈다.

"아버지. 기록이한테 이상한 말씀 좀 하지 마세요."

희은은 기록에게 다가와 기록의 땀을 닦아주었다. 그러고는 양팔을 벌려 그를 안아주었다. 이미 다 큰 성인인데도 어머니의 품에 안길 때면 그는 어린 시절로 돌아가는 기분이 들었다.

"엄마. 저도 기억이가 절벽에서 떨어지는 꿈을 자주 꿔요…근데 할아버지가 그걸 어떻게…"

"할아버지는 네가 했던 말들이 무의식중에 새겨져서 저러시는 거야. 절벽이 아니라…아파트였잖아."

2049. 6. 2. 나의 기억에게

기억아. 네가 돌아와도 할아버지는 너를 못 알아보실지도 모르겠다는 생각이 든다. 할아버지의 파킨슨은 완치에 가까운 회복을 보였지만, 치매는 계속해서 진행되고 있어. 그래서 가끔은 자신이 밥을 먹었다는 사실도, 약을 먹었다는 사실도 잊어버리고, 화장실도 찾지 못해. 가까스로 화장실을 찾더라도 소변을 보는 법을 잊어버려서 변기를 내려다보며 우두커니 서 있기도 하셔.

할아버지의 파킨슨이 회복되었을 때 나는 지금 이 시대를 살고 있음에 감사했어. 예전 같았으면 퇴행성질환은 어찌 손쓸 방도가 없었을 테니까. 그런데 아직도 정복이 안 된 병이 있는 걸 보면 역시 인간은 아직도 나약한 거 같아.

할아버지를 보면서 난 그런 생각이 들었어. 몸이 온전해도 정신이 온전하지 못하면 소용이 없다는 생각. 오히려 더 불행할지도 모르겠다는 생각. 오늘은 달을 보고는 네가 돌아왔다고 하더라. 네가 달처럼 매일 볼 수 있는 존재였다면 얼마나 좋을까? 그럼 난 매일 달이 뜨는 순간을 기다릴 텐데.

언젠가 나도 치매에 걸려 모든 것을 다 잊어버리는 날이 올까? 그때야
말로 지금 이 기록들이 쓸모가 있다면 좋을 텐데. 아니지. 내가 쓴 글조
차 제대로 이해하지 못하겠지. 그래도 내가 치매에 걸릴 즈음에는 치
매도 정복한 시대이지 않을까?

기억아. 오늘 갑자기 할아버지가 네가 떨어진 게 절벽이라고 하시더라.
정말로 내 일기장을 봤거나 내가 했던 말들 때문에 그러시는 걸까? 난
가끔 네가 정말 고층아파트에서 떨어진 게 맞는지 헷갈려. 왜냐면 내
꿈속에 너는 분명 절벽 아래로 떨어지고 있거든. 떨어지는 너는 나를
바라보며 비명을 지르고, 너의 눈동자 속에는 그런 너를 향해 손을 뻗
은 내가 비치고 있어.

그러고 보면 이상한 점이 하나 더 있어. 엄마도 아빠도 너의 무덤을 찾
지를 않아. 이상하지? 전에 한 번. 너의 무덤을 사진으로 보여준 적이
있어. 그때 난 아직 어렸는데, 그 사진 속에는 납골당이 있었고, 너의
이름이 유골함 앞 팻말에 쓰여 있었어. 그 사진이 진짜라면 넌 천국에
있는 게 맞겠지. 그런데 왜 난 네가 죽지 않았다고 생각하는 걸까? 네
가 꼭 살아서 돌아올 것만 같아.
 그 이유에 대해서 생각을 해 봤는데, 내가 너의 마지막을 보지 못했어.
참 이상해. 네가 떨어지는 순간에 내가 있었다는데도 기억이 전혀 나
지를 않아. 엄마랑 아빠는 내가 너무 어려서 너의 마지막 모습을 보면

트라우마로 남을까 봐 보여주지 않고 장례를 치렀다고 하시는데 그게 정말 사실일까?

기억아. 내 나이도 이제 서른 중반이야. 부모님의 우려와는 달리 난 결국 트라우마 덩어리다. 윤주 말이 맞아. 손이 짓무르고 굳은살이 박이고 근육이 아파져 와도 멈출 수가 없어. 모든 순간을 기록하는 게 트라우마가 아니고 뭐겠어? 의사의 진단명은 강박증이래.

네가 사라진 이후로 난 눈을 뜬 순간의 모든 기록을 다양한 매개체로 남겼어. 네가 사라진 그날의 기억도 기록해 두었더라면 명확했을 텐데. 난 아무것도 남아있지 않다.

2. 또 다른 기억

또 다른 기억

    기록은 지하철 13호선에 올라탔다. 지하철이 하늘 위를 가로지른 건 11호선이 개통될 즈음부터였다. 기록은 특히 13호선을 타는 순간을 좋아했다. 13호선은 한강 바로 위를 오랫동안 떠다니기 때문이었다.

    지난 25년간 도심형 항공 모빌리티 기술의 발달로 물건을 옮기는 드론뿐만 아니라 교통수단에도 큰 변화가 있었다. 지하철은 지상 위로 올라왔고, 자율 비행 시스템을 장착하였다. 이에 따라 대도시의 교통 혼잡은 크게 해소되었고, 도시와 도시 간의 연결성은 더 강화되었다.

    지금 이 순간에도 기록이 존재하는 공간의 모든 대화는 녹음되고 있었다. 기록은 이 모든 대화들을 텍스트로 변환했다. 그는 그 모든 기록을 다시 들여다볼 생각은 없었다. 아니 그 많은 기록을 다 본다는 것은 오히려 불가능에 가까웠다. 기록되는 것 중에는 그와 무관한 기록이 더 많았다. 하지만 기록은 그렇게라도 하지 않으면 큰 공포와 불안을 느끼는 것이었다. 기록에 담기는 당사자들이 이 사실을 안다면 불쾌할 것이 분명했으며, 아무리 개인 소장의 목적이라고는 해도 상대방의 동의가 없는 녹음은, 특히 당사자가 대화에 참여하지 않은 녹음은 여전히 불법이었다. 하지만 기록은 자신이 존재하는, 그리고 앞으로 존재할 모든 공간의 기록을 모조리 갖고 싶었다.

주변을 둘러보니 지하철에 탄 모든 사람은 디지털 기기 화면만을 바라보고 있었다. 그들 모두가 오늘의 기록에는 관심이 없어 보였다.

'기억아. 너도 이 지하철을 타고 있을까? 그날과 지금은 너무 많이 달라졌어.'

기록은 차창 너머로 노을이 비친 한강을 내려다보았다. 넘실거리는 한강 물을 보니 또다시 그날로 돌아가고 있었다. 차가운 절벽 아래로 떨어지던 기억의 모습이었다.

'그 절벽은 도대체 뭘까.'

어머니가 지난날을 이야기할 때마다 기록은 기억이 고층아파트 아래로 떨어지는 모습이 어렴풋이 생각나는 듯했다. 하지만 그게 정말 자신이 겪었던 일이 맞는 것인지 항상 의심스러웠다. 구체적으로 떠올리려고만 하면 계속해서 왜곡되어 갔다. 그래서 기록은 적혀 있지 않은 것은 신뢰하지 않기로 했다.

* * *

지하철에서 내려 향한 곳은 약국이었다. 이미 의료 분야에서는 무인 약국과 드론 배달 시스템이 대중화 되어있고, 사람들은 집에서도 의사의 진료를 받으며 약을 처방 받았다. 하지만 기록은 언제나 제 발로 약국을 찾았다. 이럴 때가 아니면 사람들과 말을 할 기회가 거의 없었기 때문이다. 그의 일상은 작업실이나 컴퓨터 앞에 틀어박혀 스토리를 쓰거나 개발을 하는 게 전부였다. 하지만 그런 그의 고독한 싸움을 알아주는 이는 아무도 없었다.

약국 문을 여니 화이트 코트를 입은 약사 한 명이 문소리가 나는 곳을 돌아보았다. 기록의 방에서 VR의 형태로 얼굴만 떠 있었던 그 여자였다. 사실은 다른 모든 것은 핑계일 뿐. 그녀가 그를 외출하게 하는 유일한 이유였다.

기록은 그녀에게 고백했다가 차였음에도 태연하게 그녀의 약국을 찾고 있었다. 기록은 자신이 그녀의 연인이 아니더라도 괜찮다고 생각했다. 그저 자신을 한심하다고 여겨서 지금의 사이가 틀어지지만은 않기를 바랄 뿐이었다. 만일 그녀에게 언젠가 애인이 생기더라도 그건 어쩔 수 없는 일이었다. 다만 그렇게 된다면 과연 지금처럼 태연하게 마주할 수 있을까 걱정이 되기도 했다. 하지만 미래가 두려워서 지금을 져버릴 수는 없는 일이었다. 누군가에게는 애초에 지금 이 현실이 허락되지 않기도 한다.

"안 본 사이에 수염이 더 자란 거 같네."

약사의 가슴팍에는 '연윤주'라는 이름이 새겨져 있었다.

"윤주야. 내가 저번에 타갔던 약."

"그 이비인후과 약?"

"어. 그것만 먹으면 졸린데 혹시 거기에 졸리게 만드는 약이 섞여 있나 해서."

"그거는 AI한테 물어보면 1분 만에 알려줄 텐데 뭐 하러 여기까지 직접 납셨대?"

기록과 윤주는 잠시 서로를 바라보며 침묵했다. 왜 굳이 AI의 손을 빌리지 않고 직접 여기까지 왔는지는 두 사람 다 어렵지 않게 짐작할 수 있었다. 멋쩍은 공기를 없애기 위해 먼저 입을 뗀 것은 윤주였다.

"아…음. 코싹엘 때문일 거야."

"코싹엘?"

"어. 근데 수면제는 아니고."

"수면제가 아닌데 졸린 약이 있구나? 원래 목적이 수면은 아닌데 치료 과정에서 졸림을 유발하는 성분이 있나 보네."

"그게 재밌는 게 뭔지 알아? 코싹엘이 좀 극단적인 게 어떤 사람한테는 졸린데 어떤 사람한테는 각성의 효과가 있어. 성분 두 개가 조합되어 있는데 어느 성분에 민감하냐에 따라 각성과 수면으로 나뉜다?"

"지킬박사와 하이드 같네."

"재밌는 거 하나 더 알려줘? 고등어 알레르기가 있는 사람은 개구리에게도 알레르기가 있다는~알아도 쓸모없는 지식."

"엥?"

"고등어 알레르기의 알러젠이 개구리와 교차반응을 일으키는 거지. 그래서 고등어를 못 먹는 사람에게 개구리반찬을 먹이면 안 된다는 말씀. 논문까지 있다니까?" 윤주는 증명을 위해 논문을 찾아서 건네려다 그만두었다. 기록이 논문마저 바쁘게 적을까 두려웠기 때문이다.

윤주는 자신이 한 말이 웃겼는지 '파하하핫-'하고 웃음소리를 냈다. 하지만 자신을 사랑스럽다는 듯 바라보고 있는 기록의 시선이 느껴지자 이내 냉정함을 되찾았다.

"직업병이라서- 이런 거 설명하고 싶어진다. 근데 개구리를 먹는 사람은 없으니까 그냥 그런가 보다 하는 거지."

"좋아해."

기록의 '좋아해'에는 두 가지 의미가 담겨 있었다. 하나는 그런 개그가 좋다는 뜻이었고 또 하나는 그런 개그를 하는 그녀가 좋다는 뜻이었다. 명석한 윤주는 당연히 그 말뜻에 담긴 중의적 표현을 이해했지만 애써 모르는 척을 했다.

"손목은 좀 어때. 여전히 모든 순간을 놓치지 않으려 애쓰고 있어?"

기록은 자신의 노트에 코싹엘과 고등어 알레르기에 대해 적고 있었다.

"영원히 이렇게 살 거야." 그가 이렇게 말한 건 자신이 차인 데에 대한 반항심 때문이었다.

"직접 쓰는 거 말고 녹음을 하는 건 어때?"

사실은 이미 녹음도 되고 있었지만 윤주는 이 사실을 모르고 있었다. 그녀는 계속해서 말을 이었다. "녹음본을 AI가 텍스트로도 변환시켜 주는데 굳이 옛날 방식을 쓰는 이유가 뭐야? 태블릿 컴퓨터에 적는 것도 아니고. 직접 손으로 쓴다니. 요즘 그런 사람 없어."

"내가 말 안 했었나?"

"말한 적은 없었던 거 같아. 나도 물어보는 거 처음이고."

지금껏 조심스러워서 묻지 못하다가 모처럼 용기를 낸 모양이었다.

"펜이 종이를 스칠 때면 내가 살아있는 기분이 들어. 다른 건 다 가짜 같아. 금방 사라져 버릴 것 같고."

"그래. 디지털 기록은 신뢰하기 어렵지. 아니, 사실 기록 자체도 마냥 신뢰하기는 좀…어렵지."

"기록을 신뢰하기 어렵다고? 난 기억을 신뢰하기 어려워서 기록을 하는 건데."

한 번도 생각해 보지 못했던 발상의 전환에 기록은 눈을 동그랗게 뜨고 윤주를 바라보았다. 하지만 윤주는 하던 말을 계속해서 이어 나갔다.

"그래? 오히려 의도적으로 다르게 적거나, 잘못 기록되면 그게 더 신뢰하기 어려울 것 같아서. 옛 역사에서도 보면 그런 경우들 있었잖아. 근데 기억은 정확하기만 하다면 더 믿을만하지 않아? 내가 기억하는 거니까. 그리고 기록으로는 표현 불가능한 것들이 아직도 많잖아? 공기의 냄새 같은 건 계절마다 달라지는데, 아무리 가상의 후각 감각까지 만들어내는 세상이라고는 해도 사람들의 기억 속에 남아있는 후각까지 구현할 수는 없을 거 같아서."

'기억 속의 후각...'

윤주의 말을 들은 기록은 뒤통수를 얻어맞은 기분이 들었다. 줄곧 기록에만 의존하던 그가 처음으로 기억에 주목한 순간이었다. 그는 줄곧 그가 기억하는 것 중 어느 쪽이 진짜인지 헷갈리고 있었다. 그러니까 그는 아무리 절벽에 세운 집을 떠올려도 부모님은 기억이 떨어진 곳이 아파트라 주장했다. 하지만 기록은 그날의 흙냄새가 떠올랐다. 절벽 아래로 떨어지려는 동생의 손을 움켜잡았을 때, 기록의 또 다른 손은 흙바닥 위를 짚었다. 짙은 바다가 기억을 점점 더 절벽 아래로 끌어당기기 시작할 때, 기록의 손바닥은 흙과 돌 위에 쓸렸고 그의 손바닥에서는 피 냄새가 풍겼다.

"그래 맞아. 꿈인데…기억이 나. 그날의 냄새가."

"응? 그날의 냄새?"

"윤주야. 우리 부모님은 내 동생이 떨어졌던 곳이 고층아파트라고 했거든."

"어. 그랬다면서. 근데 뭐가 이상해?"

"절벽이 아닌가 해서."

"흐음…어린아이가 절벽에서 떨어진다는 게 흔치 않은 일이기는 한데…"

"나…그날의 기록이 없다면…기억을 믿어야 하는 걸까?"

기록의 이야기를 들은 윤주의 표정은 이전보다 더 진지해졌다.

"한기록. 너 준비는 된 거야?" 윤주가 걱정스러운 표정으로 물었다.

"준비?"

"트라우마를 마주할 준비가 되었냐고."

"…모르겠어."

"내가 봤을 때 너의 기억에 왜곡 현상이 있는 건 너의 무의식이 그날의 기억을 덮어버렸기 때문인 거 같아. 그래서 넌 이렇게 모든 순간을 기록해야만 하는 강박에 시달리고 있는 거고."

"윤주야. 네 말대로 내가 그날의 기억을 덮어버렸기 때문에 아직도 동생을 못 찾고 있는 거라면? 그래서 기억이가 지금까지도 내 꿈에 나와서 구해달라고 하는 거라면? 나는 동생을 구해야 하지 않을까?"

"한기록. 내 말 잘 들어."

"…어."

"나는 네가 너 자신부터 구했으면 좋겠어."

"나 자신…?"

"그래. 네 말대로 네 동생은 어딘가에 살아있을 수도 있고, 너희 부모님 말씀처럼 이미 죽었는데…"

윤주는 자신의 말이 혹시 기록에게 상처를 입힐까 봐 급히 말을 정정했다.

"먼저 천국에 갔는데 넌 믿고 싶지 않을 수도 있어. 만약에 어느 쪽이든 네가 그 사실을 받아들였으면 좋겠다."

윤주의 말에 기록은 눈물이 고였다. 그녀의 말 속에 담긴 따스함이 슬펐다. 좋아하는 이성 앞에서 눈물을 보이는 게 부끄러웠는지 기록은 재빨리 몸을 틀어 등을 보였다.

"뭐야. 우는 거야?" 윤주가 물었다.

"아니야. 그냥. 나…버리지만 말아줘. 앞으로는 고백 안 할게."

"나도 사과하고 싶어. 네가 기록하는 걸 가지고 뭐라고 해서. 그냥 친구로서…네가 더 나은 삶을 살았으면 해. 근데 나도 알아. 트라우마를 극복한다는 게 그렇게 쉬운 일이 아니라는 거."

윤주는 기록의 등을 토닥였다. 기록은 소매로 눈물을 훔치고는 다시 뒤를 돌아 태연한 미소를 지어 보였다. 이후로도 윤주는 흥미로운 이야기를 들려주었다. 성인이 되어서도 알약을 삼키지 못하는 환자에 대한 이야기였다. 어린 시절에 먹었던 알약이 기도로 넘어가 호흡 곤란을 겪었던 아이가 트라우마가 생겨 어른이 되어서도 알약을 삼키지 못하게 되었다는 것이었다. 이 환자는 약을 탈 때마다 약사에게 약을 갈아달라고 부탁했는데, 어떤 약사가 '다 큰 어른이 약을 못 삼킨다고요?'라는 식으로 비아냥거리며 말했다는 것이었다. 그 후로 이 환자는 약을 가는 셀프 기구를 사서 집에서 직접 갈아먹기 시작했다고 한다. 하지만 혼자 약을 가는 행위는 갈아먹어서는 안 되게 제조된 약까지도 갈아버리거나, 약의 성분들이 믹서 내에서 섞일 우려가 있었다. 환자의 슬픈 사정을 들은 윤주는 그 환자의 약 상담을 열심히 해 주었다고 한다. 그러고는 약을 갈고 싶으면 언제든 자신의 약국으로 오라고 덧붙였다. 갈아도 괜찮은 약일 경우에는 갈아주겠다고.

"그럼 갈아서는 안 되는 약은 어떻게 해?" 기록이 물었다.

"글쎄. 그건 그 사람에게는 큰 숙제겠다."

기록은 윤주가 왜 그 에피소드를 자신에게 이야기하는 것인지 이해했다. 사람에게 자리 잡은 트라우마라는 게 그만큼 깊고 무거운 것이란 말이 하고싶었던 것이다. 비록 누군가에게는 비웃음거리밖에 안 될 종류의 것일지라도 누군가에게는 일상을 송두리째 흔드는 일이었다.

기록은 자신이 윤주에게 끌리는 이유에 대해 또 한 번 납득했다. 하지만 자칫 그녀를 불편하게 할까 봐 설레는 마음을 꽁꽁 싸매었다.

* * *

기록은 막차가 없는 순환선 지하철에 올라타 수첩의 마지막 장까지 쉬지 않고 메모를 했다. 넘쳐흐르는 슬픔과 혼란을 적지 않고서는 견딜 수 없었다. 그와 관련되지 않은, 전혀 무관한 것들까지도 무아지경으로 적어 내려갔다. 그가 정신을 차렸을 때 창문 너머로는 짙은 어둠이 깔려 있었다. 손과 손가락에 있는 신경이 자극을 받아 무감각해지는 증상이 나타나고 있었지만, 기록은 마치 마약에 중독된 사람처럼 멈출 수가 없었다.

'내가 윤주였어도 고백은 받아줄 수 없었겠어. 이런 사람을 어떻게 이해하겠어. 친구로라도 지내 주는 게 감사하지.'

검은 빛깔의 한강 물은 그날의 바다와 닮아 있었다.

생각해 보면 그가 동생과 함께했던 날은 고작 5년. 살아온 날에 비하면 지극히 짧았다. 그런데도 왜 이렇게까지 놓을 수가 없는 건지 그 자신도 해답을 내릴 수 없었다.

* * *

집에 도착한 기록은 가족들이 모두 잠들어 있을 거라는 생각에 조심스러운 동작으로 문을 열고 들어갔다. 현관에는 할아버지 기만이 서 있었다. 이번에는 아무런 말도 없이 기록을 노려보았다.

"할아버지…?"

무언가 이상한 낌새를 눈치챈 기록은 두려움에 가득 찬 목소리로 할아버지를 불렀다.

"가서 데려와."

"…누구를요?"

"누구긴 누구야. 네 동생이지!"

"기억이를요…?"

"그래! 문 뒤에 있어. 우릴 찾아왔잖아."

기록은 방금 닫았던 현관문을 바라보았다. 그 현관문 너머에 기억이 있을 리 없었다.

요즘 들어 부쩍 할아버지가 그에게 동생을 찾아오라고 하는 일이 잦아지고 있었다.

"어서 문 열어. 어서!"

할아버지는 또다시 소리를 질러댔다. 당장이라도 문을 열지 않으면 계속해서 소리를 지를 것 같았다. 기록은 도어락을 해제하고 손잡이를 밀었다. 어쩌면 정말 기억이 돌아온 건 아닐까, 두근거리는 마음으로 열리는 문을 바라보았지만 아무도 서 있지 않았다.

"할아버지. 보셨죠? 아무도 없어요."

기록이 다시 현관문을 닫으며 말했다. 기만은 크게 실망한 표정을 지었다. 실망을 한 건 기록도 마찬가지였다.

"쯧쯧." 할아버지는 혀를 찼다. "아직도 그곳에서 우리를 기다리는 모양이구나."

"그곳…그곳이 어디예요 할아버지?"

기록의 물음에 기만의 눈빛은 허공을 떠돌았다. 할아버지는 치매에 걸리기 전만 해도 한 번도 이런 말을 한 적이 없었다. 기록에게 동생 기억의 이야기를 하는 건 트라우마를 자극하는 일이라는 것을 할아버지도 알고 있었다. 하지만 그것은 이성이 온전하던 시절의 이야기였다. 기억은 할아버지의 루이소체성 치매가 그간 억누르고 있던 무언가를 쏟아내게 하는 것은 아닐까 하는 생각이 들었다. 만일 절벽이 정말로 존재한다면 할아버지는 그 날 절벽에서 있었던 일의 목격자였던 것은 아닐까.

기록은 기만에게 다가가 물었다.

"할아버지. 역시 절벽이 있는 거죠? 그날 무슨 일이 있었는지 할아버지는 기억하시는 거죠?"

"그걸 어떻게 잊어! 절벽에 세운 집. 그걸 어떻게 잊어!"

기록은 기만의 손을 붙잡고 자신의 방으로 들어갔다. 그리고는 기만에게 VR안경을 씌운 후, 자신의 렌즈 또한 VR을 볼 수 있는 모드로 전환했다. 줄곧 개발 중이었지만 배경만 구현되었을 뿐 핵심적 스토리나 메시지 같은 건 하나도 담기지 않은 [절벽에 세운 집]을 재생시켰다.

"할아버지. 그 절벽이 혹시 이 절벽인가요?"

"내가…내가 왜 여기에…!"

기만은 소스라치게 놀라 방바닥에 엉덩방아를 찧었다. 하지만 그의 눈에는 자신이 흙바닥에 엉덩방아를 찧은 것으로 보였다.

"할아버지. 제 꿈에 나오는 절벽이에요. 이 절벽. 실제로 있는 절벽인가요?"

"기억아! 한기억-! 아이고 그 어린 것이…저 절벽에서…"

기만은 절벽 끝까지 달려갔다. 아찔한 그 절벽이 무섭지도 않은 것일까. 그는 닭똥 같은 눈물을 뚝뚝 흘리며 절벽 위를 손바닥으로 쓸고 또 쓸었다.

"할아버지. 기억이가 떨어진 게 절벽이 맞나요?"

"아이고…아이고…"

"대답해 주세요, 할아버지."

들려오는 질문에 기만이 기록을 향해 고개를 돌리고는 대답을 하고자 입을 열었을 때, 기철이 기만의 안경을 벗겼다.

"한기록. 할아버지한테 뭐 하는 거야!"

"아빠. 저한테 숨기는 거 있으시죠." 기록도 VR모드를 멈추고는 물었다.

"기록아. 이젠 기억이 좀 놓아주자."

"기억이가 절벽에서 떨어진 거라면…우리가 기억이를 찾아야 하잖아요."

"너 언제까지 그 시간에 머물러 있을 거니."

"그럼, 아빠는 아니에요? 아빠는 다 잊으셨어요?"

기록의 질문에 기철은 아무런 답변도 할 수 없었다. 그 또한 그 순간을 단 한 번도 잊은 적이 없었다. 잊으려고 애를 쓰던 무수한 세월만이 있을 뿐이었다.

"시간도 흐르고 나이를 먹어도 눈만 감으면 그 절벽에 서 있어요, 아빠. 저는 제 삶이 그 시간에 멈춰버린 이유를 알아야겠어요."

희은은 방문 밖에서 그들의 대화를 엿듣고 있었다. 그리고는 결심이라도 한 듯 서랍에 고이 간직해 둔 사진 한 장을 꺼내 와 기록에게 내밀었다.

"전에도 보여줬었는데. 잊었나 보구나. 이거 좀 보거라. 기억이의 납골당 사진이야."

어머니가 건넨 사진에는 '한기억'이라고 적힌 위패가 보였고, 그 뒤로는 유골함이 안치된 납골당이 있었다.

"여기가 어디예요?"

기록이 사진을 내려다보며 물었다.

"어디냐고?"

예상치 못했던 기록의 질문에 희은은 질문으로 답했다.

"제가 직접 가서 눈으로 봐야겠어요."

"꼭 그렇게까지 해야겠니?" 이번에는 기철이 따지듯 물었다.

"왜 저만 데려가지 않으시는 거예요? 왜 두 분만 숨기듯이 다녀오시는 거예요?"

"그건 네가 자책할까 봐…"

"저 이제 어린애 아니에요. 저도 가서 동생을 위해 기도할 수 있게 해주세요."

기철과 희은은 어떻게 하면 좋을지 모르겠다는 표정으로 서로를 바라보았다.

"안 알려주시면 제가 직접 찾을 거예요. 스마트 렌즈에 넣어서 알아보면…"

기록의 집요함에 기철은 한숨을 내쉬었다.

"그래. 네 말대로 넌 어른이지. 알겠다."

희은은 아직도 기록이 기억의 죽음을 마주하는 게 염려되었다. 하지만 기철은 언젠가 오리라 생각했던 날이 드디어 도래했다고 생각했다. 그리고 기억의 죽음을 마주하는 것이 기록의 강박증에도 도움이 되기를 마음속으로 바랐다.

2049. 6. 3. 나의 기억에게

기억아. 아버지가 초등학생일 때에는 선생님께서 샤프나 볼펜을 쓰면 손의 힘이 약해진다고 했대. 그래서 꼭 연필을 써야 한다고 했다는 거야. 그런데 막상 커서 보니까 연필을 쓰는 사람은 아무도 없었대.
그러던 어느 날 보니 어떤 사람이 지우개가 달린 노란색 연필을 깎고 있어서 "왜 굳이 번거롭게 사세요?"라고 물어보았대. 그런데 그 사람은 그게 번거로운 게 아니라 오히려 좋다고 했다는 거야. 그렇게 나이가 많은 사람도 아니었는데.
그러다가 또 시간이 흘러서 보니 어느새 사람들은 샤프나 볼펜 대신 전자펜을 쓰고 있더래. 태블릿PC가 일상에서, 볼펜을 가지고 다니는 사람을 오히려 신기하게 보기 시작했다는 거야.

요즘은 전자펜도 필요 없잖아. 손가락으로 공중에 그리기만 하면 되는 세상. 옛날 같았으면 마법이라 했을 텐데. 정말 좋은 시대에 태어났지. 그런데 난 왜 그 사람이 노란색 연필을 깎고 있었는지 조금은 이해가 돼. 그건 내가 굳이 볼펜을 들고 다니며 손 글씨를 쓰는 것과 같은 이유가 아닐까? 그 사람도 어쩌면 깎여 나가는 연필의 일부를 바라보며 지금 이 순간 살아있음을 느꼈던 게 아닐까?

지면을 타고 흐르는 볼펜 촉. 달릴 때 지면과 부딪히는 두 발바닥. 근육이 움직이는 느낌. 뺨을 스치는 바람. 그리고 이건 정말 너한테만 이야기하는 건데. 최근에 조깅을 하다가 넘어졌었어. 무릎과 팔꿈치의 살갗이 까져서 피가 나고 통증이 느껴졌는데, 그때도 난 내가 살아있음을 느꼈어. 너무 빨리 흘러가는 일상이 조금은 느리게 흐르는 것처럼 보였어.

그거 알아? 시간이 빠르게 흘러가는 것처럼 느껴지는 이유는 나이가 들수록 정보 처리 속도가 느려지기 때문이래. 어린 시절에는 새로운 경험이 많다 보니까 뇌가 활발히 작동하고, 새로운 정보들을 처리하면서 시간이 더 천천히 가는 것처럼 느껴지지만, 나이가 들면 새로운 경험은 줄고 일상적인 일들의 반복이 많아지기 때문에 시간이 더 빠르게 지나가는 것처럼 느껴진대. 시간이 압축되어서 느껴지는 거지. 그리고 나이가 들면 신경 세포(뉴런)의 연결도 점점 느슨해지고, 시냅스의 기능도 효율이 떨어져서 시간 감각에도 변화가 생긴대.

기억아. 시간이 길었던 순간에도 시간이 짧아진 순간에도 함께했다면 우린 어땠을까. 만약 네가 있었다면 너는 어떤 필기 방식을 선호했을지 궁금하다. 정말 네가 있었다면…나는 이렇게 기록에 집착하지 않았겠지.

그러면 우리는 정말 행복했을까?

기록이 아버지의 뒤를 따라 도착한 곳은 어느 납골당이었다. 그곳에는 정말로 사진과 똑같은 유골함이 안치되어 있었고, 사진 속에 있던 것과 똑같은 위패에는 '한기억'이라는 세 글자가 적혀 있었다. 희은은 기록의 반응이 걱정되어 그의 눈치를 살폈다.

"이제 믿겠니?" 기철이 물었다.

기록은 마치 기억의 얼굴을 어루만지듯 납골당의 유리를 손바닥으로 쓸었다.

"기록아. 할아버지는 가끔 자신의 의지와는 다른 말씀을 하실 때가 있어. 그걸 너무 진지하게 받아들이면 우리만 상처를 입는다. 한 귀로 듣고 한 귀로 흘릴 수가 있어야 해."

"아빠. 그럼 왜 저는 같은 꿈을 꾸는 걸까요? 가 본 적도 없는 곳을…"

"그건 너의 죄책감이 만들어낸 공간이 아닐까. 쉽지는 않겠지만 이제 그만 흘려보냈으면 좋겠다."

"그래 기록아." 어머니도 거들었다. "흘려보내자. 그 펜도 내려놓고. 손이 아프다고 비명을 지르잖니."

기록은 죽음의 흔적을 직접 눈으로 보고도 어째서인지 믿기가 어려웠다.

"하지만 아빠…전 그날의 냄새가 기억나요…"

기록은 홀로 중얼거렸고 기철은 그가 하는 말을 듣지 못했다.

24. 6. 4. 나의 기억에게

기억아. 오늘 형은 난생처음으로 너의 위패가 있는 납골당에 다녀왔다. 요즘 장례의 추세는 냉동인간이야. 신기하지? 크라이오닉스라는 건데. 숨이 멎었을 때, 사망한 사람의 시신을 극저온에서 보관하는 거야. 어떤 사람들은 이렇게 함으로써, 이 냉동인간을 먼 미래에 살릴 수 있을 거라고 기대한데. 하지만 아무리 미래에 기술이 발달한다고 해도 죽은 사람을 살리는 것까지는 어렵지 않을까? 그래도 왜 그렇게 생각하는지 이해는 돼. 몇 년이 지나도 변하지 않는 형체가 눈앞에 있다면 다시 살아날 수 있다고 꿈꾸게 되지 않을까?

오늘 너의 유골함을 보면서 너를 크라이오닉스 방식으로 보존했다면 어땠을까 상상해 봤어. 그 시절에는 그런 게 없었고 우린 너무 어렸으니까. 그걸 머리로는 잘 아는데도 뭔가 아쉽더라. 내 기억 속에 너의 얼굴이 희미해서 그런 거 같아.

사실은 난 아직도 포기가 잘 안돼. 이렇게 유골함에 너의 이름 석 자가 적힌 위패까지 보고 왔는데도 말이야. 네가 죽었다는 것을 믿기 전까지의 나는, 동생이 실종되었다고 말하고 다녔어. 그랬더니 어떤 사람들은 나에게 동생은 이미 죽었을 거라고 하더라. 그러면서, 사람은 언젠가 다 죽으니까. 천국에서 다시 만나면 되지 않겠냐고 하더라. 나를 위로하려고 그런 말을 했던 거였는데, 어린 시절에는 그게 도무지 이해가 안 되었어. 그래서 주먹으로 아구창을 날려버렸어. 그 어떤 위로도 네가 이미 죽었다는 것을 전제로 한다면 나한테는 위로가 되지 않았어.

네가 아직 살아있다고, 그래서 언젠가 반드시 만날 거라고 말해 주길 바라면서, 그렇게 말해주는 말들만을 믿었었다. 오늘 너의 이름을 보았는데도 난 아직도 그러고 싶어.

이런 내가 문제가 있는 거겠지.

3. 숨기고 싶은 기록

숨기고 싶은 기록

실패했던 경험. 창피했던 상황. 고백을 했지만 차이는 광경. 기록은 숨기고 싶은 기록을 많이 갖고 있었다. 이런 기록들까지도 보존하는 게 의미가 있을까 생각했던 적도 많았다. 하지만 그런 모습들까지도 그가 이 세상에 존재했던 증거들이라고 생각하니 차마 삭제 버튼을 누를 수 없었다.

하지만 한편으로는 그가 숨기던 기록들이 만천하에 공개되는 날. 자신의 치부를 들키는 것처럼 부끄럽겠다는 염려도 있었다.

가끔은 기록에 집착하는 것이 오히려 현실의 중요한 부분을 빼앗기고 있는 것은 아닌가 그런 생각도 들었다. 아름다운 경관을 찍기 위해 카메라를 드는 사람들. 그들은 눈이 부시게 아름다운 경관을 두 눈에 담을 기회임에도 불구하고 굳이 작은 모니터 패널로 시선을 옮겨 아까운 시간을 흘려보낸다. 걸음을 옮겨야 할 때쯤에는 더 이상 현실의 광경을 볼만한 여유는 남아있지 않다. 모니터로 바라보는 광경은 방구석에서도 가능하다. 하지만 사람들은 그 순간의 기록을 제 손으로 담아야만 직성이 풀리는 것이었다.

자율 비행 드론 카메라의 등장은 사람들이 더 이상 카메라를 들고 다니지 않게 해 주었다. 손에 찬 스마트 워치나 안경, 콘택트렌즈를 통해 실시간으로 위치 정보와 생체 데이터가 드론에 전송된다. 드론에 장착된 인공지능과 머신러닝 기술은 피사체를 더 정교하게 인식하고 추적한다. 하지만 최근 들어 사람들 사이에서는 아날로그 붐이 일고 있다. 자동이 수동의 감성을 따라가지 못한다는 것이었다. 사람이 제 손으로 찍은 작품이어야만 비로소 결과물에 영혼이 담긴다는 것이었다. 기록은 그들의 말에 공감했다. 그가 수첩과 펜을 들고 다니는 것도 이와 비슷한 뉘앙스였다. 꾹꾹 눌러쓴 글자에는 많은 것들이 담기고 있었다.

* * *

동생의 위패를 직접 눈으로 목격하고 나니 이제는 더 이상 의심의 여지가 없다고 기록은 생각했다. 하지만 기록은 여전히 절벽에서 맡았던 냄새를 잊을 수 없었다. 그날의 후각이 가슴속에 새겨져 점점 짙어져만 갔다.

그는 자신을 납득시켜 줄 또 다른 기록을 찾아야겠다고 생각했다. 인공지능 비서에게 사망진단서는 어디에서 발급받을 수 있냐고 물었다. 그는 더 또렷한 기록을 보고 싶었다.

인공지능 비서로부터는 '사망진단서는 사망한 병원, 보건소 또는 경찰서에서 발급을 받을 수 있다'는 답변이 돌아왔다. 하지만 이 과정에서 기록은 새로운 사실을 알게 되었다. 사망진단서가 아닌 사망확인서. 즉 이미 사망한 사람에 대한 확인은 인근 주민센터에서도 발급이 가능하다는 것이었다.

동생이 어느 병원에서 사망했는지 알 수 없었던 기록은, 인근 주민센터라면 부모님에게 말하지 않고도 확인이 가능하겠다는 생각이 들었다. 그는 신분증을 챙겨 들고서 인근 주민센터로 향했다. 지역 주민들이 각자 서류 발급을 위해 대기하고 있었다. 기록의 차례가 오자 그는 작은 창구로 가서 앉았다. 그곳에는 사람의 형태를 한 인공지능 로봇이 앉아 있었다.

"무엇을 도와드릴까요?"

기록은 자신의 용건이 일반적이지 않다는 생각에 잠시 대답을 망설였지만, 창구에 앉아 있는 이가 로봇이라는 생각에 용기를 얻어 말을 꺼냈다.

"동생의 사망확인서를 떼러 왔습니다."

창구 직원은 그의 말을 이해했다는 듯 고개를 위아래로 한 번 끄덕였다. "알겠습니다. 동생의 성함과 주민등록번호를 알려주시겠어요?"

기록은 수첩을 꺼내 들었다. 그곳에는 동생 한기록의 이름과 주민등록번호가 적혀 있었다. 그는 조금이라도 틀릴까 봐 더듬거리며 번호를 읊다가 아예 수첩을 들어 창구 직원에게 보여주었다. 창구 직원은 눈에 장착된 센서를 통해 빠른 속도로 해당 정보를 스캔하였다. 하지만 곧바로 창구 직원의 얼굴에는 빨간색 불이 켜졌다.

"사망확인서를 발급할 수 없습니다."

의외의 대답이 돌아오자 기록이 놀란 표정으로 물었다. "왜요?"

"한기억님의 기록을 검색한 결과 한기억님은 사망이 아닌 실종 상태로 확인됩니다."

"실종 상태…?"

기록의 머릿속에는 동생의 위패와 유골함이 떠올랐다.

"동생은 25년 전에 죽었습니다."

기록의 말에 직원은 곤란한 표정을 지었다. 이 표정마저 학습된 것이 겠지만, 상황에 어울리는 적절한 표정이었다.

"원하시는 답변을 드리지 못해 죄송합니다. 한기억님은 실종 상태로 확인됩니다."

"어디서 실종되었지?" 기록이 물었다.

그러자 이번에도 직원은 곤란한 표정을 지어 보였다.

"주민센터에서 발급하실 수 있는 서류에는 실종 원인과 실종 당시의 장소가 표기되지 않습니다. 실종자의 상태만이 기록됩니다."

"그럼, 어디로 가야 하죠?"

"자세한 장소를 알고 싶다면 경찰서에서 경찰의 수사 기록을 확인하셔야 합니다."

기록은 얼이 빠진 표정을 지었다. 어디서부터가 진실이고 어디까지가 거짓인지를 분간하기 어려웠다.

"실종된 사람을…죽었다고 한 이유가 뭐지…?"

기록은 부모님이 왜 동생을 죽은 사람으로 만들었는지, 만약 법적으로 실종 상태라면 왜 단 한 번도 찾는 시늉조차 하지 않았는지 이해하기 어려웠다. 창구 직원은 기록의 중얼거림을 질문이라고 이해했는지 다음과 같이 응답했다.

"문의하신 답변과 관련된 정보가 검색되지 않습니다. 도움을 드리지 못해 죄송합니다."

바로 경찰서로 갈지, 부모님에게 따져 물을지 고민이 되었던 기록은 한참을 주민센터 입구에 우두커니 서 있었다. 이 순간에도 기록의 녹음기는 오가는 사람들의 대화를 녹음하고 있었지만, 그 모든 녹음은 기록에게 아무런 의미도 없었다. 그저 드라이브의 저장공간만 차지할 뿐이었다.

기록은 이 모든 것이 꿈이 아닐까 걱정이 되었다. 하지만 언젠가 깨어버릴 꿈일지라도 지금 이 순간만큼은 흘러가는 시간에 대한 책임이 있었다. 그는 동생의 시간을 대신 살고 있는 기분이 들었다.

주민센터 입구를 나서며 기록은 부모님이 아닌 경찰서를 찾아가기로 결심해다. 부모님은 지난 25년간 기록에게 거짓말을 해 왔다. 죽지도 않은 사람의 유골함까지 만들어 납골당에 안치시킨 사람들. 기록은 진실을 알아야 했다.

경찰서에 도착하자마자 그는 바로 접수 창구로 다가갔다. 이번에는 경찰복을 입은 로봇이 앉아 있었다. 조금 전 주민센터의 로봇과 같은 버전의 모델로 보였다. 경찰서 또한 더 이상 사람이 주도하는 곳이 아닌 것처럼 느껴졌다.

"무엇을 도와드릴까요?"

매끄러운 금속 표면, 그리고 반짝이는 디지털 눈을 가진 로봇이 다정한 목소리로 물어왔다.

"25년 전 제 동생이 실종되었습니다. 그 때의 기록을 찾으러 왔습니다."

그의 동생이 실종되었다는 데도 로봇의 표정에는 그 어떤 변화도 없었다. 그저 행정적으로 처리할 뿐이었다.

71

"동생분의 실종 기록을 찾으시는군요. 성함과 실종 당시의 정보를 알려주시면 해당 기록을 조회해 보겠습니다."

"이름은 한기억. 실종 당시의 나이는 다섯 살. 장소는 기억하지 못합니다. 그래도 이름과 나이는 확실해요. 한기억. 제 동생이 정말 실종된 것인지 아니면 다른 기록이라도 있는지 알고 싶습니다."

이에 대한 답변을 받는 데에는 1분도 걸리지 않았다. 로봇은 조금의 망설임도 없이 대답을 했다.

"기록을 조회하기 위해서는 실종자의 구체적인 정보가 필요합니다. 실종 당시의 장소가 없으면 동일한 이름을 가진 다른 사람들의 데이터가 동시다발적으로 뜨게 됩니다."

"그럼 그 모든 기록을 다 조회해 볼 수 있을까요? 꼭 좀 부탁드리겠습니다."

"죄송합니다. 개인정보 보호 의무에 따라 구체적인 정보를 제공하지 않을 시 검색이 제한됩니다."

기록은 안타까움에 고개를 떨구었다. 과거에 대한 기억이 명확하지가 않으니 그 어떤 기록도 열람할 수 없었다. 기록은 자신이 기억이에 대해 아는 게 아무것도 없다는 생각이 들었다. 그는 일단 자리에서 일어섰다. 그리고는 "자세한 정보를 알게 되면 다시 찾아오겠습니다."라고 말했다.

이번에도 로봇은 기록의 심정에는 전혀 공감할 수 없었다. 하지만 그는 여전히 친절했다.

"언제든 추가 정보를 가지고 오시면 기록을 조회해 드리겠습니다. 또 다른 문의 사항은 없으십니까?"

기록은 깊은 한숨을 내쉬며 냉기가 서린 경찰서 문을 빠져나왔다.

* * *

기록은 집으로 돌아오자마자 방문을 굳게 걸어 잠갔다. 가족들의 얼굴이 보고 싶지 않았다.

'어떻게 하지…?'

가족 모두가 포기했을지라도 그만큼은 동생 기억이를 찾아야겠다는 생각이 그의 머릿속을 지배했다. 그는 AI에게 부탁해 25년 전에 있었던 절벽 실종 사건에 대해 검색했다.

'윤주 말대로 절벽에서 사람이 떨어지는 일은 흔한 일이 아니다. 그러니 누군가가 신기하게 여겼다면 기사로 다뤘을 가능성이 있다…'

2024년으로 범주를 좁히자, 몇 건의 기사들이 검색되었다. 고사리가 제철을 맞자 고사리를 채취하려던 사람들에게서 안전사고가 속출했다는 내용이 대다수였다. 이번에는 사고 당사자의 연령을 어린아이로 한정시켰다. 그러자 강원도 정동진의 한 가파른 해안 절벽에서 5살 어린아이가 70m 아래로 떨어진 사건 기사가 한 건 검색되었다. 단독보도 기사였다.

기사에 실린 사진은 먼 곳에서 찍은 절벽 사진이었다. 하지만 기록은 그 절벽이 자신의 꿈속에 나오는 절벽임을 단번에 알아볼 수 있었다.

자리에서 벌떡 일어선 기록은 당장이라도 가족들에게 따져 묻고 싶었다. 하지만 기사에는 실종된 어린이의 이름은 적혀 있지 않았다. 피해자의 신상을 적지 않는 것이 기자의 윤리강령이기 때문이었다.

'일단 이 기사가 기억이의 실종 사건을 다룬 기사가 맞는지를 파악해야 한다. 만약에 맞다면…절벽에 오르는 주소를 알고 있을지도 모른다.'

기록은 기사를 작성한 기자의 이름을 유심히 바라보았다. 대양 신문사의 김정현 기자였다.

'이 기자를 어떻게 만나지…?'

스크롤을 기사의 맨 아래로 내리자 메일주소가 적혀있었다. 기록은 부디 그 메일이 김정현 기자에게 닿기를 바라는 마음으로 글을 적었다.

2049. 6. 5. 나의 기억에게

기억아. 너 살아있는 거야? 죽은 게 아니라 실종이라면 내가 봤던 유골 함은 뭐야. 눈을 믿어야 할지 기록을 믿어야 할지 모르겠어.

사망확인서를 떼러 갔는데 네가 죽은 게 아니래.
혹시나 하는 마음에 기사를 검색해 봤는데, 꿈속의 그 절벽이 찍혀있 더라. 내가 그렇게 믿고 싶어서 그 절벽으로 보이는 것일 수도 있어. 하 지만 내 꿈은 남들과 달라. 현실보다도 선명해.

그래서 그 단독보도 기사를 쓴 기자님께 이메일을 보냈어. 한 번만 만 나 주실 수 있냐고. 이 사건에서 실종된 아이의 친형이라고.
답장이 올 가능성은 얼마나 될까. 혹시나 다른 신문사로 옮겨갔거나 기자 생활을 그만두었을 가능성도 있어.

그런데 그 기자님 말이야. 왜 아무도 관심 없어 할 기사를 단독보도로 냈을까. 만나면 물어보려고. 만약에 기자님으로부터 답변이 안 온다 면, 경찰서에 가서 너의 실종 장소를 [강원도 정동진의 한 가파른 해안 절벽]이라고 말해보려고 해. 만약에 그것만으로도 부족하다면 기사 속 사진을 보여주는 방법도 있겠지. 기억아. 최선을 다해볼게. 너에게 닿 을 수 있는 모든 방법은 다 해 볼 생각이야.

한기록은 카페의 자동문이 열리는 속도조차 기다리지 못하겠다는 듯 초조한 표정을 지었다. 카페에 들어서자마자 가장 먼저 그의 눈에 들어온 것은 테이블마다 설치되어 있는 홀로그램 디스플레이였다. 얇고 투명한 유리판처럼 생긴 디스플레이는 마치 공중에 떠 있는 듯한 착각을 불러일으켰다. 그 유리판 위에는 카페의 메뉴와 주문 기록이 떠다니듯 적혀 있었고, 손가락을 가볍게 흔들기만 해도 메뉴를 선택할 수 있었다. 홀로그램은 사람들이 메뉴를 고를 때마다 미세한 진동과 함께 직접 만진 듯한 기분을 선사했다.

최근에 도입된 자동화 커피 머신은 테이블마다 설치되어 있었다. 테이블 중앙에 인간의 형태로 자리 잡은 이 로봇은 마치 인간 바리스타처럼 행동했다. 주문이 들어오면 자동으로 회전하며 다양한 원두를 선택했고, 손님의 앞에 컵을 배치한 뒤 커피를 내렸다. 손님들이 향긋한 커피 향을 음미하는 동안 홀로그램 스크린에는 커피의 제조 과정이 실시간으로 투명하게 표시되었다.

하지만 최신식 기계들에게 마음을 빼앗길 여유 같은 건 없었다. 기록은 이메일 회신을 통해 받은 전화번호에 전화를 걸었다. 그러자 저 멀리 앉아 있는 중년 여성이 타이밍 좋게 전화를 받았다. 그녀는 이미 기록을 알아본 듯 시선이 고정되어 있었다. 기록은 그녀에게 곧장 다가갔고, 정현은 전화를 끊었다.

"김정현…부장님?"

기록이 긴가민가한 표정으로 물었다. 이름만으로는 성별을 유추하기 어려웠기 때문이었다. 25년의 세월이 흘러 그녀는 어느새 후배 기자들을 지도하는 부장의 위치에 올라 있었다. 그녀는 대답 대신 곁에 앉으라는 듯 의자를 빼 주었다.

"갑작스럽게 죄송합니다. 제가 찾고 있던 사건을 단독보도하셨더라고요."

"신기하기는 했죠. 25년이나 지나서 갑자기 관심을 갖는다는 게…당시에 큰 주목도 받지 못한 기사였거든요." 이렇게 말하며 그녀는 에스프레소를 주문했다. 그러자 로봇은 분주하게 커피를 준비하기 시작했다. 에스프레소가 그녀의 앞에 도달하기까지는 3분도 채 걸리지 않았다. 정현은 기록에게 한잔하지 않겠냐고 물었다. 기록은 복숭아 홍차를 주문했고, 역시 3분도 걸리지 않아 달콤한 김이 올라오는 홍차가 완성되었다.

"그래서 내가 어떻게 도와드리면 되죠?" 정현은 가방에서 낡은 기자 수첩을 꺼냈다. 처음 기자 생활을 했던 시절부터 간직해 온 소중한 수첩을 일부러 찾아온 모양이었다. 그녀는 절벽 사건이 적혀 있는 페이지를 펼쳤다.

"당시 절벽에서 떨어진 아이가 제 동생인 것 같아서요. 그 아이가 떨어진 절벽의 자세한 위치가 궁금합니다."

"동생을 찾으려는 건가요?" 정현의 목소리는 부드러웠지만 어딘가 모르게 날이 서 있었다. 사건의 본질을 꿰뚫고자 하는 눈빛이었다. 그리고 그녀는 기록이 대답하기도 전에 이런 말도 덧붙였다. "그곳에 간다고 해서 동생을 찾을 수는 없을 거예요."

"왜죠?"

"당시에 수사가 빨리 마무리되었던 이유…현장 증거가 부족했기 때문이고…바다로 떨어졌다고는 해도 생존 가능성은 작아 보였어요."

그녀는 굳이 완곡한 표현을 쓰지 않았다. 그편이 서로에게 더 이로울 거라고 생각해서였다.

"비슷한 기사를 보니까 나무 같은 데 걸려서 살아남은 케이스도…."

"그건 발견이 된 사람이잖아요." 정현이 말을 자르며 말했다. 이제 와서 찾을 생각은 하지 말고 포기하라는 뉘앙스였다.

"그 아이가 만약 제 동생이라면…"

"동생이 맞을 거예요."

"예?" 기록은 홍차를 내려다보던 시선을 거두고 정현을 바라보았다. 정현도 에스프레소의 향을 음미하며 기록을 바라보고 있었다.

"한기억. 그 실종된 아이의 이름이 한기억이거든요."

정현은 기록으로부터 메일을 받았을 때부터 그가 실종된 아이의 가족임을 눈치챘다. 만나기로 결심한 이유도 순전히 궁금증 때문이었다. 시간이 많이 흘렀지만 취재 당시 울고 있던 남자아이가 선명하게 기억났다.

기록은 꾹 참아왔던 마음을 주체하지 못하고 펜과 노트를 꺼내 들었다. 그러고는 자신이 얻은 정보, 지금의 상황, 자신의 감정들을 바쁘게 적어 내려가기 시작했다. 정현에게는 사람을 불러놓고 한눈을 파는 예의 없는 행동으로 보일 수도 있겠다는 생각에 사과도 잊지 않았다.

"역시…절벽에서 떨어진 게 맞았어…" 기록은 메모를 하며 중얼거렸다. 자신의 부모가 오랫동안 자신을 속여왔다는 게 명확해지는 시점이었다.

"이상하게 들리실지 모르지만 그 절벽을 제 눈으로 직접 보고 싶습니다. 찾을 수 있다면, 이제라도 찾고 싶지만…못 찾는다고 해도 그 절벽에 올라야겠어요."

정현은 기록의 마음 어딘가가 단단히 고장이 났다는 걸 눈치챘다. 하지만 기록이 나쁜 사람으로 보이지는 않았다. 오히려 순수하기 때문에 더욱 병이 들어버린 것처럼 보였다. 정현은 숱한 사건들을 보도하며 마음이 병든 사람들의 케이스를 많이 접해왔기에 이해할 수 있었다.

"부모님은 안 알려주세요? 그 절벽이 어딘지…"

"부모님은 제가 이 일에 관심이 없기를 바라세요…"

정현은 기자 수첩을 펼치더니 한쪽 면을 기록에게 들이밀었다. 그곳에는 절벽의 위치가 적혀 있었다. 기록은 그 주소를 자신의 수첩 위에 두 번을 연거푸 적었다. 혹시라도 틀리게 적을까 봐 반복한 것이었다.

"찾고 싶은 것을 찾기를 기도할게요. 그게 무엇이든." 이 말은 진심이었다. 정현은 기록을 바라보며 미소 지었다. 그러고는 시간을 살피더니 다시 회사로 돌아가 봐야겠다고 말하며 자리에서 일어섰다.

"저, 마지막으로 한 가지만 더 여쭤봐도 될까요?"

자리를 뜨려는 정현에게 기록이 말했다.

"네. 말씀하세요." 정현은 다시 기록의 얼굴이 뚫어져라 바라보았다.

"아까…아무도 관심이 없었던 사건처럼 말씀하셨는데…왜 기사를 쓰신 겁니까?"

"좋은 질문이네요." 마치 후배 기자의 질문을 받은 선배 기자 같은 대답을 했다. "사람들은 기사를 현시점에 소비되는 것으로 생각하지만 저는 기사가 빛을 발하는 순간은 바로 이런 때라고 생각해요. 진실은 때로는 시간이 지나고 난 후에 드러나기 마련이거든요. 그래서 기자들은 현재가 잊히지 않도록 데이터를 쌓아가고 있는 겁니다. 또 도움이 필요하다면 연락 주세요. 한기록씨가 성공했을지 궁금하기도 하니까."

 그녀는 이번에야말로 자리를 뜨려고 했다. 하지만 그녀는 무언가 생각이 난 듯, 발걸음을 멈추고 기록을 향해 고개를 돌렸다. "그러고 보니까, 몇 년 전에 제 기사에 관해 물어본 사람이 한 명 더 있었어요."

"그게…누구예요?"

"모르겠어요."

 그 사람은 신분을 숨기기 위해 대리인을 보냈었다고 말한 뒤 정현은 카페를 나갔다. 그 대리인은 검은 양복을 세련되게 빼입은, 키가 190쯤 되어 보이는 남성이었다고 했다. 기록은 대리인을 보내 알아본 사람이 자신의 동생이면 좋겠다고 생각했다. 기억이가 가족들을 찾기 위해 절벽의 주소를 물어본 거라면 좋겠다고.

 기록은 곧바로 절벽으로 향하고 싶었다. 하지만 그 전에 확실히 해야만 하는 게 하나 있었다. 이 모든 사실을 가짜로 덮어버리고자 했던 사람들. 바로 기록의 부모님이었다.

* * *

 할아버지가 곤히 잠든 것을 확인한 기록은 아버지와 어머니를 거실로 불렀다. 어디서부터 설명해야 좋을지 몰라 한숨부터 내쉬었다.

"왜 그러는 거니 기록아."

 기철은 기록의 눈치를 살폈다. 요즘 부쩍 아들이 지난날의 일에 집착하고 있다는 것을 알기 때문이었다.

"아빠. 왜 가짜 무덤까지 만들어가며 저를 속이신 거예요?"

80

기철와 희은은 침묵했다. 어떻게든 숨기려고 했던 진실이 자꾸만 수면 위로 올라오려 하고 있었다.

"기억이를 죽은 사람으로 만든 이유가 뭐예요."

"기록아. 이제 그만 인정하거라. 가짜 무덤이라니."

"그래. 기억이는 고층아파트에서…" 희은도 거들었다.

"다 알아보고 왔어요."

기록은 공중에 떠 있는 인공지능 스피커에 재생하라는 큐 사인을 했다. 그러자 기록이 주민센터 창구에서 사망확인서를 떼는 장면이 영상과 음성으로 재생되었다. 다른 사람들의 얼굴까지도 함께 찍힌 영상. 이는 다른 사람들의 사생활을 침해하는 명백한 불법이었지만, 그의 강박증은 더 심해진 상태였다.

"너…"

희은은 너무도 놀란 나머지 손바닥으로 자신의 입을 틀어 막았다. 평생 숨기고 싶었던 진실이 적나라하게 재생되어 버린 것이다.

기록은 정현에게서 받은 주소를 소리 내어 읊었다. 그의 목소리에는 분노가 깃들어 있었다.

"그러고도 정말 부모가 맞아요? 너무하시네요. 자식이 죽은 모습을 보고도 믿기 어려운 게 부모 아니에요? 근데 어떻게 아직 살았는지 죽었는지도 모르는 아이의 무덤을 만들 수가 있어요?"

기록의 물음에 기철은 소파에서 벌떡 일어섰다. 공중에 떠 있던 이 소파는 그가 넘어지지 않도록 움직임에 맞춰 경사도를 조절했다.

"그날. 그 일이 있었던 후로 넌 음식도 제대로 먹지 않고. 한마디도 하지 않았잖니."

"여보…!" 희은은 남편이 진실을 이야기할까 봐 두려웠다.

"사망이 아니라 실종이 맞는 거죠? 이래서 기록이 중요해요. 반박할 수 없게 하잖아요. 제가 이렇게 확인하지 않았으면 평생 속이실 생각이셨어요? 왜요? 이렇게까지 생각하고 싶지는 않지만 기억이가 죽은 이유가 혹시…"

"죽은 이유는 너잖아."

대화에 참여하고 있지 않던 사람의 목소리가 들려왔다. 소란스러운 소리에 잠에서 깬 할아버지가 멀찌감치 떨어져 이 광경을 바라보고 있었던 것이다.

"아버지. 아무것도 아니에요. 다시 들어가 주무세요."

"죽은 이유는 너잖아! 한기록. 이 살인자 새끼야."

"할아버지. 할아버지는 알고 계신 거죠. 그날 무슨 일이 있었는지."

"할아버지는 아무것도 모르셔." 기철이 대신 대답했다. 그러자 이번에는 기철에게 쏘아붙였다.

"알려주세요, 아빠. 안 그러면 가짜 무덤을 만드는 불법을 저질렀다고 신고할 겁니다. 전 증거도 다 있어요. 음성으로도 영상으로도요."

희은은 울고 있었다. 언젠가 이런 날이 올 것이라 예상했지만, 영원히 오지 않기를 바라는 마음으로 가짜 무덤을 만들었다. 언젠가 아들 한기억이 꼭 살아서 돌아왔으면 좋겠다고 생각하면서도 제 손으로 무덤을 만들 수밖에 없었던 이유가 있었다.

"너라도…살았으면 했단다."

"그래 기록아. 너를 위해서 그랬어. 우리 아들, 한기록을 살려야 해서."

2024. 6. 6. 나의 기억에게

기억아. 세상은 나를 터무니 없이 배반하고. 속이고. 벼랑 끝으로 끌고 간다. 이런 세상 속에서 살아남는 방법은 바로 나를 배신했던 사람들에 대한 기록을 남기는 것이다. 어떤 방식이든 좋아. 기록을 끼워 맞추면 그림이 완성된다. 그 그림 속에서 네가 울고 있더라도 너무 걱정하지 마. 기록은 모든 것을 증명할 것이다.

오늘 나는 몇 가지 기록을 발견했어. 하나는 네가 죽지 않았다는 것이고. 또 하나는 네가 실종된 상태라는 것. 어쩌면 너는 정말 살아있을지도 모르겠다.

그리고 나는 너의 무덤이 가짜라는 사실도 이렇게 기록으로 남기려고 해. 주인이 없는 무덤은 당장 없애야 마땅한데, 그 전에 나는 네가 사라진 장소부터 찾아가려고 해. 꿈속의 장소를 현실에서 내 눈으로 직접 봐야겠다.

어머니와 아버지에게 왜 나를 속였냐고, 25년이라는 세월 동안 속여왔냐고 물었어. 그런데 글쎄, 나를 위해서였대. 어린 내가 스스로를 탓할까 봐 고층 아파트에서의 사고로 꾸민 거였어.

네가 떨어진 절벽은 그 누구도 살아남을 수 없을 만큼 높고 가파른 곳이라더라. 오늘 만났던 기자도 그렇게 말했어. 근데 나는 기적은 존재한다고 믿어. 정말 아주 희박한 확률로라도 네가 살아있을 가능성은 없는 걸까?

 네가 돌아오더라도 어머니와 아버지를 너무 탓하지 않았으면 해. 그리고 걱정 마. 이제라도 내가 너를 반드시 찾을 거니까. 난 절대로 포기하지 않을 거니까.

4. 절벽에 세운 집

절벽에 세운 집

2024년 봄. 한기철은 절벽 위에 집을 세우기로 결심했다. 그는 건축 허가를 받을 수 있는 절벽 부지를 찾아보러 다녔다. 절벽과 같은 특수한 지형에 집을 짓는다는 것은 생각보다 쉽지 않았다. 산림보호구역이 아니어야 했으며, 구조적으로도 안정성을 인정받아야 했다. 하지만 그는 그가 어디에 있는지 아무도 모르는 곳으로 가고 싶었다.

그가 처음 절벽으로 가서 살자고 했을 때, 그의 아내는 차라리 시골로 귀농을 하면 안 되겠냐고 했다. 하지만 그는 정말로 아무도 찾아올 수 없는 곳으로 가고 싶었고, 그러려면 절벽처럼 위태로운 곳이 좋겠다고 했다.

절벽으로 향하기 전. 한기철은 뮤지컬 작가로 활동하고 있었다. 벌이도 변변치 않았고 대우도 좋지 않았지만, 수개월, 수년에 걸쳐 집필한 대본이 무대 위에서 펼쳐질 때면 그는 지난날의 설움을 보상받는 기분이 들었다. 그가 처음으로 세상을 미워하게 된 것은 실수로 작성한 계약서 때문이었다. 처음 뮤지컬 작가로 발돋움했던 시기. 그는 작가의 저작권을 양도하는 계약서에 도장을 찍어버리고 말았다. '양도'라는 단어가 쓰여 있지는 않았지만, 해당 계약서는 전문가의 도움을 받아 양도 조항을 교묘하게 숨긴 불공정 계약서였다.

그는 자신이 낳아 키운 아이를 두 눈을 뜨고 납치당한 기분이 들었다. 그의 작품은 그 후로도 계속해서 공연이 되었지만 그는 아무런 인정도 대가도 받을 수 없었다. 그래도 그는 어떻게든 슬픔을 이겨내려 노력했다. 더 영향력 있는 작가가 된다면 누군가는 알아주겠지.

그런데 또다시 믿을 수 없는 일이 벌어졌다. 이번에는 그의 극본을 동료 작곡가가 허락도 없이 가져가 각색을 해서 공연을 올린 것이었다. 그는, 아니 그들은 자신들의 도둑질을 숨기고자 원작의 타이틀을 바꿨으며, 극본가인 기철의 이름도 전혀 다른 사람이 집필한 것으로 되어 있었다. 자신의 기록을 두 번이나 눈을 뜨고 빼앗기자 그는 세상을 미워하게 되었다. 하지만 그렇다고 해서 울분을 토하기에는 그 스스로가 너무도 작은 존재처럼 느껴졌다. 무엇보다도 세상은 그에게 증거를 요구했다. 하지만 불공정계약서에는 비밀 유지 조항이 걸려있었고, 빼앗긴 작품을 자신의 것이라 증명하기에는 증거가 부족했다. 맞서 싸우기에 그들은 너무도 거대했다.

다른 직업을 찾자, 다른 삶을 살자. 몇 번이고 다짐도 해 보았지만 머릿속에 끊임없이 떠오르는 상상을 어떻게든 지면에 풀어내야 했다. 한동안 그는 극본을 쓰는 일을 내려놓고 작사가로서 가사를 쓰는 일에만 전념했다. 그런데 이번에 그는 자신이 쓴 12곡의 가사를 송두리째 빼앗겼다. 그에게 일을 맡겼던 극단의 연출가는 그가 쓴 가사 전부를 자신의 이름을 걸고 공연했다. 기철이 자신의 이름을 작사자로 올려달라고 했을 때, 그 연출가는 '작사자 대신 적절한 이름을 찾아보겠다.'고 말했다. 그리고 막상 올라간 공연에 역시나 그의 이름은 없었다.

'내 손으로 쓴 것들은 모두 다 빼앗겨버렸구나.'

그래서 그는 절벽으로 가기로 결심했다. 이제는 이 세상 그 누구도 믿을 수 없었다. 그를 하찮게 여기던 사람들의 얼굴도 지워버리고 싶었다. 절벽에서 익명으로 글을 쓴다면 더 이상 아무도 그를 나약하고 쉬운 사람으로 보지 않으리라는 생각에서였다.

절벽 위에 집이 세워지던 날. 부서지는 파도 소리, 뺨을 베어낼 듯 차가운 바람. 대자연의 몸뚱어리 위에 그가 서 있었다. 그는 자신에게 상처를 준 사람들에게 단 한 번도 제대로 울분을 토해내지 못했다는 생각에 절벽 위에 서서 목 놓아 울었다.

하지만 그는 절벽 끝을 내려다보며 생각했다. 아무리 고통스러워도 절대로 죽지 않을 것이다. 누군가 자신에게 해를 끼치러 오는 날. 이 절벽 끝에서 밀어버리겠노라.

희은은 처음에는 그를 이해할 수 없었다. 그가 낳은 기록을 빼앗겼다는 말이 무엇을 뜻하는지 공감하지 못했다. 다시 쓰고, 또다시 쓰면 되는 게 아닌가? 그리고 돈을 많이 준다면 양도도 할 수 있는 거 아닌가? 물론 그의 남편이 받은 돈은 터무니없이 적은 돈이었지만.

사실 그녀는 작가라는 직업 자체를 이해하기 어려웠다. 성공한 작가들은 연봉이 억을 넘는다는 이야기를 들은 적도 있었지만, 그의 남편은 기복이 심했다. 잘 벌 때에는 평범한 회사원만큼은 벌었지만, 못 벌 때에는 차라리 주변에 떨어진 동전이라도 있나 보러 다니는 게 더 나아 보일 만큼 수익이 없었다. 그런데 오로지 자아실현을 위해서 피를 토해가며 밤낮으로 글을 쓴다는 게 정상인처럼 보이지 않았다. 그래서 그가 절벽 위에 집을 짓고 살자고 했을 때는 그와 헤어질 결심을 하기도 했다.

하지만 희은이 결국 그와 함께 절벽 위 집에서 살게 된 것은 아이들 때문이었다. 초등학교 1학년인 기록이는 학교에서 따돌림을 당하고 있었다. 초등학교 선생님이었던 희은은 기록이가 잠시 아이들에게서 떨어지는 게 좋겠다고 판단했다. 교육은 자신이 가르칠 수도 있는 부분이었다. 그녀는 교육청에 신고를 한 뒤, 기록이의 저학년은 홈스쿨링으로 대체할 생각을 했다.

5살 기억이는 2년이 지나면 초등학교에 입학해야만 했다. 절벽에서부터 초등학교까지 등교를 하는 것은 무리가 있었다. 그래서 절벽에 세운 집에서 너무 오랫동안 살지는 못할 것 같았다.

'그래도 애들 아빠인데. 절벽 생활이 힘들면 다시 내려가자고 하겠지.'

평범한 가정이라면 좀처럼 쉽게 내릴 수 없는 결정이었다. 하지만 그들은 여러 의미에서 도피처가 필요했다. 그래서 그들은 절벽을 향해 오르고 또 올랐다. 막상 도착한 집은 지구상의 그 어떤 공간보다도 아늑했다. 이제는 그 어떤 존재도 그들의 것을 탐하거나, 그들을 따돌리는 일은 없을 것만 같았다.

* * *

바다와 절벽. 고요함만 있는 그곳에서 기철은 오로지 창작에만 몰두할 수 있었다. 그가 눈치를 봐야 하는 존재는 그곳에 없었다. 그에게 대사의 의미를 꼬치꼬치 물으며 비난하는 배우도, 허락도 없이 대본을 뜯어고치는 연출가도, 자신의 가사를 처음부터 다시 써 오라고 하는 작곡가도 없었다. 그가 쓴 것들을 물어가고자 탐하는 하이에나도 없었다. 그는 그곳이 자신에게 완벽한 장소라고 생각했다. 글을 쓰다가 힘에 부칠 때면 창문 밖을 바라보았다. 그곳에는 대자연이 만들어낸 장엄한 광경이 펼쳐져 있었고, 날씨와 계절에 따라 시시각각으로 색을 바꾸었다.

 물론 불편함도 있었다. 비가 새는 천장을 스스로 보수해야 했고, 그 흔한 배달 음식이나 택배조차 받아 볼 수 없었다. 그야말로 고립된 삶 그 자체였다. 이를 해결하기 위해 기철이 가장 먼저 했던 일은 절벽 아래 바다를 탐색하는 것이었다. 매일 아침, 그는 낚싯대를 들고 절벽 아래로 내려갔다. 어린 시절 배웠던 낚시 기술을 다시 꺼내 들어 바다에서 물고기를 잡기 시작했다. 바다는 그들의 주요 식량 공급원이 되었다. 신선한 해산물과 함께하는 저녁 식사는 가족에게 부족함 없는 식탁을 선사했다. 하지만 언제까지고 해산물만 먹을 수는 없는 일이었다. 또한 비누, 옷, 생활용품 등 생활에는 더 많은 것들이 필요했다. 그래서 기철은 산을 넘어 마을까지 가는 길을 알아내기 위해 여러 차례 시도를 거듭했다. 처음에는 어려움이 많고 허탕을 치는 일도 많았지만 결국에는 절벽 아랫마을로 이어지는 작은 길을 발견했다. 그 길은 험난했으나 익숙해지니 누구보다도 날쌘 몸짓으로 헤쳐 나갈 수 있게 되었다. 그는 매주 그 길을 따라 작은 마을까지 내려갔고 여러 가게에 들러 필요한 물건을 샀다. 처음에 마을 주민들은 그가 그 외진 절벽에 살고 있다는 사실이 신기했지만 몇 번 반복하니 바로 익숙해졌다.

 가끔은 자연이 그들에게 선물 같은 존재였다. 비가 오는 날이면 빗물을 받아 식수로 사용하고, 산에서 나는 나물을 캐기도 했다. 나뭇가지들을 모아 화로에 넣는 날이면 캠프파이어를 하는 기분이었다. 자연 속에서 살아가는 방법을 배우는 시간이었다.

태풍이 부는 날이면 집이 통째로 흔들리기도 했고, 때로는 거센 파도 소리가 소음처럼 느껴지기도 했다. 하지만 인간은 적응의 동물이라고 했던가. 기철과 희은은 그럴수록 더더욱 서로를 끌어안았고 이내 그들만의 환경에 적응하였다.

* * *

그날은 거센 비가 내렸다. 먹구름이 드리운 하늘 아래서 회색 바람이 절벽 위로 불어오고 있었다. 파도는 울분을 토하듯 몇 번이고 성난 바위를 때렸다. 바다의 빛깔은 그 어느 때보다도 깊고 어두웠다.
경찰차의 빨간 불빛이 절벽 근처를 깜빡이며 지나다니자 스산한 분위기가 더해졌다. 5살 아이의 실종 소식이 전해지자마자 경찰은 긴급히 출동했다. 현장에 도착한 경찰들은 기철과 희은, 그리고 7살 기록이 추운 바닷바람에 몸을 떨고 있는 것을 발견했다. 갑자기 발생한 충격적인 상황 때문에 따스한 모포나 옷으로 몸을 데울 경황조차 없어 보였다.

"아이가 떨어진 곳이 어디입니까?"

현장에 도착한 윤하얀 경관은 침착하게 질문했지만, 그의 목소리에는 떨림이 느껴졌다. 어린아이가 절벽에서 떨어졌다는 사실이 그로서도 믿을 수 없는 충격으로 다가왔다. 이제 막 경찰이 된 그가 처음 겪는 비극적인 사건이었다.

기록은 입술을 깨물며 애써 눈물을 참고 있었다.

"저기, 저 아래입니다…" 기철의 목소리는 희미하게 들렸지만, 그의 말은 날카로운 송곳니처럼 윤의 가슴팍을 파고들었다. 손으로 가리킨 방향은 까마득한 절벽 아래 거센 물결이 부서지는 곳이었다.

윤은 즉시 구조대를 호출했다. 몇몇 경관들은 손전등을 들고 절벽 가장자리에 다가섰다. 불빛이 닿지 않을 만큼 까마득한 거리였다. 물살이 빠르고 거세어 작은 물체를 휩쓸어가는 데에는 오랜 시간이 걸리지 않을 것임이 분명했다.

"바다에 빠진 지 얼마나 됐죠?" 윤이 기철에게 물었다.

"30분 정도 지난 것 같습니다…" 기철이 대답했다. 희은은 다리에 힘이 풀려 땅바닥에 주저앉고 말았다.

"제가…제가 붙잡았는데…" 기록은 울음이 터지고 말았다. 아직도 자신의 손에는 동생 기억의 온기가 남아있었다. 그 고사리 같은 손을 놓쳐버리고 만 것이다. 작은 손이 자신의 손에서 빠져나간 순간의 무게는 너무도 컸다.

경찰들은 신속히 움직였다. 드론을 띄워 상공에서 수색하고, 해양 경찰에게 연락해 근처 해안까지 수색을 확장했다. 헬리콥터를 띄워 바다 위를 맴돌며 서치라이트로 물속을 비추었다. 구조대원들은 줄을 매달고 절벽 아래로 내려가기 시작했다. 그들은 혹시라도 기억이 바다가 아닌 나무에 걸려있는 것은 아닌지 샅샅이 살폈다. 또 다른 구조대원들은 물속의 작은 흔적 하나라도 놓치지 않으려 눈을 크게 뜨고 있었다.

하지만 시간이 흐르자 공기는 더욱 차가워지고, 긴장감은 더욱 고조되었다. 한 구조대원이 무전을 통해 소식을 전했다.

"아직 아이의 흔적을 찾지 못했습니다. 물살이 너무 빠릅니다. 수색 범위를 좀 더 넓혀보겠습니다."

해가 점점 기울어 어둠이 짙어지자 경찰관들의 얼굴에는 피로가 묻어나기 시작했다. 하지만 어린아이가 물속에 빠졌다고 생각하자 멈출 수가 없었다. 모두가 한마음으로 땀을 흘리며 수색을 이어갔다. 그들은 서로 짧은 눈빛을 주고받으며 몇 번이고 절벽 아래로, 바닷속으로 불빛을 비추었다. 기철과 희은, 기록은 그 모습을 지켜보며 떨리는 손으로 기도를 하고 있었다.

별 하나도 보이지 않는 무정한 밤이었다. 바다는 여전히 무심하게 파도를 몰아쳤다. 경찰과 구조대원들은 몇 시간째 조금도 쉬지 않고 수색을 이어갔지만, 점점 지쳐가는 몸뚱어리와 절망적인 분위기가 현장을 덮었다.

"여기까지입니다."

구조대장의 목소리가 무전기를 통해 들렸다. 그의 목소리에는 피곤함과 무력감이 섞여 있었다. "더 이상 수색을 이어가는 것은 의미가 없을 것 같습니다. 철수 준비를 하겠습니다."

"철수요? 철수라니요. 그러면 우리 아이는…"

기철은 절박한 목소리로 애원하듯 윤경관의 팔을 붙잡았다. 경찰관들은 무거운 발걸음으로 그의 주변으로 모여들었다. 그들은 잘못한 것이 아무것도 없음에도 차마 기철과 눈을 마주치기 힘들었다.

"저…정말 죄송합니다." 윤이 조심스럽게 입을 열었다. "최선을 다해 수색을 했습니다만…오늘 밤은 더 이상 아이를 찾는 것은 어려울 것 같습니다. 바다의 상황도 계속 나빠지고 있고, 수색을 중단할 수밖에 없는 상황입니다."

기철은 애써 눈물을 참고 있었지만, 희은의 눈에서는 주체할 수 없는 눈물이 흘러내리기 시작했다. 그녀는 그들이 하는 말을 머리로 이해할 수 있었지만, 현실을 받아들이는 것은 또 다른 문제였다.

"그럼…이대로 끝이라는 말씀인가요?" 기철이 물었다.

"내일 아침 날이 밝으면 다시 수색을 재개하겠습니다. 아직 포기하지 않았습니다. 하지만 지금은 저희도 할 수 있는 최선의 방법을 찾고 있는 중입니다."

희은은 떨리는 손으로 얼굴을 가리고 울었다. 기철은 아무런 말도 하지 못한 채 그저 옆에서 어깨를 부들부들 떨었다. 윤은 그런 그들을 지켜보며 무력감을 느꼈다. 이런 상황에서 어떠한 위로의 말도 그들에게는 공허하게만 들릴 것이었다. 그런데 그는 이상한 점을 하나 발견했다. 실종된 아이의 형인 기억이 언제부터인가 껍데기를 빠져나온 달팽이처럼 얼이 빠진 표정을 짓고 있는 것이었다.

"지금은 가족분께서도 좀 쉬시는 게 좋겠습니다. 내일 다시 연락드리겠습니다."

경찰들이 떠나자 수색이 끝난 해안은 다시 어둡고 고요해졌다. 절벽 위에는 누구에게도 닿지 않을 울음소리만 계속해서 이어졌다.

며칠, 몇 주, 그리고 몇 달이 흘렀다. 처음에는 열띤 수색이 이어졌지만, 시간이 흘러도 바다는 기억을 돌려주지 않았다. 경찰과 구조대원들은 최선을 다했지만 결국 수색을 포기하는 결정을 내렸다. 마침내 경찰은 아이의 부모님을 찾아가 진실을 말해야 하는 순간에 도달했다.

경찰관들은 기철의 집 앞에 차를 세우고 천천히 문을 두드렸다. 몇 번이고 마음속으로 할 말을 준비했지만, 문이 열리자 모든 준비는 무색해졌다. 기철의 얼굴을 마주하자 그의 얼굴에는 오래도록 밤을 지새워 지친 기색이 역력했다. 그 뒤에 서 있는 희은은 희미한 기대감을 갖고 있는 듯 보였다. 그러나 경찰관들의 표정을 본 순간, 그녀의 얼굴은 곧 어두워졌다.

윤은 조심스럽게 입을 열었다. 그의 목소리는 자신이 말해야 할 사안만큼이나 낮고 무거웠다.

"말씀드리기 정말 죄송합니다만…저희가 할 수 있는 모든 수색 작업을 마쳤습니다. 수색 기간 동안 저희는 아이를 찾기 위해 최선을 다했습니다. 하지만 이제는 더 이상…아이를 찾기 위한 수색을 계속하는 것은 현실적으로 어려울 것 같습니다."

윤은 진실을 전달하면서도 저 멀리서 허공을 바라보고 있는 아이를 의식했다. 사건 이후로 계속해서 얼이 빠진 표정을 짓고 있던 기록이었다. 사건의 충격으로 실어증에 걸렸다는 이야기는 들었지만, 여전히 회복을 하지 못한 모양이었다. 그의 작은 손은 무릎을 감싸 쥐고 있었고, 고개는 한 곳에 고정된 채 미동이 없었다.

희은은 그 자리에서 실신했다. 윤은 기록 또한 트라우마의 치료가 필요할 것 같다는 말을 해주고 싶었지만, 당장 모두의 이목이 쓰러진 사람에게 집중되자 말할 타이밍을 놓쳐버리고 말았다.

* * *

경찰서 회의실은 고요한 긴장감으로 가득 차 있었다. 형사들은 모두 테이블을 둘러싸고 앉아 있었고, 사건 파일들이 그들 앞에 놓여있었다. 절벽 아래로 떨어진 아이의 사건은 이미 몇 달이나 흘렀지만 여전히 해결되지 않은 채 남아있었다. 그들은 이 사건을 어떻게 결론 내리면 좋을지 의견이 갈리고 있었다.

박 형사는 깊은 한숨을 내쉬며 입을 열었다. "난 여전히 이 사건이 단순한 사고가 아닐 가능성이 있다고 생각해. 정말 친형이랑 같이 놀다가 사고로 떨어진 걸까? 어른들이 아이를 죽이고서 사고로 은폐할 가능성은? 무언가 더 있을 거 같단 말이지…"

그러자 강 형사는 고개를 거세게 저으며 반박했다.

"박 형사. 명확한 증거가 없는데 그렇게 말하는 건 좀 위험하지 않아? 실종된 아이는 유치원생. 함께 있었다는 아이는 초등학생이야. 그 나이대 애들은 겁도 없고 통제하기도 어렵다고. 충분히 안전사고가 날 수 있다고 봐."

박 형사는 강 형사의 말을 들으며 의자에 몸을 기댔다. 그의 마음속에는 여전히 의심이 가득했다. 그는 기록의 진술을 떠올려보았다. 떨어지려던 동생을 붙잡았지만 결국 놓쳐버렸다는 내용. 그 이후로는 실어증에 걸려 침묵만을 유지하고 있었다. 그날의 상황에 대한 설명이 너무도 부족하다는 사실이 그를 불편하게 만들었다.

"절벽에 남은 자국들도 너무 희미해. 아이들의 신발 자국. 동생을 끌어당기기 위해 엎드렸던 자국. 손바닥으로 땅을 짚은 자국 같은 게 있기는 한데 거의 다 유실되어서…" 민 형사가 말했다.

그는 그 누구의 편도 아니었으며 사실만을 직시하고 있었다. 하지만 박 형사는 자신의 내면에 있는 말을 다 토해내야 직성이 풀리는 사람이었다. 그는 하고 싶은 말을 계속해서 이어갔다.

"그날은 비가 내렸으니까 유실될 수밖에. CCTV도 없는 절벽이야. 왜 그런 데 살고 있었겠냐고. 증거가 유실되기에도 사건을 은폐하기에도 좋은 조건이었다고."

그러자 강 형사가 곧바로 반박했다.

"나도 그래서 혹시나 하고 아동 폭력의 정황 같은 게 있나 좀 살펴봤었는데 그런 건 딱히 없어 보였어."

"내 생각엔…" 조용히 대화를 지켜보던 김 형사가 입을 열었다. "이 사건은 우리가 더 이상 수사할 방향이 없는 것 같아. 우리가 가진 건 다 정황 증거뿐이고 결정적인 증거가 없어. 시신도 찾지 못했고 결정적인 목격자도 형뿐인데, 그 아이가 거짓말을 하고 있다는 증거도 없잖아. 물론 우린 뭔가 더 있다고 의심할 수 있겠지만 그 의심을 뒷받침할 증거가 부족하다는 뜻이야."

"그래 맞아." 강 형사가 맞장구를 쳤다. "결국 이 사건을 어떻게 결론을 내릴지는 우리가 가진 증거를 따라야 해. 증거도 부족한데 자식을 잃은 부모를 살인자로 몰고 갈 필요는 없을 것 같다. 법정에서도 통하지 않을 거고."

회의실 안에 무거운 침묵이 흘렀다. 모두가 자신의 생각을 정리하고 있었다. 박 형사는 다시 사건 파일을 열어 그 안의 사진들을 바라보았다. 절벽, 거센 파도, 그리고 그 곳에 남겨져 있던 희미한 흔적들. 모든 것이 그에게는 뭔가 더 있을 것이라는 느낌을 주었지만 강 형사의 말도 일리가 있었다. 그들에게 있어 이 사건은 사고로 종결하기에도, 범죄로 단정 짓기에도 증거가 부족했다.

"그래, 인정해." 박 형사가 말했다. "명확한 결론이 없으니, 더 이상 수사할 수 있는 방향이 없어. 그럼 미제로 남기고, 새로운 증거가 나올 때까지 기다리는 수밖에."

이번에는 강 형사도 박 형사의 말에 동의했다. "그러자. 언제든 새로운 증거가 나오면 다시 조사할 수 있게 기록을 남기고."

모든 형사가 고개를 끄덕였다. 이 사건을 당장 그 누구도 해결할 수 없다는 것은 모두가 인정하고 있었다. 시간이 지나면 더 많은 단서가 발견될지, 아니면 영원히 풀리지 않는 수수께끼로 남을지도 알 수 없었다. 결국 이 사건은 경찰서장을 포함한 지휘관급 회의에서도 미제사건으로 결정되었다.

"형사님. 그 사건. 어떻게 되었습니까?"

강 형사가 회의실에서 나오자, 회의실을 주시하고 있던 윤이 기다렸다는 듯 다가가 말을 걸었다.

"그 사건?"

"절벽에 세운 집 사건이요."

"그거 미제사건으로 결정 났어."

"왜 사고로 종결하지 않는 겁니까?"

"그래서 말인데, 내가 시간이 없어서 네가 대신 좀 다녀와 줘. 그 가족들한테 사건이 미제로 전환되었다는 사실을 전해줘야 할 것 같아."

강 형사는 윤에게 곤란한 부탁을 한 것 같아 윤의 안색을 살폈다. 하지만 가슴 아픈 사건에도 태연한 척을 해야만 하는 것이 경찰의 숙명이었다.

'분명 충격 받으시겠지…'

윤은 울고 있던 가족들과 영혼을 잃어버린 아이를 떠올렸다.

"네. 제가 가겠습니다."

그는 강 형사가 자신에게 맡겨준 것이 오히려 감사하다고 생각했다.

* * *

지난날 몇 번을 올랐음에도 좀처럼 익숙해지지 않는 지형이었다.

윤은 자동차로 구불구불한 산길을 따라 올라가다 길이 끊기자, 차에서 내려 나무들 사이로 걸어갔다. 한참을 걸어가다 보니 절벽 근처에 세워진 집이 하나 보였다. 그는 자신이 목적지에 무사히 도착했다는 생각에 가슴을 쓸어내렸다.

'사고가 나지 않는 게 이상할지도…아니지. 이런 생각을 해서는 안 돼. 그건 유가족들에게 몹쓸 짓이잖아.'

그는 허튼 생각을 떨쳐버리고자 고개를 흔들었다. 그러고는 무거운 발걸음으로 집 앞 대문까지 걸어갔다. 똑똑똑-하고 문을 두드리자, 누구세요? 하는 남성의 목소리가 들렸다. 실종된 아이의 아버지 기철이었다.

문이 열리자 조금은 희망을 품은 표정의 기철이 나왔다. 경찰이 자신의 집까지 찾아왔다는 것은 무언가 새로운 소식이 있기 때문일 것이라고.

"오늘 이렇게 온 건…수사 진행 상황에 대해 알려드리기 위해서입니다."

"저희 아이를 찾았나요?"

"그게 아니라…저기…" 윤은 한숨을 쉬었다. 그들이 원하는 소식은 앞으로도 들려줄 수 없을 것만 같았다. 아직도 희망을 포기하지 않은 사람은 가족들뿐이었다.

"저희도 최선을 다했지만…" 해야 할 말이 목구멍에서 턱-하고 막혔다. 산길을 오르며 수없이 반복해서 연습했던 말이었지만 이 순간만큼은 쉽사리 나오지 않았다. 하지만 누군가는 반드시 해야 할 말이었기에 그는 용기를 내 보기로 했다.

"결론적으로 이 사건은…미제사건으로 남게 되었습니다."

"그게 무슨 말인가요?"

기철의 뒤에서 희은이 나타났다. 그녀는 자신의 귀를 의심하는 듯한 표정을 하고 있었다. 그녀를 자극하지 않기 위해 윤은 최대한 부드러운 목소리로 말을 이었다.

"현재까지 저희가 수사할 수 있는 모든 방법을 동원했습니다. 하지만 더 이상 새로운 단서나 증거를 찾지 못했습니다. 저희가 확보한 정보만으로는…사건을 해결할 수 없는 상태입니다."

"이게 사건이냐, 사고이냐가 중요한 건가요? 우리 아이는…아직도 돌아오지 않았다고요."

"경찰관님." 기철도 말을 더했다. "조금만 더 살펴봐 주실 수 없을까요…시간이 흐를수록 더 찾기 어려워지는 게 아닌가요…"

윤은 그저 전달자에 불과했지만 모든 감정을 피부로 느끼고 있었다. 그 어떤 말로도 그들을 위로할 수 없다는 것을 알면서도 그는 자신이 할 수 있는 최대한의 위로를 건네고자 다짐했다.

"저희도 이 결정을 내리기까지 많이 고민했습니다. 하지만 현시점에서 할 수 있는 것이 없습니다. 다만, 한 가지 분명히 말씀드리고 싶은 게 있습니다. 미제사건이라는 것은 사건이 완전히 종결되지 않았다는 뜻입니다. 미제사건으로 분류되면 새로운 증거가 발견되거나 추가적인 제보가 들어올 때마다 다시 수사에 착수할 수 있습니다. 저희는 언제든지 아드님을 찾기 위한 재조사를 할 준비가 되어있다는 뜻입니다."

기철은 주먹을 꽉 쥐었다. 그저 가만히 서 있었지만 그의 내면에서는 참기 어려운 감정들이 소용돌이치고 있었다. 그가 애지중지하던 작품을 송두리째 빼앗겼을 때, 그는 땅바닥으로 떨어진 기분이 들었다. 그런데 자녀를 잃어버린 것은 그와는 차원이 다른 고통이었다. 바닥조차 없는 지하로 계속해서 추락하고 있었다.

"그럼, 우리 더러…언제 다시 시작될지 모르는 수사를 기다리라는 겁니까? 그리고 기록이가 범인이라도 된다는 겁니까?"

"아드님이 범인이라고 하는 것은 아닙니다."

"그럼 나? 아니면 제 아내가 범인이라는 겁니까? 우리가 우리 아이를 벼랑 끝으로 밀었다는 겁니까?"

"여보. 그만 해요."

희은이 말했다. "기억이를 위해 지난날 동안 노력해 주신 분이시잖아요." 그녀의 눈에는 눈물이 가득 고여 있었다. 처음 기억이 실종되었던 날 목놓아 엉엉 울던 그녀는 이제는 더 이상 눈물을 흘릴 기력조차 없을 만큼 지쳐 있었다. "정말 더는 방법이 없는 건가요?" 그녀가 윤에게 물었다.

"지금으로서는 그렇습니다. 하지만 저희도 기억이를 찾을 수 있기를 진심으로 기도하겠습니다."

이렇게 말하고서 윤은 주변을 두리번거렸다.

"뭐 찾으시나요?" 기철이 물었다.

"저 혹시 기록이는…"

윤의 눈빛에서 전해져 오는 따스함에 기철은 잠시 안으로 들어오라고 손짓했다.

윤은 기철의 뒤를 따라 집 안으로 들어갔다. 그곳에는 전에는 보이지 않던 중년의 남성이 소파에 앉아 있었고 그 옆에는 여전히 얼이 빠진 표정의 기록이 앉아 있었다. 남성은 기록의 머리를 쓰다듬고 있었지만 기록은 조금의 미동도 없었다. 부드러운 살결로 만든 목각인형 같았다.

"이 분은…"

"아, 저희 아버지입니다. 미국에 계시다가 이번에 소식을 듣고 귀국하셨어요."

"안녕하세요."

윤은 남성에게 인사를 건넸다.

"안녕하세요. 얘 할애비 한기만이에요." 간단히 자기소개를 한 기만은 기록을 향해 고개를 돌렸다.

"기록아. 나한테 했던 이야기를 경찰 아저씨한테 들려드릴 수 있겠니?"

"아이가…무슨 말을 하던가요?"

실어증에 걸려있던 아이가 어떤 말을 했을까. 윤은 신경이 곤두섰다.

하지만 기록은 계속해서 허공만을 바라보고 있었다.

윤은 기록과 눈높이를 맞추고자 무릎을 꿇었다.

"기록아. 그 날. 무슨 일이 있었는지 이야기해줄 수 있을까?"

기록에게는 윤의 목소리가 닿지 않는 모양이었다. 윤은 아랑곳하지 않고 계속해서 말을 이어갔다.

"기록아. 이게 내 이름이야. 읽을 수 있겠어?"

기록은 윤의 명찰을 보기 위해 고개를 돌렸다. 윤의 목소리가 들리기는 하는 모양이었다. 그 곳에는 처음 봤던 날처럼 윤하얀이라고 적혀있었다.

"난 윤하얀이라고 해. 기록이와 기억이의 이야기는 우리 경찰들이 제대로 적어 뒀어. 지금은 잠시 멈추는 거지만 포기하지는 않을 거야. 그러니까 기록이가 나중에 우리 경찰들한테 하고 싶은 말이 있다면 언제든 찾아와 줘. 알았지? 힘내는 거야. 형이랑 약속."

윤은 끝끝내 기록의 목소리를 듣지 못했다. 그래도 그의 진심이 기록에게 닿았기를 간절히 바랐다.

* * *

"당신 말을 들어야 했어. 절벽에 집 같은 건 세우는 게 아니었는데."

어둠이 내려앉은 밤. 굳세게 걸어 잠근 방문. 암막 커튼을 친 창문. 어둠만이 가득한 공간에서기철은 스스로를 탓했다. 애써 태연한 척을 하던 그의 얼굴은 절망으로 무너졌다.

"우리 서로를 탓하지 말아요."

"낮에는 그나마 괜찮은데…밤이 오면 기억이가 더 생각나. 이 집에 기억이가 없다는 게 아직도 믿어지지가 않아…"

한동안 기철은 기억이가 없는 집이 너무 고통스럽다며 차에 가서 잠을 청하기도 했다. 하지만 차에서도 그는 좀처럼 제대로 잠들 수가 없었다.

희은은 기철을 끌어안았다. 기철은 어린아이처럼 엉엉 울었다. 사실은 희은 또한 스스로를 탓하고 있었다. 기철이 절벽으로 온다고 했을 때 왜 말리지 않았을까. 아니면 자신이라도 두 아이의 손을 붙잡고 따로 살겠다고 말했더라면 어땠을까. 절벽에서 떨어진 그 날 자신이 아이들의 곁에 있었더라면 어땠을까. 하지만 이제 와서 누군가를 탓하는 게 무슨 의미가 있을까. 끓어오르는 분노를 누군가의 탓으로 돌려서라도 해소하고 싶었지만, 그것은 결국 서로를 상처입히는 일일뿐이었다.

"기록이는 아버님한테 뭐라고 한 걸까요? 뭐 들으신 거 있어요?"

기철은 고개를 저었다. "급히 가신다고 하셔서…경황이 없어서 못 물어봤네."

그 후로도 그들은 기만에게 기록이가 했던 말에 대해 물어봤지만 제대로 된 답변은 듣지 못했다. 마치 기록과 기만 간의 비밀이 생긴 듯했다. 그래서 기철은 그 이야기를 무리해서 듣지 않기로 했다.

기철은 절벽에 세운 집 대문에 누구도 출입할 수 없도록 두꺼운 못을 박기 시작했다.

"떠나자. 다시 내려가는 거야."

"다시 예전처럼 살아갈 수 있을까? 난 자식을 잃어버린…아이도 제대로 돌보지 못한 여자라는 소리를 듣겠지. 선생씩이나 되어서 제 아이 하나 제대로 간수하지 못한…"

"그건 당신 탓이 아니야."

"그럼 누구 탓인데?"

답변하기 어려운 물음에 기철은 침묵했다.

"당신이 왜 절벽에 집을 세웠는지 이제야 알겠어…정말 아무도 내 이름을 몰랐으면 좋겠어."

희은의 가슴에도 이미 거대한 어둠이 자리 잡은 것이었다.

* * *

부부는 기록을 차 뒷좌석에 태운 채 쫓기듯 비탈길을 내려왔다.

"우리 중 한 사람은 저 집에 남아있는 게 좋지 않았을까? 혹시 나중에라도 기억이 찾아오면 어떡해…?"

"이럴 때일수록 함께 해야 해. 안 그러면 허튼 생각이나 한다고. 그리고…"

기철은 백미러로 차 뒷좌석에 타고 있는 기록을 바라보았다. 기록이 말을 안 한지 수개월이 흐른 상태였다. 기록의 안색은 나날이 산송장처럼 변해가고 있었다. "이대로 가다가는 기록이가 죽겠어."

희은이 그를 흔들어 깨워도, 식탁에 둘러앉아 밥을 먹어도 기록은 여전히 침묵 속에 갇혀 있었다. 그의 눈은 언제나 허공을 바라보았고 입술은 굳게 닫은 채 미동도 없었다.

절벽에서 내려온 날. 부부가 가장 먼저 향한 곳은 병원이었다. 여러 병원을 전전하며 의사들을 만났지만 누구도 기록이가 가진 침묵의 깊이를 이해하지 못하는 것 같았다.

"아이에게 트라우마가 남을 만큼 큰 충격이 있었나 보네요. 너무 걱정하지는 마세요. 우리가 평생 트라우마에 노출될 확률은 의외로 높습니다. 평생 동안 트라우마에 노출될 확률은 국내 78.8%. 이 중 남성의 비율이 여성보다 10% 정도 더 높습니다. 그리고 그 원인 중 51%가 가족의 죽음. 그다음이 교통사고로 36%거든요."

"트라우마란 전두엽에 있는 아몬드 모양의 편도에 문제가 생긴 겁니다. 공포를 다루는 부분이기도 하고, 생존과 가장 관련된 부분이에요. 위기 사건이나 놀랄 만한 상황이 지나간 후에는 전두엽이 가라앉아야 하는데, 전두엽의 구조나 기능이 지금은 매우 약해져 있어서 좀처럼 쉽게 가라앉지 않고 계속 지속되는 겁니다."

"468 호흡법! 버터플라이 허그 같은 것을 함께 해보죠!"

"사건 자체를 회피하기 위한 방어기제가 작용한 걸로 보입니다. 40%는 치료를 받지 않아도 저절로 회복되고, 60%는 길게 지속됩니다. 그 중 절반은 경미한 정도, 나머지는 중증도. 나머지 10%는 악화가 되죠. 일단 꾸준히 약물치료를 해 봅시다. 3개월 이내에 개입했을 때 예후가 좋거든요!"라는 의학적인 소견들이 가득했다. 하지만 기철은 기록이의 상태를 보다 정서적으로 이해해줄 의사가 필요했다.

 기철은 마지막 희망을 품고서 유명한 소아정신과 의사인 박 선생을 찾았다. 박 선생은 기록의 눈을 깊숙이 들여다보았다.

"저한테도 기록이랑 동갑인 딸이 있어요. 한창 활발할 나이인데. 이 아이는 가슴 깊은 곳에 자신을 가둬버린 것 같네요. 자신이 겪은 일이 너무 고통스러워서, 목소리까지 함께 잃어버린 거예요…일단 아이가 자신이 있는 곳을 안전한 공간이라고 느끼게 해 주셔야 해요. 여기는 그때 그 상황이 아니고 편안한 집이라고…"

기철과 희은은 박 선생의 말을 앵무새처럼 따라 하며 중얼거렸다.

"여기는 안전한 공간이다. 여기는 그때 그 상황이 아니고 편안한 집이다."

"그 상황을 잊을 수 있게 손도 잡아주시고, 토닥여주시고, 족욕이나 반신욕으로 몸을 따뜻하게 해 주세요. 따뜻한 차를 마시는 것도 도움이 되고요."

이렇게 말한 뒤 박 선생은 기록에게 다가가 어깨에 손을 얹고 물었다.

"기록아. 말하고 싶지 않으면 말하지 않아도 괜찮아. 우리는 기다릴 수 있어. 그런데 하나만 약속할 수 있을까?'

박 선생은 새끼손가락과 엄지손가락을 제외한 모든 손가락을 접었다. 약속의 의미였다.

"머릿속에서 그리고 가슴속에서 기록이를 괴롭히는 목소리가 들려올 때마다 우리 이렇게 말하기로 약속해."

중요한 말을 하기 위해 그녀는 심호흡을 했다. 기철과 그의 아내에게도 다음과 같은 말을 덧붙였다. "두 분도 기록이와 함께 해주셨으면 해요."

"어떤 거죠?" 기철이 물었다.

"자. 따라 하시는 거예요. 내. 잘. 못. 이. 아. 니. 야."

"내 잘못이…아니야." 기철이 따라했다.

그러자 박 선생는 이번에는 기철의 아내를 바라보며 말했다.

"따라하셔야죠?"

"내 잘못이…아니야…"

기철의 눈에서도, 희은의 눈에서도 눈물이 흘렀다. 하지만 기록은 여전히 아무런 미동도 없었다. 그의 눈동자만이 일부분 생기를 되찾은 채 소용돌이치고 있었다.

* * *

"기록이 때문에 갔다가 우리가 치유 받은 기분이네."

희은이 중얼거렸다. 줄곧 친정집에서 지내던 그들은 새롭게 이사 온 고층아파트에 짐을 풀었다. 오랜 시간 동안 그들을 따라다니던 파도소리는 이곳과는 어울리지 않았다.

"전에 작업했던 극단에서 새로운 극본 의뢰가 들어왔어."

기철이 짐을 풀며 말했다.

"다시 극작가를 하겠다고?"

"그래도 당장 돈을 벌 수 있는 게 그것밖에 없으니까. 아버지한테 받은 돈도 돌려드려야지."

"아버님 덕분에 그래도 이사를 했네요. 감사하게…"

"나도 장인어른한테 감사해. 갈 곳 없었던 우리를 바로 받아주셨었잖아. 갑작스러워서 불편하셨을 텐데…"

"기록이가 안쓰러워서 더 그러신 거 같아요…"

짐을 풀면서도 두 사람의 시선은 기록을 쫓고 있었다. 기록은 고층 아파트의 경관을 내려다보고자 베란다로 향하고 있었다. 무언가 이상한 낌새를 느낀 기철은 정리하던 옷을 버리고 기록에게로 달려갔다. 아니나 다를까 기록은 열려 있는 베란다 창문에 손을 짚고서 타고 오르려 하고 있었다.

"기록아! 안 돼!!"

기철은 기록을 재빨리 낚아챘다. 다행히 창틀 위로는 올라가지 못했지만, 하마터면 기록까지 잃을까 봐 두려웠다.

"떨어졌어. 떨어졌어!!"

기록이 소리쳤다. 오랜만에 듣는 목소리였다.

"기록아!!"

희은도 기록을 향해 달려왔다. 그녀는 기록을 끌어안았다.

"왜 그랬어? 왜 창틀에 올라가려고 한 거야? 엄마 너무 무서웠어…"

"엄마…떨어졌어. 떨어졌어…"

"뭐?"

"저기-. 높은 곳에서 기억이가 떨어졌어."

희은은 기철을 걱정스러운 표정으로 바라보았다. 하지만 기철의 얼굴에는 희망이 서려 있었다.

"사고인 걸로 하자."

"사고? 사고인 걸로 하는 게 아니라 그건 사고가 맞아."

"알지. 내 말은, 절벽에 세운 집은 처음부터 없었던 걸로 해."

* * *

기록이 곤히 잠든 것을 확인한 기철은 희은의 옆으로 가 누웠다. 희은은 그에게 화가 났는지 등을 돌렸다.

"아까 했던 말. 무슨 말이야? 절벽에 세운 집은 처음부터 없었던 걸로 하자니? 어떻게 그래. 그 집은 기억이가…" 그녀는 울먹였다.

"기록이 때문에 그래. 기록이 정신이 오락가락하는 거 같아. 그래서 차라리 절벽에서 있었던 일은 잊게 만들면 어떨까 하고."

기철의 말에 희은은 상체를 일으켜 기철을 바라보았다.

"기억을 조작하기라도 하자는 거야?"

"아까 의사 선생님 말 들었지. 그 시간에 머무르는 게 아니라 현재로 돌아올 수 있게 해야 한다고."

그 모든 게 기록이를 위하는 일이라는 말에 희은은 기철의 말에 집중했다. 기철은 계속해서 말을 이어갔다.

"당신은 어린 시절에 있던 일들 다 기억해? 우리가 마음먹기에 따라서 얼마든지 세뇌할 수 있을 거야."

"어떻게 조작할 건데?"

"잊었어? 나 극작가잖아. 무대를 바꾸는 거야. 절벽에 세운 집에서 고층 아파트로. 그리고 기억이는…"

그는 차마 뒷말을 이을 수가 없었다. 그것은 자신의 아내에게 차마 해서는 안 되는 몹쓸 말을 하는 기분이 들었기 때문이다.

하지만 그녀는 기철이 하고자 하는 말의 의도를 눈빛만으로도 이해할 수 있었다. 그녀는 주체할 수 없이 쏟아지는 눈물을 훔치며 그의 말을 대신 이었다. "죽은 걸로 하자는 거지?"

"그래. 그래야 기록이가 포기하고서 자신의 삶을 살아갈 수 있어."

"우리가 그래도 될까…? 우린 기억이의 부모잖아. 기억이가 살아서 돌아올지도 모르는데…"

"필요하다면 가짜 무덤을 만들어야 할 수도 있어…"

그녀는 분노에 차 기철의 가슴팍을 때리며 울기 시작했다.

"당신 미쳤어? 자기 무덤을 만들었다는 사실을 알면 기억이가 우리를 얼마나 원망하겠어…"

어렴풋이 인정하고는 있었다. 기억이는 아마 영원히 돌아오지 못할지도 모르겠다고. 바다가 보이지 않을 만큼의 까마득한 높이. 절벽을 거세게 때리던 파도. 시신이 발견되지 않았을 뿐, 그 높이에서 살아남는다는 것은 기적에 가까웠다. 그들은 기적을 바라고 있었지만 한편으로는 그 낭떠러지에서 목소리가 들려오는 듯했다. 바다는 기억이를 내어주지 않을 거라고.

기철은 자신을 때리는 희은의 손길을 저지하고자 그녀의 양 팔을 붙잡았다. 그러고는 눈물 젖은 눈으로 그녀를 바라보며 말했다.

"나라고 좋아서 이러겠어? 사망신고를 하자는 건 아니야…그냥 기록이가 안심할 수 있게. 단념할 수 있게. 더 이상 자책하지 않도록 하자는 거야. 기억이는 지키지 못했지만 기록이는 꼭 지켜야 하지 않겠어?"

"그래…우린 기록이를 지켜야해."

두 사람은 소리 내어 울며 서로를 끌어안았다. 시련은 그들로 하여금 가짜 유골함을 납골당에 안치하는 위법을 저지르게 했다. 하지만 공통의 비밀이 생긴 후로 두 사람에게는 이전에는 없던 돈독함이 자라났다.

* * *

"기록아. 잠깐 아빠 좀 볼까?"

하늘을 보고 멍하니 앉아 있는 기록에게 기철이 다가가 조심스럽게 말을 걸었다. 기록은 고개도 돌리지 않고 하늘만 바라보았다. 기철을 투명 인간 취급하는 것이었다. 기철은 그런 기록에게 사진 한 장을 내밀었다. 기억의 위패가 놓인 납골당 사진이었다.

"기억이를 찾았어."

순간 기록의 고개가 움찔거렸다. 기록은 그제야 기철을 향해 고개를 돌렸다. 아무런 말도 하지 않았지만, 그의 눈동자 속에서는 "기억이를 찾았다고요?"라고 묻는 눈빛이 어려 있었다.

"그래. 기록아. 기억이는…"

"찾았어…?"

기록이 눈물이 가득 고인 눈으로 물었다. 동생 기억의 이야기에 반응한 것이었다.

"찾았어."

"어디 있었어? 지금 어디 있어?"

기철은 납골당 사진을 내밀려다가 재빨리 자신의 등 뒤로 숨겼다. 아직은 말로도 설득이 가능할 거라는 생각에서였다.

"바닷속에 있었어?"

"기록아. 바다 같은 건 없어."

"떨어졌어. 높은 곳에서."

"알아. 고층아파트에서 떨어졌지."

"절벽이었어 아빠."

"아니야. 아파트였어. 따라 해 봐. 아. 파. 트."

"아파트…?"

"그래."

"떨어져서 어떻게 되었어?"

"떨어져서…"

그가 설명하고 있는데 저 멀리 입을 틀어막은 채 이 모든 상황을 지켜
보고 있는 희은이 보였다.

"떨어져서 새가 되어 날아갔어."

"새가 되었다고?"

"하늘이 너무 사랑해서. 우리 중에 가장 먼저 데려갔단다."

"그럼 언제 다시…볼 수 있어? 나도 그 절벽에 가면…"

"절벽이 아니라 어디라고 했지?"

"절벽에서…"

"아니지. 어디라고? 아. 파. 트에서."

"절벽에서."

"아니야. 기록아 따라 해봐. 아. 파. 트. 에. 서."

"…아파트에서."

"그래, 그래. 기록아. 잘했어."

기록은 혼란스러운 표정으로 기철의 말을 되뇌었다.

"…아파트에서."

"당장은 쉽지 않겠지." 기철이 방문을 닫으며 말했다. "그래도 많이 좋아 보여. 아파트라고 믿기 시작할 때쯤에 아예 낮은 층으로 이사 가는 거야. 1층도 좋겠지."

"납골당까지 만들었으니 사망신고를 해야 하는 건 아닐까?"

희은은 당장이라도 울 것 같은 표정을 지었다. 기철은 아내가 원하는 게 무엇인지 알고 있었다. 그도 같은 마음이었다.

"그러면 우리가 정말 기억이를 포기한 것 같잖아. 경찰이 미제사건이라고 말했을 때, 난 언젠가 기억이를 다시 만날 수 있을 것 같은 기분이 들었어."

기록에게는 고층아파트라고 누우이 말했지만 기철은 그 절벽을 단 한 번도 잊은 적이 없었다. 그는 매일 밤 꿈속에서 그 절벽 위에 서 있었다. 절벽 아래에서는 기억이가 엉엉 우는 울음소리가 들려왔다. 그는 당장이라도 절벽 아래로 뛰어들어 기억을 품에 안고 싶었다. 그것이 설령 차가운 바닷속이라도 괜찮았다. 그는 모든 것이 자신의 탓이라고 생각했다. 하지만 그가 절벽 아래로 뛰어내리려고 할 때마다 들려오는 또 다른 목소리가 있었다. 바로 등 뒤에서 아들 기록이 자신을 부르는 목소리였다.

"미안하다 기록아. 네 탓이 아니야. 어린 너희들을 제대로 보살피지 못한 내 탓이다. 아빠가 미안해."

그는 꿈속에서 눈물범벅이 된 얼굴로 기록이에게 몇 번이고 사과했다.

"아빠가 꼭 기억이를 찾아올게. 조금만 기다려 줘."

이렇게 말한 그가 기억이를 찾기 위해 절벽 아래로 뛰어내리는 순간,

눈을 번쩍 뜨며 꿈에서 깨어났다. 죄책감이 심할 때는 잠이 들지 못한 채 아침을 맞이할 때도 많았다. 그렇게 아침이 밝아오면 그는 아무렇지도 않은 듯 하루를 버티고 또 버텼다. 그럴 때면 울지 않았음에도 온몸의 수분이 빠져나가는 기분이 들었다. 희은은 그가 이토록 극심한 죄책감에 시달리는 것을 누구보다도 잘 알고 있었기에 단 한 번도 그를 탓하지 않았다. 그럴 때마다 어린아이처럼 우는 그를 품에 안고 달래 주었다.

"그때 말이야. 아빠가 미국에서 우리 집에 온 날."

"아버님?"

기철이 천장을 바라보며 말하자 희은이 기철을 향해 몸을 돌렸다. 기철은 여전히 천장을 바라보고 있었다. 그날의 기억을 더듬는 모양이었다.

"그 집. 그 집에 경찰관이 들어왔을 때 아빠가 기록이랑 같이 있었는데…기록이가 아빠한테 무슨 말을 했다고 했었잖아. 결국 그건 뭐였을까?"

"당신이 아버님께 따로 물어봤는데도 제대로 대답 안 해 주셨다면서요?"

"둘만의 비밀이니 뭐니. 그런 말씀을 하시더라고."

"워낙 괴짜셔서. 애한테 이상한 소리를 한 건 아닌지 모르겠네요."

"괴짜긴 하셔도 다정한 분이시잖아. 이 집도 그렇고…내가 절벽에 집을 세우고 싶다고 할 때도 군말 없이 보태 쓰라며 돈을 보내주셨어. 아빠가 미국에 가신 것도 자식들 먹여 살리려고 그러신 거였고…"

"나중에 기록이한테 물어보자고요. 뭐라고 했는지."

116

"기록이한테 기억이가 사라진 날에 대해서도 물어보지 못했지."

"우리 그냥 다 잊어요. 절벽에 세운 집 같은 건 처음부터 없었던 거예요. 당신이 쓴 극본이 진짜인 걸로 하기로 했잖아요…"

기철은 눈을 감았다. 정말로 모든 것을 다 잊으려고 결심한 모양이었다.

"그래. 다 잊어버리자. 정말 다 잊는 거야."

그리고 그는 그날 밤 꿈속에서 또다시 절벽 위에 서 있었다.

모든 것을 다 잊자고 결심했지만 어김 없이 기억이의 목소리가 들려왔다. 바위에 부딪히는 파도 소리는 그 또한 산산이 부서질 수 있다고 경고하고 있었다. 하지만 그럼에도 불구하고 그는 바다를 향해 뛰어들었다.

* * *

기억이 실종된 후 기철은 10년 동안 같은 절벽에 올랐다. 절벽에서 가까운 마을로 가 기억이를 찾는 전단을 뿌리기도 했다. 그 전단 속 사진에는 기억이 그토록 좋아하던 애착 인형 도도를 끌어안은 채 미소 짓고 있었다.

생필품을 사기 위해 자주 찾았던 마을. 앙상한 얼굴에 당장이라도 아사할 것 같은 거지꼴을 보고 주민들은 기철이 딱하다며 함께 울었다. 하지만 그렇다고 해서 기억을 찾을 수 있는 것은 아니었다.

실종아동을 찾는 사이트에 접속해 화면 속 기억의 사진을 한참 동안 멍하니 바라보는 것은 일상이 되었다. 시간이 흐를 때마다 실종아동의 현재 추정 나이도 함께 올라갔다. 그의 책상 위에는 단 하루도 빠짐없이 기억의 사진이 담긴 전단지가 쌓여 있었다. 부부는 기억이가 베고 자던 베개를 끌어안고 하염없이 울기도 했다.

"기억이 강아지 인형은 어디 갔을까." 기철이 전단지를 내려다보며 아내에게 물었다.

"도도? 절벽에 세운 집에 두고 왔나 봐요."

"아니야. 그 집에 몇 번이고 갔잖아. 강아지 인형 같은 건 없었는데…"

그들은 어째서인지 한 쪽 다리가 부러진 강아지 인형을 자주 떠올리고는 했다. 이 인형은 건전지를 넣으면 움직이는 자동인형이었다. 언젠가 한 쪽 다리가 부러지자 기철은 기억에게 새 인형을 사주겠다고 했다.

"똑같은 걸로 사 줄게. 깨끗하고 잘 움직이는 걸로!"

하지만 기억은 자신에게 필요한 것은 새 인형이 아니라 도도라고 말했다. 그 똘망똘망한 눈동자가 눈을 감아도 선명했다.

기철이 기억을 찾는 일을 멈추게 된 계기는 바로 기록이었다.

"아빠. 어디 가?"

현관을 나서는 그의 등 뒤에서 기록이 물었다. 생각해 보니 지난날 기억을 찾느라 평일에도 주말에도 기록과 제대로 놀아준 적이 없었다. 그는 지난날 동안 반복해서 꾸던 꿈이 떠올랐다. 기록을 두고 몇 번이고 절벽 아래로 뛰어내리던 자신이었다. 그는 그가 꿈속에서조차 기록을 홀로 두었다는 게 미안했다.

"아빠 어디 안 가."

그는 기록을 바라보며 희미한 미소를 지었다. "여기 있을게."

5. 파도 (2049)

파도 (2049)

[오늘은 그라베마이어상을 수상한 한국을 대표하는 작곡가. 선우율 작곡가님을 라디오 석에 모셨습니다.]

[안녕하세요.]

[피아니스트로 활동하던 당시에도 세계적인 상을 수상하셨었잖아요?]

[부끄럽습니다.]

[쇼팽콩쿠르, 반 클라이번 2관왕에 이어서 작곡가로서도 명성을 떨치고 계시는데요. 피아니스트로서도 충분히 만족스러운 성과를 내셨음에도 작곡가로서의 새로운 출발을 결심하시게 된 계기가 궁금합니다.]

기록은 정현으로부터 건네 받은 주소로 차를 몰았다. 해안에 위치한 이 절벽은 매우 가파르고, 바다와의 고도 차이가 큰 곳이었다. 목적지로 향하는 동안 인공지능 비서는 기록이 물은 질문에 '동해의 파도는 매우 거세어 사람이 추락할 경우 수색이 어려운 곳입니다.'라고 답했다.

기록은 떨리는 마음을 진정시키기 위해 평소에는 듣지도 않던 라디오를 켰다. 피아니스트 겸 작곡가에 대한 이야기라니, 더더욱 관심이 없던 분야였다. 하지만 라디오 속 인물들은 기록의 흥미와는 상관없이 계속해서 인터뷰를 이어갔다.

[누군가가 만들어 놓은 역사를 연주하는 것도 의미가 있지만, 내가 추구하는 음악이 머릿속에서 지워지기 전에 악보 위에 적어야겠다는 생각이 들었습니다.]

[그렇게 탄생한 게 바로 올해 작곡하신 테레민, 피아노, 그리고 오케스트라를 위한 '파도'인가요? 이 작품으로 그라베마이어상을 수상하셨잖아요.]

[맞습니다.]

[소개 좀 부탁드릴게요. 왜 이런 곡을 쓰신 건가요?]

[파도는 제가 좋아하는 단어예요. 파.도. 꼭 계이름을 말하는 것 같잖아요. 건반에서도 유독 파와 도를 칠 때면 기분이 좋거든요. 테레민은 저도 집에서 자주 연주하는 악기입니다. 이 악기를 연주할 때면 제가 마법사가 된 기분이 들어요. 테레민이 내는 소리는 깊은 바닷속을 헤엄치는 고래의 허밍 같고요.]

[작곡하신 '파도'가 그라베마이어상을 수상한 것은 현대 음악의 새로운 가능성을 열었다는 평가를 받고 있습니다. 이 작품은 전통적인 오케스트라 음악에 테레민이라는 전자 악기를 결합하여 새로운 음향 세계를 개척한 것인데요. 그럼 과연 어떤 곡인지. 청취자 여러분들도 한번 들어보실까요. 선우율의 테레민, 피아노, 그리고 오케스트라를 위한 '파도'.]

라디오를 통해 흘러나오는 테레민 소리는 태어나서 한 번도 들어본 적이 없던 소리였다. 기록은 좀 더 자세히 듣고자 자동차의 볼륨을 높였다. 차 시트에 장착된 진동 스피커는 그가 마치 공연장에 있는 것처럼 느끼게 해 주었다. 기록은 그들이 연주하는 모습을 직접 보고 싶다는 충동에 사로잡혔다. 하지만 운전을 하면서 가상의 영상을 보는 것은 법적으로 금지되어 있었다. 그는 차를 갓길에 세운 후 콘택트렌즈를 VR모드로 전환했다. 그러자 그의 눈앞에는 라디오에서 제공해 준 가상영상이 보여왔다. 테레민을 연주하는 연주자의 형상. 그의 손은 공중에서 춤을 췄다. 그의 손끝에는 아무것도 없었지만 분명 선명한 음계를 만들어내고 있었다. 때로는 바닷속을 유영하며 노래하는 고래의 목소리 같았다.

익숙한 악기의 소리도 함께 들려오고 있었으니 바로 피아노였다. 피아노는 물리적 타건 감이 명확한 악기였다. 때로는 깊고 묵직한 저음으로 바다의 넓고 깊은 대양을 묘사했고, 때로는 빠르고 섬세한 아르페지오로 파도가 부서지는 순간을 생동감 있게 그려냈다. 테레민의 비물질적 음향과 피아노의 물리적 타건 감은 분명 상반되는 것임에도 절묘하게 결합하고 있었다. 바다의 거대한 힘과 그 속에서 느껴지는 고래의 고요한 외침. 기록은 이 노래가 절벽에 세운 집과 어울린다고 생각했다.

'이번에 만드는 영화에 BGM으로 넣을 수 있으면 좋겠는데…방금 작곡가가 누구라고 했었지…?'

기록은 AI 비서에게 지금 흐르고 있는 음악의 작곡가가 누구냐고 물었고, [선우율]이라는 답변이 돌아왔다.

차량 뒷좌석에서는 노랫소리가 들려왔다. 흘러나오는 음악과는 전혀 어울리지 않는 본능에 의한 노래였다. 목소리의 주인은 기만이었다.

"할아버지. 꼭 이렇게까지 하셔야겠어요? 그냥 집에 계시라니까요."

"내 눈으로 똑똑히 볼 거야. 그 절벽에 다시 오르는 순간을!"

기록이 절벽으로 향한다고 하자 그의 부모님은 그를 따라나서겠다고 하였다. 하지만 기록은 홀로 먼저 절벽에 올라 부모님이 오셔도 괜찮을지를 살펴보고 싶었다. 그때 기록을 따라가겠다며 떼를 쓴 것이 바로 기만이었다. 어찌나 고래고래 소리를 지르던지, 결국 기록은 할아버지를 모시고 가기로 결심했다.

"괜히 함께 갔다가 사고라도 나면…"

걱정이 되었지만 그 누구도 할아버지의 고집을 말릴 수 없었다. 결국 기록은 기만의 한 쪽 손을 잡았다. 그 모습을 바라보며 기철은 묘한 미소를 지었다.

"파킨슨에 걸려 왼쪽 다리를 절던 아버지가 우리들보다도 건강하다니. 역시 오래 살고 볼 일이야." 기철이 중얼거렸다.

기록은 뒷좌석에 탄 기만이 혹시 화장실에 가고 싶다고 할까봐 걱정이 되었다. 그는 종종 뜬금없는 타이밍에 화장실에 가고 싶다고 할 때가 많았다. 기록은 선우율과 그가 작곡한 곡들에 대한 감상을 노트 위에 바쁘게 적으면서도 틈틈이 기만의 안색을 살폈다.

"나도 좀 줘 봐."

"네?"

기만은 기록을 향해 손바닥을 내밀었다. "나도 좀 주라고."

"뭐를…달라는 말씀이세요?"

기록은 VR안경을 달라는 의미인 줄 알고 주섬주섬 안경을 하나 꺼내 들었다.

"나도 적게. 좀 줘 봐."

그런데 기만의 손가락 끝이 가리킨 것은 기록의 노트였다.

기록은 기만에게 빈 노트와 펜을 내밀었다. 그의 차에는 여분의 노트가 몇 개고 쌓여 있었다. 처음에는 전자수첩을 드릴까도 생각하였지만 기만은 전자수첩의 작동법을 몇 분 만에 잊어버리고 마는 것이었다.

"할아버지. 거기 이름 적으세요."

"이름? 내 이름?"

"네. 기억 나세요?"

"넌 내가 바보인 줄 아냐!"

[한기만]

기만은 노트 위에 자신의 이름 석 자를 적었다. 기만은 자신도 지워지지 않을 기록을 갖게 되었다는 게 기뻤다. 그 모습을 바라보며 기록은 중얼거렸다.

"할아버지. 우리가 아무리 이렇게 열심히 적어도 잊혀지면 아무 소용이 없는 거겠죠. 우리 존재는 너무 작잖아요. 기억이도 우리처럼 잊지 않는 사람들이 있어야 해요."

피는 숨기지 못하는 걸까. 닮은 생김새 때문인지 기록은 할아버지의 얼굴에서 자신의 얼굴이 겹쳐 보였다. 언젠가 자신도 나이를 먹으면 결국엔 할아버지처럼 모든 걸 잊게 될까 봐 두려워졌다. 그는 때때로 할아버지의 흐려진 눈동자 속에서 자신이 더 열심히 적어야 할 이유를 발견하고 있었다.

* * *

 절벽 위에 차를 세우자 기록은 고향으로 돌아온 기분이 들었다. 눈에
익은 절벽. 어린 시절, 절벽에 세워진 집에서 매일 밤 파도 소리를 들으
며 잠이 들었던 시절이 떠올랐다. 조금 더 오래 머문다면 동생이 실종
된 그날의 기억도 돌아오지 않을까.

 하지만 그가 마주한 것은 어린 시절에 자신이 살던 집과는 전혀 다른
형태의 것이었다. 미래형 건축물이란 이런 것일까? 기록은 잠시 넋을
잃고 집을 바라보았다. 살아있는 자연을 소재로 활용하여 자연과 동
화된 신형 건축물이 여기저기서 건축되고 있다는 소문은 들었지만 실
제로 보는 것은 처음이었다. 벽은 빛을 반사하는 거울 재질로 만들어
져 외부에서 보면 자칫 집이 없는 것처럼 보였다. 하지만 그곳에는 집
의 주인이 세워둔 팻말이 있었고, 그 팻말에는 영어로 The Place for
Melodies(선율이 머무는 집)라고 적혀 있었다. 열린 창문 너머로는 피
아노 소리가 흘러나왔다.

 '인공적인 건축물이…풍경 속에 자연스럽게 녹아 들었군.'

 기록은 그 건축물이 테레민과 피아노의 합주 같다고 생각했다. 하지
만 도대체 누가 기록이 살았던 폐가를 허물고 천문학적 돈이 드는 미
래형 집을 세운 것일까? 그것도 외딴 절벽에.

생각이 여기까지 도달하자 그는 하나의 가능성이 떠올랐다.

 '기억이가 이곳에 돌아온 걸까?'

 그는 생각에 잠긴 채로 기만을 바라보았다. 기만 또한 같은 생각을 한
것인지 눈동자가 흔들리고 있었다.

126

"할아버지. 저 집에 기억이가 있을 수도 있을까?"

"기록아." 기만은 사뭇 진지한 표정으로 말했다. "보고 싶어…"

"할아버지도…기억이가 보고 싶죠?"

그러자 기만은 기록의 팔목을 움켜쥐며 말했다. "소변이 보고 싶어."

기록은 순식간에 무드가 와장창 깨지는 기분이 들었지만, 한편으로는 화장실을 빌리는 것도 집주인을 보기 위한 좋은 구실이 아닐까 생각했다. 낯선 남자들을 들여보내 줄 리는 만무했지만, 나이가 지긋한 노인이 화장실이 급하다고 하면 어쩌면 이해해 주지 않을까. 아니면 혹시 여기가 절벽이니까 아무 데서나 해결하라고 하는 것은 아닐까.

어찌 되었든 기록은 기만의 손을 붙잡고 절벽 위 집을 향해 성큼성큼 걸어갔다. 기록이 집의 대문에 가까워지자 벽은 그를 인식한 듯 부드럽게 열리며 그를 맞이했다. 마치 집 자체가 살아 있는 유기체처럼 반응하고 있었다.

"실례합니다…"

기록은 인기척을 내기 위해 일부러 헛기침을 했다. 피아노 소리가 계속 들려오고 있었지만 클래식에 문외한이었던 기록은 그게 어떤 곡인지 알지 못했다.

집 내부는 차분한 톤의 자연 소재로 채워져 있었고, 빛은 공간 곳곳에서 은은하게 흘러나왔다. 특별한 조명 장치를 켜지 않고도 자연의 빛만으로 내부를 비추고 있었다.

문이 많은 긴 복도를 걸어가면서도 기록은 닫혀 있는 문들을 열지 않았다. 피아노 소리가 나는 곳을 향해서만 성큼성큼 걸어갔다. 그곳에 분명 사람이 있을 터였다.

"화장실!! 화장실!!"기만이 재촉했다.

"잠깐만요 할아버지. 집주인한테 물어봐야죠."

이윽고 기록은 작은 콘서트홀처럼 생긴 거실에 도달했다. 은은한 조명이 드리운 천장은 높은 돔 형태로 설계되어 있었고 벽면은 음향을 극대화하는 목재로 세련되게 마감되어 있었다. 집안 곳곳에서 집주인의 부유함이 묻어나왔다. 피아노 소리는 거실 중앙에 있는 그랜드피아노에서 나오는 것이었다. 기록은 피아노 연주자를 보고서 놀랄 수밖에 없었다. 초등학생 나이로 보이는 어린이가 눈을 감은 채 능숙한 손놀림으로 연주를 하고 있었던 것이다.

기록은 혹시나 자신이 그의 연주를 방해할까 봐 숨을 죽이고 지켜보았다. 기만 또한 연주에 취해 화장실이 급하다는 사실조차 잊어버린 모양이었다.

피아노 연주자의 연주가 끝나자 기록과 기만은 저도 모르게 우레와 같은 박수를 쳤다.

"누구세요…?"

예상치 못한 박수 소리에 아이는 놀란 토끼 같은 표정을 지었다. 피아노 옆에는 낯선 사람이 침입하면 누르는 비상 버튼이 달려있었고 아이는 재빨리 그 버튼으로 손을 가져다 댔다. 하지만 아이는 그 버튼을 누르지 않고 기록과 기만을 다시 한번 바라보았다. 표정을 보아하니 무언가 사정이 있어서 온 것처럼 보였다.

"혹시 아버지가 보낸 분들이신가요?"

"죄송합니다. 저희는 화장실이 급해서 들어온 사람들이에요."

"화장실이 급해서 절벽까지 오셨다고요?"

집으로 들어온 이유를 알게 되자, 아이는 이전보다 더 놀란 모양이었다.

"정확히 말씀드리자면…그 반대죠. 절벽에 왔는데 화장실이 급해진 거죠."

"아버지가 알면 제가 혼나서…화장실만 쓰고 돌아가 주실 수 있을까요?"

"물론이죠."

기만은 다시 박수를 치기 시작했다. "브라보-! 브라보!!!"

기만의 함성소리에 아이는 쑥스러워졌는지 멋쩍은 웃음을 지었다.

* * *

기만이 화장실에 간 사이, 기록은 따뜻한 차 한 잔을 대접받았다. 아이는 나이에 비해 일찍 철이 든 듯 차분한 분위기를 풍기고 있었다.

'이렇게 어린아이가 여기서 피아노를 치고 있다고…? 하긴 나도 어렸을 때 여기 살기는 했지만…'

"여기는 왜 오신 거예요? 아버지가 초대하지 않은 사람이 오는 건 드물어서요."

아이가 물었다. 그도 그럴 것이, 일반인들은 이곳에 집이 있으리라고는 상상조차 할 수 없을 것이었다.

"그게, 제가 사실…믿으실지 모르겠지만 오래전에 여기 살았었거든요. 이 집은 아니고…이 집을 세우기 전에 있던 집이요."

"정말요?"

"네…동생이랑 같이 살았어요. 여기 산지는 얼마나 됐어요?"

"제가 태어났을 때부터 여기 살았는데…"

"혹시 몇 살…"

아이는 양 손바닥을 펼치며 대답했다. "열 살이에요."

기록은 열 살짜리 아이가 수준급의 피아노를 치기까지 얼마나 많은 노력이 필요했을지 짐작이 가지 않았다.

"아까 치던 곡은 이름이 뭔가요?"

"프로코피예프 피아노 소나타 3번이에요."

기록은 노트와 펜을 꺼내 들었다. 참으려 해도 참을 수 없이 적고 싶었다. 새롭게 변해버린 집과 피아노를 치는 10살짜리 아이, 그리고 프로코피예프 피아노 소나타에 대해서.

"아저씨는 좋은 사람이네요."

메모를 열심히 하는 기록을 바라보며 아이가 말했다. 열 살짜리 아이가 사람의 좋고 나쁨을 어느 정도까지 판단할 수 있을까 싶으면서도 왜 자신을 좋은 사람이라 평가했는지 궁금해졌다.

"왜…좋은 사람이라는 거예요?" 기록은 글씨를 쓰던 손을 멈추고 물었다.

"저한테 존댓말을 하고 계시잖아요."

"그건…" 그는 어째서인지 아이의 모습에서 지난날 자신의 동생이 겹쳐 보였다. 어쩐지 외모도 닮은 것처럼 느껴졌다. 기억이가 눈앞에 앉아 있다고 생각하자 울컥 슬픔이 올라왔다. 하지만 기록은 티를 내지 않기 위해 재빨리 감정을 추슬렀다.

"모든 아이는 존중받아야 마땅한 존재니까요. 지금 제가 하는 말이…

무슨 말인지 어려울지도 모르지만."

"존. 중."

아이는 기록의 단어를 따라 했다.

"좀 어려운 말이죠?" 기록은 단어의 뜻을 설명해 주려고 했다. 하지만 아이는 기록이 설명하기도 전에 말을 이었다.

"어른들이 아이를 존중하는 방식은 사람마다 다른 거 같아요."

기록은 그 말이 무엇을 뜻하는지 이해하지 못했다. 그는 어쩌면 이 아이는 일반적인 아이들과는 조금 다른 부류의 아이일 수도 있겠다는 생각이 들었다.

'분명 아이큐가 엄청 높은 걸 거야…' 그러다 기록은 화장실에 간 할아버지가 너무 오랫동안 돌아오지 않고 있다는 사실을 깨달았다.

"앗…! 할아버지…"

그는 자리에서 벌떡 일어나 할아버지가 간 화장실로 달려갔다. 아이도 기록의 뒤를 따랐다.

"할아버지-!"

기록은 조바심이 났다. 어린아이에게 시선을 빼앗겨 할아버지를 시야에서 놓쳐버리고 만 것이었다. 화장실에 있어야 할 할아버지는 보이지 않고, 투명한 문 너머로 켜져 있는 전등만이 '조금 전까지 이곳에 계셨었다'고 말해주고 있었다.

"안돼…"

기록은 할아버지도 동생처럼 되는 건 아닌가 하고 걱정되기 시작했다. 정신이 온전치 못한 상태라면 어린아이보다 더 인지능력이 떨어질 수도 있는 일이었다. 만일 할아버지마저 지켜내지 못한다면 부모님의 얼굴을 볼 낯이 없었다. 기록은 실성한 사람처럼 집 안을 뛰어다녔다. 그 바람에 자신의 일기장이 떨어진 사실조차 몰랐다. 아이는 기록의 일기장을 집어 들고는 일정한 템포로 휘리리리릭-하고 페이지를 넘겼다. 한 페이지에 시선이 오래 머무르는 일은 없었다. 마지막 장에 다다르자 일기장을 고이 덮었다. 그러고는 기록을 진정시키기 위해 가까이 다가갔다.

"잠시만요. 제가 AI 비서에게 물어볼게요." 이렇게 말한 아이는 "집 안에 우리 말고 다른 사람이 어디 있는지 찾아줘."라고 AI에게 말했다. 집 전체에 장착된 AI가 안내방송처럼 "네. 알겠습니다 기억님." 이라고 답했다.

기록은 귀를 의심했다.

"방금…뭐라고…?"

기록은 자신과 같이 있던 아이를 뚫어져라 바라보았다. 자신이 잘못 들은 게 아니라면 AI는 분명 아이를 '기억'이라고 불렀다.

기록은 아이의 양쪽 어깨에 손을 얹고는 자세를 낮추었다.

"이름이…뭐라고?"

그때 저 멀리서 피아노 소리가 들려왔다. 형편없는 피아노 실력. 누가 연주하고 있는 건지 유추하는 건 어렵지 않았다.

"기억님. 찾으시는 낯선 사람은 거실 피아노에 앉아 피아노를 연주하고 있습니다. 또 다른 명령이 있으십니까?"

"괜찮아." 기억이 대답했다. 그러고는 자신이 주웠던 일기장을 기록에게 건넸다. 기록은 일기장을 잃어버릴 뻔했다는 사실에 놀랐지만, 그 안의 내용을 유심히 볼 만큼의 시간은 없었다는 사실에 안도했다. 기만이 집 안 어디에 있는지를 알게 되자, 기록의 관심사는 오로지 눈앞에 있는 아이에게로 쏠렸다.

"이름이…기억이라고…? 정말 기억이야?"

"아저씨. 저를 아세요?"

기록은 아이를 와락-하고 껴안았다. 마치 잃어버린 동생을 찾은 기분이었다. 만약 동생이 살아있었다면 절대 이 나이일 리가 없다. 무수한 세월이 흘렀다. 하지만 어린아이가 '기억'이라는 흔치 않은 이름을 갖고 있다는 사실이 기록의 내면에 줄곧 감추고 있던 스위치를 눌러버린 것이었다.

"기억아. 기억아…"

원래대로라면 신고를 해야 마땅했지만 기억은 그러지 않았다. 오히려 자신을 끌어안은 남성을 양 팔로 끌어안고 고사리 같은 손으로 다독여 주었다. 남성이 어른답지 않게 소리를 내고 엉엉 울고 있었기 때문이다.

"아이고! 기록아. 왜 울고 있어? 너 거기서 뭐 해?"

하얗고 검은 건반을 가진 장난감에 싫증이 난 기만이 기록을 찾아왔지만 기록의 눈물은 그날의 빗방울처럼 흘러내렸다.

2024. 6. 7. 나의 기억에게

기억아. 믿기 힘든 일이 일어났다. 어디서부터 설명해야 할지 잘 모르 겠는데. 오늘 나는 너에 대한 단서를 찾기 위해 우리가 살던 집을 찾았 어. 만약 여기서 너에 대한 단서를 못 찾는다면 그날 네가 실종되던 날 의 기억이라도 되찾고 싶었어. 이곳에 오니까 지난날의 기억이 조금씩 돌아오는 것 같기도 해. 그런데…지금부터 내가 하는 이야기…놀라지 마. 내가 미쳐버린 게 아니라면 난 어쩌면 드디어 너와 더 가까워졌는 지도 모른다.

우리가 살던 집은 형체조차 없어졌고, 이곳에는 새로운 집이 세워졌어. 난 모든 단서가 사라졌다고 생각했어. 그런데 기억아. 이 새로운 집에 살고 있는 아이의 이름이 뭔지 알아? 너와 이름이 같아. 기억이래. 성 을 물어보니까 '선우'라고 하더라. 앤 한기억이 아니라 선우기억인 거 야. 그래도 난 이 집에 사는 아이가 '기억'인 게 지난날의 일과 무슨 연 관성이 있는 게 아닐까 해.

그리고 기억아. 이 아이는…그러니까 꼬마 기억이는 엄청난 피아노 연 주를 해. 이렇게 작은 아이가 어떻게 그렇게 어려운 곡을 치는 거지? 악보도 보지 않고서 조금의 주저함도 없이 말이야. 너에게도 알려주고 싶어서 곡 제목을 적어두었어. 프로코피예프 피아노 소나타 3번이래.

언젠가 네가 돌아오는 날 꼬마 기억이가 네 앞에서 이 연주를 하는 상상을 해 봤어.

실은 나. 어쩌면 선우기억의 아버지가 네가 아닐까 생각해. 그러면 이 아이의 이름이 기억인 것도 설명이 돼. 그래서 이 아이의 아빠가 돌아오기를 기다리는 중이야.

"그러니까⋯두 분은 아빠가 보낸 분들이신 거라고요?"

"맞아요."

기록은 거짓말을 하고 있었다. 어린아이에게 거짓말을 하는 것은 옳지 못하다고 생각하던 그였다. 하지만 기억의 아버지를 만나기 위한 다른 방도가 떠오르지 않았다.

"아까는 화장실이 급해서 들어오셨다고⋯"

"그러니까 그건⋯" 기록은 이 상황을 모면하기 위해 머리를 빙글빙글 굴리기 시작했다. "초인종을 먼저 누르고 기다렸어야 했는데. 화장실부터 찾아서 들어왔다는 뜻이었어요. 아버지는 언제 돌아오시나요?"

"아빠 오늘 아침에 떠나셨는데⋯언제 돌아오실지 몰라요. 해외 연주 투어를 가셨거든요. 이번 주에는 보스턴 심포니와 협연이 있고 다음 주에는 뉴욕 필과 협연이 있을 거예요."

"해외⋯연주 투어? 아버지 뭐 하는 분이시니?"

기억은 대답 대신 벽에 걸려있는 초상화를 가리켰다.

천장까지 닿을 정도로 거대한 초상화가 거실 한쪽 벽면을 채우고 있었다. 이 정도로 커다란 사진을 걸어놓을 정도라면 분명 유명인이거나 자기애가 넘치는, 혹은 양쪽 다 임이 분명했다.

기록은 그가 누구인지 맞히고 싶었지만 자신이 아는 유명인의 목록에는 그의 얼굴이 없었다.

"모르세요?" 기억이 물었다. "피아니스트 겸 작곡가예요."

기억은 손목시계에 달린 버튼으로 음악을 재생했다. 벽은 마치 호흡하듯 선명한 음계를 뿜어냈다.

"이 곡은⋯"

기록은 고래의 고요한 외침 같았던 테레민 소리를 똑똑히 기억하고 있었다.

"파도…" 기록이 중얼거렸다.

"맞아요. 저희 아버지가 작곡하신 곡이에요."

기만은 자동차 뒷좌석에서 그러하였듯 알 수 없는 노래를 부르기 시작했다. 그 모습을 보고 기억은 싱긋 웃었다. "할아버지도 작곡가세요?"

'선우율의 집이었어…?'

* * *

기억은 기록과 기만에게 남는 방 하나를 내어주었다. 싱글 침대가 두 개 있는 방이었다. 기록은 부모님께 절벽에 있는 집에서 묵고 간다는 메시지를 보냈다. 구체적인 이야기를 하면 너무 놀라실까 봐 그저 간결하게만 보냈다. 그들은 낡은 폐가가 아직도 그 절벽 위에 있을 거라고만 생각할 터였다.

일단 일을 저지르기는 했지만 이렇게 선우율의 지인인 척을 하며 그를 기다려도 될지 걱정이 되었다. 그는 자신의 AI 비서에게 '다른 사람의 집에 허락도 없이 침입하고, 가족의 지인인 척을 하고, 그 집에 오래도록 머무를 경우 무슨 죄가 적용되지?'라고 질문을 하였다. 그러자 '주거침입죄와 사기죄'라는 답변이 돌아왔다.

'큰일인데…'

이렇게 생각하며 싱글 침대에 눕자, 침대는 기록의 체형에 맞춰 모양이 변형되었다. 그리고는 기록이 뻐근하다고 느끼는 부위들을 마사지하기 시작했다.

"혈압. 심박수. 호흡은 정상입니다."

침대에 부착된 스피커에서는 기록의 건강 상태를 안내해 주었다.

"여긴 정말 좋구나~기록아! 정~말 좋아~"

기만은 또 다른 침대에 누워 침대 위를 수영하고 있었다. 부드러운 침대보가 할아버지의 동작에 맞춰 함께 움직이는 모습이 마치 누워서 추는 춤 같았다.

그 순간 투명한 차창 너머로 은빛의 비행물체가 떠올랐다. 대륙과 대륙, 바다와 바다를 건너 이동할 때 사용하는 자가용 비행선이었다. 비행선의 숫자를 세어보니 모두 다섯 대였다. 기록은 선우율이 돌아온 것은 아닐까 하는 생각에 잔뜩 긴장한 표정으로 창밖을 바라보았다.

잠시 후, 비행물체의 문이 열리더니 탑승객이 내릴 수 있도록 계단이 내려왔다. 바이올린을 든 여성과 첼로를 든 중년의 남성. 그리고 플루트 연주자. 그 후로도 비올라, 클라리넷, 오보에, 트럼펫, 호른, 팀파니 등 현악기와 목관악기, 금관악기와 타악기 연주자가 줄을 이었다. 마지막으로 모습을 드러낸 것은 테레민 연주자였다. 기록은 그들이 향하는 곳이 기억이 피아노를 치던 거실 방향임을 깨달았다. 그윽한 전등이 켜진 어두운 복도를 지나 거실에 도착하자 그곳에는 오케스트라가 완성되어 있었다.

구성원은 한 명 한 명이 전설적인 인물이었다. 바이올린을 연주하는 여인은 세계 최고의 명성을 가진 솔리스트였고, 첼리스트인 중년의 남자는 자신만의 독창적인 연주 스타일로 혁신을 일으킨 연주자였다. 플

루트 연주자는 단 한 번의 연주만으로도 수많은 팬의 마음을 사로잡은 스타였다.

기억은 이 낯선 이들이 왜 자신의 집을 찾아왔는지 모르는 모양이었다. 첼리스트는 기억에게 "선우율 작곡가님이 보내셨습니다."라고 답했다. 그러자 기억은 조금의 당황한 기색도 없이 고개를 끄덕였다. 기억은 피아노 앞에 앉아 깊은숨을 들이마셨다. 유수한 세월이 흘러도 피아노의 모양은 예나 지금이나 같았다. 오히려 예술가들은 빠르게 변화하는 세상 속에서 변하지 않을 가치를 붙잡고 싶어 했고, 많은 사람들이 악기의 변치 않는 모습들을 보며 향수를 느끼고 있었다.

현악기의 조율 소리가 거실 가득 울려 퍼졌다. 오케스트라 단원들의 눈에 기억은 어린아이가 아니었다. 세계적인 아티스트로 자라날 신동이었다. 그들은 기억이 이 시대의 멘델스존이 되리라 기대했다. 19세기 독일을 대표하는 낭만주의 작곡가이자 지휘자, 피아니스트였던 펠릭스 멘델스존. 고전주의와 낭만주의의 경계를 넘나들며 독창적이고 아름다운 음악을 남긴 인물. 그 또한 기억처럼 그의 아버지인 아브라함 멘델스존으로부터 오케스트라를 선물 받았다. 그는 매우 부유한 가정에서 자랐으며, 그의 음악적 재능을 발전시키기 위해 부모님은 아낌없는 지원을 했었다.

기억의 손가락이 피아노 건반 위에 가볍게 얹어졌다. 흑단과 상아로 이루어진 건반의 감촉이 그의 손끝에 전해졌다. 그의 손길로 태어날 음악을 기대하듯, 건반은 기억에게 어서 자신을 어루만져달라 애원하고 있었다.

그가 이번에 선택한 곡은 라흐마니노프의 피아노 협주곡 2번이었다.

이 곡은 단순한 피아노 협주곡이 아니었다. 광활한 대지의 깊은 어둠과 슬픔, 그리고 그 속에서 피어나는 희망의 감정이 복잡하게 얽힌, 거대한 서사가 느껴지는 곡이었다. 첫 번째 악장이 시작되자, 피아노 위의 작은 소년은 마치 피아노와 하나가 된 듯 손가락 끝으로 거대한 선율을 그려 나갔다. 라흐마니노프 특유의 묵직하고도 깊은 선율은 기억의 손끝에서 부드럽게 흐르다가, 때로는 폭풍처럼 휘몰아치기도 했다. 피아노와 오케스트라는 대화를 주고받는 것처럼 들렸다.

두 번째 악장이 시작되자, 오케스트라가 먼저 감미롭고 몽환적인 선율을 만들어냈다. 잠시 후 피아노가 그 위에 자연스럽게 얹어지며 조용하고도 낭만적인 분위기를 자아냈다. 기억의 손놀림은 이전보다 한껏 부드럽고도 섬세해졌다. 마치 잘 닦아놓은 유리 위를 미끄러지는 듯한 선율이 피아노를 타고 흘러나왔다. 기록이 오른쪽을 바라보니 기만은 감격에 겨운 표정으로 눈물을 흘리고 있었다. 맑은 음색의 오보에가 그의 마음속 깊은 곳의 무언가를 자극한 것이다.

깊은 우울증에 걸렸던 라흐마니노프가 자신의 마음속에서 그려냈던 분노, 슬픔, 절망. 그리고 모든 것을 회복한 후에 느꼈던 희망까지. 그 복잡한 감정들을 기억은 모두 다 이해하는 듯했다. 단순히 악보대로 연주하는 것이 아닌 작곡가의 삶을 노래하고 있었다.

'어떻게 저런 감정을 표현하지…'

마지막 악장은 다시금 밝고 활기찬 분위기로 전환되었다. 오케스트라와 피아노는 서로 경쟁을 하듯 빠르고 강렬한 리듬을 주고받았다. 기억의 작은 체구에서 폭발적인 에너지가 뿜어져 나오며 강렬한 피날레를 장식하려는 순간. 기만은 기억을 향해 소리를 고래고래 실렀다.

"기억아! 기억아 할아버지가 왔다. 기억아!!!"

그 바람에 기억은 연주를 멈추었다.

"죄송합니다. 정말 죄송합니다."

기록은 자리에서 일어나 기만을 대신해 사과했다. 하지만 기억의 표정에는 탓하는 기색이 전혀 없었다. 그는 그저 기록의 감정을 복사하기라도 한 듯 멋쩍은 미소를 짓고 있을 뿐이었다.

기록은 기만의 손을 이끌고 침실로 돌아갔다. 침실에 설치된 스피커를 통해 거실에서 연주하고 있는 곡이 흘러나왔다. 마치 음악을 감상하기 위해 지어진 집인 것처럼, 아니 음악 그 자체가 심장부인 것처럼 방에서도 복도에서도 음악을 들을 수 있었다. 집주인이 고립된 절벽을 택한 이유가 어쩌면 음악 때문이겠구나 생각했다.

그렇게 그들의 연주는 때로는 피아노 소나타로 때로는 오케스트라와의 협주로 5시간 동안이나 계속되었고, 클래식에 대해 잘 모르는 기록은 그저 새로운 음악이 시작될 때마다 곡명이 무엇인지를 AI에게 물을 따름이었다.

"할아버지. 신기하다. 저 어린아이가 이런 연주를 한다는 게."

기만은 무려 5시간째 눈물을 흘리고 있었다. 기록은 기만이 혹시 탈수로 쓰러지는 건 아닌가 걱정이 되었다. '아무래도 할아버지를 집으로 모셔다드리고 와야겠는데…'

"할아버지. 뭐가 그렇게 슬퍼요?"

"기록아. 저 어린 아이가 연주하는 곡들에서 눈물이 느껴지잖니…"

오케스트라 단원들이 각자의 집으로 돌아가자 기록은 기만이 잠든 것을 확인한 후 거실로 나왔다. 기억은 지친 표정으로 덮개가 덮어진 피아노 위에 얼굴을 기대고 잠들어 있었다.

"기억아, 기억아…?"

기록은 조심스럽게 속삭이듯 기억을 불러보았지만 기억은 좀처럼 일어날 생각을 하지 않았다. 오히려 악몽을 꾸기라도 하는 건지 얼굴을 찌푸리고 있었다.

'도대체 이 어린애를 두고 부모들은 어디를 간 거야…? 애 아빠는 그렇다치고 애 엄마는 어디 갔길래 코빼기도 안 보여…?'

기록은 잠든 기억을 방으로 데려가 눕혀야겠다는 생각에 기억의 팔을 붙잡았다. 그러자 기억은 고통스러운 신음을 내뱉었다. 기록은 악몽으로부터 기억을 구해야겠다는 생각에 기억을 붙잡고 힘들었다.

"기억아. 기억아 일어나 봐." 그는 존댓말을 하고 있었다는 사실조차 잊어버렸다.

"으음…"

기억은 더욱 고통스러운 표정을 짓더니 눈을 비비며 일어났다. 그의 눈앞에는 잔뜩 놀란 표정의 기록이 있었다. "아저씨…?"

"왜 그래. 무서운 꿈이라도 꿨어?"

기억은 자신의 팔을 잡고 있던 기록의 손을 재빨리 뿌리쳤다. 그러고는 긴 소매로 자신의 팔을 꽁꽁 싸매듯 감추었다.

그 순간 기만이 고함을 질렀다.

"기록이 네 이놈! 동생을 죽인 살인자 놈인 줄 알았더니 드디어 동생을 찾았구나." 그의 정신이 다시 오락가락하는 모양이었다. 선우기억을 한기억으로 착각하고 있었다. 하지만 기억이 이 말을 듣는다면 분명 놀라 경계할 게 분명했다.

"살인자요?" 기억은 믿을 수 없다는 듯 순진무구한 표정으로 물었다.

"아…할아버지가 스릴러를 자주 보시다 보니까…이런 말을 자주 하셔. 신경 쓰지 마."

이렇게 말한 후 기록은 기억에게만 들릴 정도의 목소리로 속삭였다. "할아버지가 좀…아프셔서 그래."

다행히 기억은 기록이 어떤 말을 하는지 이해할 수 있었다. 기억은 일찍이 퇴행성질환에 대해 다룬 글을 읽었었기 때문이다.

"스릴러 좋아하시는구나…저는 라푼젤을 자주 봐요. 최근에 실사화가 되었는데 보셨어요?"

분위기를 전환하고자 기억은 자신이 좋아하는 영화 이야기를 꺼냈다. 라푼젤 이야기를 하는 모습만 보았을 때는 영락없이 어린애였다.

"라푼젤…탑에 갇힌 그거?" 기록이 답했다. 너무 어린 시절에 봤던 작품이라 가물가물했다.

"동화 속 주인공들은 시련을 겪지만…사랑이 모든 것을 해결하더라고요. 할아버지에게도 사랑이 필요한 게 아닐까요."

기록은 기억이 자신보다 어른스럽다고 생각했다. 그는 기억이 자신의 조카였으면 좋겠다고 진심으로 바랐다. 기록은 기억이 거실에서 협주를 하는 동안 선우율에 대해 검색해 보았다. 그의 나이는 올해로 서른 살. 만일 절벽에서 떨어진 동생 기억이 살아 있다면 같은 나이일 것이다. 기록의 가설대로 그의 동생이 절벽에 세운 집으로 돌아왔고, 새로운 집을 지었고, 자신의 아들에게 자신과 동일한 이름을 붙인 채 본인은 예명으로 활동한다면 모든 것이 설명되었다. 실제로 선우율은 본명을 숨긴 채 활동하고 있었고 그의 본명은 어디에서도 검색되지 않았다. 또한 그는 세상에 선한 영향력을 끼치는 인물로 평가되고 있었다. 특히 소아암을 앓고 있는 환우들에게 많은 후원을 했는데, 그가 어린이와 함께 찍은 사진을 기사에서 심심치 않게 발견할 수 있었다. 기록은 그가 자신과는 너무도 비교되는 위대한 인물이라는 생각이 들었다.

"아저씨도⋯그 영화 봐야겠다. 라푼젤."

기록이 자신이 좋아하는 영화를 본다고 하자 기억은 진심으로 기쁜 표정을 지었다. 해맑은 그 미소에 모든 슬픔이 녹아내리는 듯했다. 기록도 기억을 향해 똑같이 미소를 지어 보였다.

"살인자 놈⋯이번엔 또 누굴 죽이려고⋯" 기만은 개의치 않고 동일한 말을 반복하고 있었다.

그때였다. 검은 어둠이 내린 밤하늘에 번쩍-하고 빛이 반짝였다. 천둥은 콰광-하는 소리를 내며 분개했다.

"뭐야. 방금 번개 친 건가⋯?"

기록은 일어서서 창 밖을 바라보았다. 투명한 통창으로 된 창문 너머로 지난 날의 절벽과 어두운 밤하늘이 동시에 보이고 있었다. 다시 한번 쿠궁-하는 소리가 들리더니 먹구름이 드리우고 있었다.

"비 올 거 같네. 하긴. 곧 장마지."

기억은 자리에서 헐레벌떡 일어서더니 "오늘 밤은 주무시고 가실 건가요?" 하고 물었다. 기록은 그가 기억에게 존대하고 있었다는 사실을 다시 떠올리고는 "네." 하고 답했다. 그러자 기억은 "필요한 게 있으면 부르세요. 안녕히 주무세요."라고 말하고는 빠른 걸음으로 자신의 방으로 향했다. 마치 유령이라도 본 사람처럼 쫓기는 듯한 발걸음이었다.

* * *

다시 방으로 돌아온 기만은 여기에서 이러고 있지 말고 당장 동생부터 찾으라며 버럭버럭 소리를 질렀다. 다행히 집이 크고 방음이 잘 되어 기만의 소리가 기억에게까지 들리지는 않았다.

기록은 문득 선우기억이 포털사이트에서 어떻게 소개되고 있을지 궁금해졌다.

'분명 천재가 나타났다고 난리겠지…'

그는 각종 포털사이트에 선우기억의 이름을 입력했다. 그런데 미래가 유망해 보이는 이 신동은 그 어떤 포털사이트에서도 검색이 되지 않았다. AI 비서에게 물어보아도 그런 인물은 찾을 수 없다고 답할 뿐이었다.

"할아버지. 좀 이상해. 저 아이…검색이 되지 않아. 마치 세상에 없는 사람처럼…"

"세상에는 검색이 되는 사람보다 검색해도 안 나오는 사람이 더 많아." 조금 진정이 된 듯한기만이 침대에 누워 전신 마사지를 받으며 답했다. 또다시 이불보가 그의 체형에 맞게 변형되며 마사지를 해주고 있었다.

"그렇기는 한데 그래도 이렇게나 깨끗하다는 게 신기하잖아. 선우율은 세계적으로 주목을 받는 사람이고…기억이는 그 사람의 천재 아들이잖아."

"숨기고 싶은가 보지."

"왜?"

기만은 기록의 말에 답하지 않았다. 대신 낯선 환경이라는 듯 주변을 둘러보며 말했다.

"근데 여긴 어디냐."

기만의 기억은 다시 희미해져, 자신이 어디에 있는지조차 잊어버린 모양이었다. 그는 자신이 지니고 있던 노트를 꺼내 펼쳤다. 그곳에 무엇이 적혀있는지 기록으로서는 알 수 없었지만, 기만은 그 노트를 펼쳐서 바라볼 때마다 고개를 끄덕이고 또 끄덕였다.

"우리 날이 밝기 전에 나가자 할아버지. 나 기억이가 자는지 보고 올게. 선우율은 다른 방식으로 만나는 게 맞겠어."

창밖에는 장대비가 내리고, 하늘은 여전히 먹구름을 가득 품은 채 무거운 신음을 토해내고 있었다.

기억이 있는 방을 찾아다니며 기록은 절벽에 세워진 집의 모든 구조를 소형카메라로 찍었다. 그는 이 모든 구조를 기록해야만 직성이 풀리는 것이었다.

드디어 도착한 곳은 절벽으로부터 가장 가까운 방이었다. 방문을 열자 어둠 속에서 공중에 띄워진 화면 하나가 빛을 뿜어내고 있었다.

화면에는 최근에 실사화가 되었다는 라푼젤이 틀어져 있었다. 몇 번이고 반복해서 봤는지, 기억은 라푼젤이 부르는 노래를 따라 부르고 있었다.

기억의 방 한쪽은 투명한 통유리로 되어있었다. 스위치를 누르면 불투명해지고, 다시 스위치를 누르면 투명해지는 벽이었다. 거실에서 보

146

던 각도와는 다른 각도에서 절벽이 보였다. 절벽에 누군가가 서 있다면 그 사람의 얼굴도 확인이 가능할 만큼.

"저기…기억아."

기록은 기억의 이름을 부르며 다가갔다. 하지만 기억은 얼이 빠진 사람처럼 기록의 목소리가 안 들리는 모양이었다. 기억은 자리에서 벌떡 일어서더니 더 큰 목소리로 노래를 부르기 시작했다.

"기억아…?"

가까이 다가서자 어둠 속에서 기억의 얼굴이 선명히 보였다. 정확히 말하자면 번개가 내리쳐 빛이 반사될 때마다 기억의 얼굴이 환하게 보였고 이내 다시 어두워졌다. 기록은 기억이 울고 있는 줄 알았다. 기억은 어딘가 정신이 나간 사람처럼 머리가 헝클어져 있었다. 하지만 울고 있을 거라 생각했던 표정에서 막상 눈물은 흐르고 있지 않자 어딘가 괴기하게 보였다.

"무슨 일이야?" 기록이 물었다.

기록은 기억의 표정에서 떠오르는 형상이 하나 있었다. 그것은 동생을 잃어버린 후로 실어증에 걸렸던 지난날의 자신이었다. 줄곧 잊고 지냈고 잊으려 노력했으나 가슴 깊숙이 자리 잡고 있던 응어리였다.

무슨 일이냐는 질문에 기억은 자신의 얼굴을 감싸며 반사적으로 "잘못했어요…!"라고 말했다.

"뭘 잘못해?"

"잘못했어요." 또다시 기억은 반사적으로 답변했다.

그러자 기록은 "네 잘못이 아니야."라고 말했다. 기록 자신도 스스로가 무슨 말을 하고 있는지 잘 몰랐다. 그저 본능적으로 나오는 말 같았다.

"네 잘못이 아니야, 기억아."

그러자 기억은 눈을 질끈 감았다. 하지만 여전히 눈물은 흐르지 않았다. 입만 우는 아이처럼 벌어져 있었다. 이렇게 보니 역시 작고 작은 어린아이에 불과했다. 파도도 천둥도 번개도 다 다스릴 수 있을 것만 같았던 건반 위의 거인은 온데간데 없었다.

'그래…나도 그랬었지.'

기록은 기억의 한 쪽 손을 조심스럽게 잡아주었다. 피아노 위에 기대어 잘 때 보여주었던 악몽을 꾸는 듯한 표정이 떠올랐다. "너…무슨 일 있는 거지?"

기억은 대답 대신 절벽을 가리켰다. 기록은 기억이 자신의 지난날을 알고 있는 것만 같아 가슴이 철렁했다.

"아저씨. 절벽이 무서워요."

"절벽이 왜 무서워요?"

"그게…."

기억은 대답을 망설이고 있었다. 기록은 기억이 스스로 결심하기까지 묻지 않아야겠다고 생각했다. 기록은 창문으로 다가가 스위치를 눌렀다. 그러자 통유리는 불투명하게 변하고 절벽의 형상은 가려졌다.

"아이한테는 절벽이 무서울 수 있지."

"저한테 존대 안 하고 편하게 말씀하셔도 돼요, 아저씨. 저도 그게 편해요."

기록은 고개를 끄덕이고는 주머니에서 VR안경과 펜들을 꺼내 들었다. 펜은 그가 줄곧 메모하던 펜이 아닌 알록달록한 색깔의 특수 펜이었다.

"아저씨랑 놀자, 기억아. 너 낙서 해 봤어?"

"낙서…?"

기록은 기억에게 다가가 VR안경을 씌워주었다. 어른용이어서 기억에게는 조금 큰 모양이었다. 기억은 한 쪽 손으로 안경이 벗겨지지 않게 고쳐잡았다. 기록은 기억의 또 다른 손에 펜을 쥐여주었다.

"자. 이제 낙서하자."

"그러면…아빠한테 혼날 텐데요?"

"괜찮아. 이건 우리 둘만의 비밀이거든."

기록은 기억의 방을 둘러보았다. 새하얀 이불보가 눈에 들어왔다. 기록은 실례하겠다는 말과 함께 침대 위로 올라갔다. 그러고는 펜 뚜껑을 열고 과감하게 그림을 그리기 시작했다.

"아저씨…그건 이불이에요…"

"그러니까 재밌지." 기록은 개구쟁이 같은 미소를 지었다.

기억은 혹시나 하는 마음에 VR안경을 벗었다. 조금 전까지만 해도 이불 위에 선명하게 그려져 있던 그림이 순식간에 사라졌다. 그리고 다시 안경을 쓰자, 조금 전보다 더 완성된 그림이 보이고 있었다. 개 그림이었다.

"멍멍이…"

"맞아. 우리 집에 살고 있는 도도야."

"마법이네요." 기억이 중얼거리듯 말했다.

기록은 그 말을 놓치지 않고 들었다.

"맞아. 아저씨는 마법사거든. 너도 마법사잖아."

"제가요?"

기억은 조심스럽게 침대 위로 올라갔다. 그러고는 침대 위에 놓인 알록달록한 펜으로 이불 위에 그림을 그리기 시작했다. 볼펜을 쥔 기억의 손은 미세하게 떨리고 있었다. 기록으로서는 그게 어떤 감정에서 오는 떨림인지 알 수 없었다. 그 감정이 기쁨이나 벅차서이기를 바랄 뿐이었다. 얇은 선이 마구잡이로 뻗어 나가더니 점차 두꺼워지고, 둥글다가도 날카롭게 휘어졌다. 그 선은 결코 멈추지 않았다. 이불 위를 가로지르며 거칠게 흔들렸다.

기억의 얼굴은 여전히 당장이라도 눈물을 쏟을 것 같았지만, 그는 손끝으로 감정을 내보내고 있었다. 펜촉이 부서질 만큼 힘을 주어 그리던 손이 갑자기 멈추고, 다른 색을 집어 들었다. 이번에는 검정이었다. 검은 펜은 커다란 덩어리를 그려냈다. 그림을 그리며 기억은 아무런 말도 하지 않았다. 바깥에서 들려오는 빗소리도, 방 안에 함께 있는 기록도, 사물들도 모조리 사라진 것처럼 그에게는 오로지 눈앞의 그림만 있었다. 때때로 기억은 무언가 잘못된 것 같은 표정을 지으며 다시 고쳐 그렸다.

이불 한쪽 구석에는 집이 그려졌다. 절벽 위에 세운 집이었다. 집은 어째서인지 무너져 내린 듯한 형태였고, 창문이나 문은 굳게 닫혀 있었다. 그리고 현실에는 존재하지 않는 울타리가 쳐져 있었다.

기록은 그림을 그리던 손을 멈추고 기억이 그린 그림을 더 유심히 들어보았다. 집의 한쪽 옆을 차지한 검은 덩어리는 집의 두 배만큼 커다란 형상이었다. 기록은 그것이 사람임을 짐작할 수 있었다. 하지만 색깔만으로 성별까지 파악하기에는 어려움이 있었다. 그리고 닫혀있는 창문 안쪽에는 노란색 동그라미가 하나 있었다.

"이건 뭐니?"

궁금증을 참지 못한 기록이 물었다. 기억은 "저예요." 하고 답했다.

노란색 동그라미. 그는 지난날 기만이 달을 가리키며 기억이가 돌아왔다고 말했던 것이 떠올라 심장이 두근거렸다.

기록은 어째서 기억은 작고 노란 동그라미로 묘사되고, 그 옆의 알 수 없는 존재는 집을 밟아버릴 만큼 커다란 존재로 그려진 건지 이해할 수 없었다. 또한 절벽과 바다가 있고, 바닷속에는 무엇일지 모를 형체 하나가 희미하게 그려져 있었다.

기록은 기억에게 설명을 부탁할 수도 있었지만 그러지 않았다. 아이가 자신의 감정을 설명해야 한다고 생각한 순간, 자신의 무의식을 표현하는 것을 주저하게 되기 때문이었다. 또한 그림을 그린 자신조차도 그 감정이 무엇인지 명확히 알지 못하거나 설명하는 것을 부담스러워할 수도 있었다. 그는 아이들의 그림을 해석하는 전문가가 따로 있다는 것을 이미 알고 있었다. 왜냐하면 그 또한 어린 시절 많은 상담을 받으며 더 나은 삶을 위해 노력했었기 때문이다. 기록은 심리상담사에게 기억의 그림을 보여주기 위해 그림을 기록해서 가야겠다고 생각했다.

"기억아. 아저씨가 기억이 그림이 너무 마음에 드는데, 좀 찍어가도 될까?"

"…좋아요."

기억은 자신의 그림이 마음에 든다는 기록의 말을 우호적으로 받아들였다.

"노란 동그라미가 기억이구나. 기억이는 보름달 같네."

"보름달?"

기억이 보름달처럼 눈을 동그랗게 뜨며 말했다.

"아저씨는 태양보다 달을 더 좋아하거든. 태양은 맨눈으로 바라볼 수 없지만, 달은 바라볼 수 있잖아. 빛을 모아서 어둠을 밝혀주기도 하고."

"달빛…그런 생각은 안 해봤는데. 아저씨는 작가 같으시네요…"

"작가의 아들이기는 하지."

'이 아이에게 내가 이러는 게…오지랖은 아니어야 할 텐데….'

빗소리는 어느새 그쳐 있었다. 창으로 다가가 스위치를 누르자, 맑게 갠 하늘과 달빛이 내려앉은 절벽이 보였다. 기록은 VR모드를 해제하며, 본래 전하려던 말을 했다.

"기억아. 아저씨는 가야 해."

"아빠가 오실 때까지 계시는 거 아니었어요?"

"응. 아저씨는 해야 할 일이 생각나서 잠시 절벽 아래에 다녀와야 할 것 같아."

"그럼 작곡 선생님이 오실 때까지만 계시면 안 돼요?"

"작곡 선생님…? 작곡도 배워?"

"내일 아침에 오실 거에요."

기록은 오히려 작곡 선생이 오기 전에 어서 자리를 떠야겠다고 생각했다.

"그래. 알겠어."

얼마나 사람이 고팠으면 낯선 자신에게 이토록 의지하는 것일까. 기록은 어둠이 내린 집에 기억을 홀로 둘 수 없다고 생각했다. 절벽 위로 아침 해가 떠오르기 시작하자 기억이 잠든 것을 확인한 기록은 조심스럽게 침대에서 일어났다.

"또 올게."

기록은 작게 속삭이고는 발소리를 숨기며 방 밖으로 빠져나가려 했다. 그가 문손잡이를 잡았을 때, 기록이 나가는 것을 눈치챈 기억은 "코드 좀 전송해 주세요 아저씨."하고 말했다.

아날로그를 좋아하는 사람들은 아직도 터치형 스마트폰을 휴대하며 번호를 교환하였지만, 이제 대부분의 사람은 손목에 이식된 작은 칩을 사용하였고, 제스처 인식 기술을 통해 투명한 인터페이스를 공중에 띄우는 방식으로 전화를 하였다.

"깼어?"

목소리가 나는 곳을 돌아보자 기억이 졸린지 한 쪽 눈을 비비며 기록을 바라보고 있었다. 기록은 머리 위로 인터페이스를 띄웠다. 그러자 그곳에는 기록의 고유 코드가 적혀 있었다. 기억은 새로운 코드를 받아들이는 손가락 제스처를 취했다. 그러자 기록의 인터페이스에 적혀 있던 코드에서 얇은 빛줄기가 뿜어져 나오더니 기억의 팔로 흘러 들어가기 시작했다. 뚜루루루루- 뚜루루루루-무미건조한 통화연결음이 연이어 들려왔다.

"아저씨. 다음에 제가 통화연결음으로 쓰실 곡 하나 만들어볼게요."

"어? 그런 것도 할 수 있어?"

"그냥요." 이렇게 말하며 기억은 통화를 끊었다. 기록의 인터페이스에도 기억의 코드가 찍혀있었다. 그렇게 기록은 기억과 작별을 한 뒤 절벽에 세운 집을 빠져나왔다.

 기억은 실은 기록이 아버지 선우율과 전혀 무관한 사람일지도 모르겠다고 생각했다. 그것은 첫 만남 때부터 짐작하던 것이었다. 기록이 꾸며낸 허술한 변명. 하지만 거짓말인 것을 알면서도 믿는 척을 해 주었던 것은 그의 눈동자 속에서 출렁이는 검은 물결이 자신의 것과 닮았기 때문이었다.

6. 라푼젤

라푼젤

 집에 도착한 기만은 기철과 희은에게 기억이를 보았다고 했다. 기록은 기만이 만난 사람이 자신의 동생이 아니라고 설명하느라 애를 먹었다. 기철은 절벽에 세운 집에 새로운 사람이 살고 있고, 그 사람을 기록과 기만이 만났다는 것까지만 이해했을 뿐, 피아니스트 선우율과 그의 아들 이름이 기억이라는 이야기까지는 듣지 못했다. 기록은 아버지를 걱정시키고 싶지 않았고, 기만은 이 모든 것을 설명하기에는 몇 분 간격으로 기억이 삭제되는 중이었다. 물론 그는 잊어서는 안 될 것들을 노트에 적고 있었지만 기만에게 노트와 펜이 생겼다는 사실을 기철과 희은은 알지 못했다.

 기록은 절벽에 세운 집에서 있었던 일에 대한 여운이 짙어 영화 '라푼젤'을 틀었다. 너무 어린 시절에 읽었던 동화였기에 핵심적인 장면밖에 기억이 나지 않았었다. 바로, 탑에 갇힌 라푼젤이 길게 땋은 머리를 내리는 장면이었다.

 다시 본 라푼젤의 실사판은 아이들이 보기에는 다소 비극적인 내용이 많아 보였다. 머나먼 옛날. 한 부부가 살고 있었고, 부인은 이웃집 마녀의 정원에 있는 채소가 먹고 싶었다. 이 채소의 이름이 바로 '라푼젤'이었다. 남편은 부인의 소원을 들어주기 위해 마녀의 담장을 넘게 되고, 라푼젤을 훔치는 데 성공하지만 결국 마녀에게 들키고 만다. 부부는 아이를 낳으면 마녀에게 주기로 약속을 한다.

부부는 딸을 낳았고, 약속대로 마녀에게 아이를 넘긴다. 마녀는 아이의 이름을 라푼젤이라고 짓는다. 이때부터 라푼젤은 외딴 탑에 가둬진 채 길러지기 시작한다. 이 탑에는 문이 없었고 오로지 창문 하나만 있었다. 탑 안에 고립된 라푼젤에게는 금발의 긴 머리가 있었다. 마녀는 라푼젤의 긴 머리를 잡고 탑에 오르고 내렸다.

그러던 어느 날. 라푼젤을 구할 사람이 나타났으니 바로 왕자였다. 그는 우연히 라푼젤이 사는 탑 근처를 지나다 라푼젤의 노랫소리를 듣게 된다. 라푼젤에게 한 눈에 반한 왕자는 마녀가 탑에 오를 때마다 "라푼젤, 라푼젤. 머리를 내려주렴."이라고 말하는 것을 알게 된다. 그래서 왕자도 마녀가 없는 틈을 타 똑같은 방법으로 라푼젤의 머리를 잡고 탑에 올라간다.

라푼젤과 왕자는 사랑에 빠지게 되고, 왕자는 라푼젤이 보고 싶어 매일 탑을 오른다. 그리고 왕자는 라푼젤을 구해야겠다고 결심한다. 하지만 마녀는 결국 라푼젤과 왕자의 관계를 알아차린다. 분노한 마녀는 라푼젤의 긴 머리를 잘라버리고 그녀를 머나먼 황야로 추방해 버린다. 또한 마녀는 왕자를 속이기 위해 왕자가 탑을 찾아왔을 때 라푼젤의 긴 머리를 창문 밖으로 내린다. 속임수에 걸린 왕자는 라푼젤의 잘린 머리카락을 타고 탑에 오르고, 왕자가 높은 곳에 도달했을 때 마녀는 일부러 손을 놓아버린다. 땅 아래로 곤두박질친 왕자는 두 눈이 멀게 된다.

 눈이 먼 채로 길을 헤매던 왕자는 라푼젤이 추방된 황야까지 도달하게 되고 우연히 라푼젤을 만나게 된다. 라푼젤은 왕자를 알아보고 기쁨의 눈물을 흘리는데, 이 눈물이 왕자의 눈에 닿자 왕자는 시력을 회복한다. 결국 라푼젤과 왕자는 왕국으로 돌아가 행복한 삶을 산다.

기록은 영화를 보며 선량한 사람들이 왜 그토록 고통을 당해야만 하는지 이해할 수 없었다. 만약 왕자를 만나지 못했다면 라푼젤은 영원히 그 탑에 갇혀 있었을까. 눈이 먼 왕자는 라푼젤의 진심 어린 눈물이 아니었다면 영원히 눈이 먼 채로 살았을까.

 그들에게 서로가 없었다면.

 이런 가설을 세우자 동화는 순식간에 끔찍한 내용이 되어버린다. 그는 기억이 했던 말이 떠올랐다.

 [동화 속 주인공들은 시련을 겪지만… 사랑이 모든 것을 해결하더라고요.]

 그제야 비로소 기억이 왜 그런 말을 했는지 이해가 되었다.

 하지만 현실은 동화와 다르고, 언제나 왕자가 나타나는 것은 아니다. 그래도 기록은 기억이 만큼은 그런 차가운 현실에 대해 영원히 몰랐으면 좋겠다고 생각했다. 만약 언젠가 알게 된다고 하더라도 그의 인생이 될 수 있으면 오래도록 달콤하기를 기도했다.

2049. 6. 8. 나의 기억에게

기억아. 난 오랜만에 라푼젤을 보았어. 다 커서 라푼젤을 보니까 기분
이 묘하더라.
어린 시절에는 주인공들이 아무리 시련을 겪어도 결국엔 해피엔딩을
맞이할 거라는 믿음이 있었어. 그런데 내 삶이 오랜 시간 불행했잖아.
그래서 그런지 동화를 비딱하게 보게 되더라. 네가 라푼젤이었다면 너
에게도 왕자가 나타났어야 맞는 거잖아. 기억아. 넌 그런 사람을 만났
니?

트라우마는 고통스러웠던 순간의 기억이 몇 번이고 플래시백이 되며
재생되는 것이고, 지금 자신이 살아가고 있는 현실이 안전하지 못하다
고 느끼는 것이래. 그래서 예민해지고, 심한 사람들은 자기 파괴적으로
변해 자해를 하기도 한대. 사소한 것에도 깜짝 놀라거나 잠들기가 어
렵고. 나처럼 사건 자체를 떠올리지 않으려고 회피를 하거나 사건 자
체를 기억 못 하는 일도 굉장히 흔하다나 봐. 사람들을 불신하거나 스
스로를 비난하느라 긍정적인 감정을 느끼기가 어렵고, 점점 사회로부
터 고립된다고 해. 나를 포함해서, 그런 사람들을 구할 수 있는 방법이
뭘까? 결국 온전해지기 전까지는 누군가의 부축을 받을 수밖에 없는
거 같아.

전에 들었는데, 봉인 상자 인지 기법이라는 게 있대. 머릿속에 무언가를 담을 수 있는 단단한 상자가 있다고 생각을 해 보는 거야. 구체적일수록 좋아. 어떤 재질로 만들어졌는지, 어떤 색깔이고, 어떤 두께이고, 어떤 크기인지. 그리고 머릿속으로 이 상자를 열고 나를 힘들게 하는 기억을 적어서 그 상자에 넣어보는 거야. 그 후에 상자 뚜껑을 닫고 단단한 자물쇠로 봉인하는 거지.

나의 기억도 오랜 세월 그 상자 속에 봉인되어 있었어. 그대로 살아갔다면 난 안정된 삶을 살아갔겠지. 그런데 내 손으로 그 상자를 열고 들여다보았어. 난 그 속에 적힌 기록을 봐야만 했어. 왜냐하면 내가 원하는 것은 해피엔딩이 아니라, 너를 구하는 것이었으니까.

꼬마 기억이가 그러더라. 시련을 구할 수 있는 건 사랑이래. 정말 그런 거라면 난 이미 준비되어 있는데. 넌 도대체 어디에 있는 거야?

부모님이 나를 속인 게 명백한데도 크게 탓할 수 없었던 것도 결국엔 같은 맥락이었던 것 같아. 지난 세월 동안 나를 부축해 온 것은 가족이었으니까.

너를 위로할 수만 있다면, 지난날에 대한 속죄를 할 수만 있다면 나는 왕자가 아니라 네가 원하는 그 무엇이든 될게.

기록은 거울 앞에 섰다. 거울 속에 비친 자신을 바라보며 잠시 숨을 멈췄다. 그에게 수염은 단순히 패션을 위한 게 아니었다. 지난 몇 년간, 그는 자신의 얼굴을 가리기 위해 수염을 길렀다. 그는 자신의 외모가 형편없어지기를 바랐다. 수염은 그의 혼란스러운 마음을 대변하는 것이자, 세상을 향해 지르는 비명 중 하나였다. 수염은 그를 감싸는 보호막이었고, 깊숙이 묻어두었던 트라우마를 숨겨주는 위장이었다. 자신의 얼굴을 마주할 때마다 그 얼굴에서는 자신과 닮은 기억이 보여왔다. 그 상처를 마주할 자신이 없었던 그는 무성하게 자라난 수염 뒤에 숨었다. 수염은 그에게 과거와의 거리를 만들어 주는 수단이었다.

하지만 선우기억을 끌어안았을 때 그 여린 뺨에 자신의 까끌까끌한 수염이 닿았다는 작은 이유가 그로 하여금 수염을 자르도록 이끌었다. 그는 기억에게 더 자상하고 신뢰할 만한 어른이 되고 싶었다. 오랫동안 기른 수염이 사라진다는 생각에 기록은 숨을 깊이 들이마셨다.

과거라면 손에 면도기를 쥐고, 물을 끓이거나 면도 크림을 준비했겠지만, 이제는 그런 수고를 들일 필요가 없었다. 그의 얼굴 앞에 있는 것은 단순한 거울이 아니었다. 이 거울은 그를 인식하고, 그가 원했던 이상적인 모습까지 계산해 주는 일종의 미용사였다.

"다 밀어버리는 게 맞겠지?" 그는 혼잣말처럼 중얼거렸지만, 이미 거울은 그의 선호를 파악하고 있었다. 거울 표면에 작은 홀로그램이 떠올라 그의 얼굴을 미리 그려냈다. 수염이 말끔히 정리된 모습이었고, 그의 매끄러운 턱선이 드러난 모습이었다.

"그대로 해줘."

그가 가볍게 손짓을 하자, 거울 옆에서 미세한 윙 소리가 들리며 레이

저 면도기가 자동으로 작동했다. 차가운 금속 면도기 대신, 따스한 레이저는 수염을 한 가닥씩 정확하게 제거했다. 빛줄기가 그의 턱선을 따라 천천히 움직이자 거울 속 그의 얼굴은 서서히 변화하기 시작했다. 피부는 전혀 자극받지 않았고, 오히려 더 부드럽고 상쾌한 감촉이 느껴졌다. 그는 마치 자신을 오랫동안 감싸왔던 벽돌을 하나씩 허물어 가는 기분이 들었다.

수염이 점차 사라지자, 그는 그동안 감추고 있었던 과거의 흔적과 다시 마주하게 되었다. 수염이 거의 다 사라졌을 때, 그는 손가락으로 맨 턱을 천천히 쓸었다. 매끄러운 피부가 낯설고도 두려웠지만, 이제는 더 이상 숨지 않아도 될 것 같았다.

마지막 수염이 깎여 나가자 레이저 면도기는 턱 아래에서 자연스럽게 멈췄고, 자동으로 미세한 에어로겔이 분사되며 그의 피부를 진정시키고 보습해 주었다.

그는 거울 속의 새로운 자신을 마주했다. 수염을 자른 그의 얼굴은 한층 부드러운 인상이 되었고, 마침내 기록은 애써 외면하던 지난날의 잔상과 조금 더 가까이 서 있게 되었다.

"괜찮아, 괜찮아." 그는 거울 속의 자신에게 속삭였다.

* * *

기록이 찾은 곳은 소아정신과였다. 그곳에는 [내 잘못이 아니야]라는 단순하지만 중요한 문장을 알려주었던 의사 박 선생이 앉아 있었다. 그녀는 기록을 보고 놀란 표정을 지었다. 너무 오랜만이기도 했고, 양파 뿌리처럼 무성하게 자라나 있던 수염이 깔끔하게 밀려 있었기 때문이었다.

"누군지 못 알아볼 뻔했네~수염도 자르고. 심경에 변화가 있었나 봐?" 박 선생이 유쾌한 목소리로 말했다.

기록은 긴장한 표정으로 박 선생 앞의 의자에 앉았다. 수염이 없는 얼굴을 보여주는 게 어쩐지 속살을 보여주는 것처럼 부끄러웠다.

"윤주 통해서 이야기는 자주 들었는데 직접 보는 건 오랜만이다?"

그가 윤주와 친구가 된 것도 박 선생 덕분이었다. 처음 만났을 때 그녀가 말했던 기록과 동갑내기인 딸이 바로 윤주였던 것이다.

"오늘은…저 때문이 아니고요. 제가 어떤 애를 알게 되었는데…하아…" 기록은 어디서부터 이야기해야 좋을지 몰라 한숨을 쉬었다.

"다른 사람 때문에 왔다?"

"이거 진짜 저희 부모님도 모르세요."

"부모님께 비밀이 있어도 하나도 이상하지 않을 나이지. 건강하다는 증거야."

"저…혹시 그림을 하나 봐주실 수 있나요? 그러니까 선생님도 그런 걸 하시나요?"

"그림? 그런 거?"

기록은 자신이 찍었던 사진을 공중에 띄웠다. 기억이 이불 위에 그렸던 그림이 선명하게 나타났다.

"어린아이가 그린 그림이라는 거지? 시키지도 않았는데 자발적으로 HTP를 그렸네."

"HTP요?" 이렇게 물으며 기록은 바쁜 손놀림으로 메모를 시작했다.

"하우스. 트리. 펄슨. 집과 나무. 사람을 통해 잠재의식을 엿보는 검사야."

박 선생이 미간을 찡그리며 말했다. 표정으로 미루어 짐작할 때, 건강한 그림은 아닌 모양이었다.

"아아…검사 결과가 별로 좋지는 않은가 보네요."

"보면 집이 무너져 있고 창문은 닫혀 있고 울타리가 쳐져 있잖아. 이 아이는 지금 불안, 고립감, 억압을 느끼고 있어."

"아아…왜 그런 걸까요?"

"글쎄. 그래서 이런 건 그림만으로는 정보가 제한적이니까, 아이의 정서 상태나 행동을 더 정확히 이해하기 위해서는 아이랑 함께 오거나 부모와의 상담이 필요하긴 하지."

이렇게 말한 후 박 선생은 기록의 눈치를 살폈다.

"하지만…그럴 수 없으니까 일단 그림만 달랑 들고 온 거겠지~?"

기록이 고개를 끄덕이자, 박선생은 계속해서 그림을 분석했다. "여기 검은색 사람이 좀 크고 무서워 보이는데. 이렇게 왜곡되게 그리는 건, 어떤 무섭게 여겨지는 사람이 주변에 있을 수도 있다는 의미일지도. 어디까지나 그림상으로는."

"누군가 이 아이를 괴롭히고 있다는 뜻인가요?"

"그럴 가능성이 있어 보이네."

"여기 이 노란 건 본인이라고 하더라고요."

"자신을 상대적으로 작게 그린 걸 보면 자존감이 저하되었거나 무력감을 느끼고 있는 거야. 그리고 집 안에 갇혀 있게 그렸어. 아까 말한 고립감과 억압이 여기서도 느껴지네."

"그럼 이…바닷속에 있는 건 뭘까요?"

"바닷속에는….."

박 선생은 말을 하다가 멈칫하더니 기록의 표정을 살폈다. 그녀는 그림이 나타내고 있는 장소가 어디인지를 짐작한 것이었다. "혹시 여기가…기록이가 살던 집인가?"

기록은 잠시 침묵했다. 그러고는 기억이 그린 그림을 다시 바라보았다. 그는 바닷속에 있는 물체가 고래일 것으로 생각했다. 그의 아버지가 만든 곡을 들었다면 충분히 고래를 그리고도 남을 거라고. 하지만 기록은 그 형상이 자꾸만 자신의 동생 한기억으로 보이고 있었다. 기록이 침묵하자 박 선생이 재촉하듯 물었다. "거기에 아이가 있어?"

"어떤 아이가 있는데…제 도움이 필요한 건지…좀 헷갈려서요…"

"누군가를 구하고자 하는 마음은 좋은 거지. 근데 방법이 중요해. 아니면 그 아이가 오히려 괴로워질 수 있거든. 아니면 구하려는 사람이 오히려 다치는 경우도 있고."

이렇게 말하고 난 뒤 박 선생은 바닷속에 있는 물체에 대한 해석도 덧붙였다.

"이건 이 물체가 의미하는 게 뭐냐에 따라 다를 것 같아. 갈망하는 존재일 수도 있고. 두려움이나 공포의 대상일 수도 있어. 이게 고래 같은 거라면 자유를 향한 열망일 것이고. 두려움이나 공포의 대상이라면… 아이가 다른 사람들에게는 말하지 못한 무서운 감정이 이 그림을 통해 나타난 거겠지."

"어떻게 하면 좋을지 알려주세요."

"그 아이랑은 어떤 관계지?"

"아직은 몰라요."

"아직은?"

"선생님. 그 아이가 어떤 존재이든 구해야 하는 존재라면…외면할 수 없잖아요. 그래서 선생님도 소아정신과를 택하신 거 아닌가요?"

박 선생은 생각이 복잡해진 듯, 기억의 그림을 물끄러미 바라보며 침묵했다.

"아마 저는 영원히 나아질 수 없을 거예요…그래도 그 아이에게 도움이 필요하다면 도와주고 싶어요."

"그게 한기록에게 긍정적으로 작용하고 있는지도 모르겠네."

박 선생의 시선은 그림에서 한기록의 멀끔한 얼굴로 옮겨가더니 이내 한기록의 손으로 옮겨갔다. 그의 손은 박 선생의 말에 집중하느라 멈춘 상태였다.

"그래도 예전보다 많이 좋아졌어…"

박 선생은 기억이 공포를 느끼는 대상이 무엇인지를 먼저 알아야 한다고 말했다.

"여러 가지 방법이 있지만 일단 원인을 먼저 파악해야겠지. 그 후에 그 원인이 과연 아이에게 직접적인 해를 끼치는지를 살펴봐야 해. 만약 이미 지난 일이 공포감만을 주는 거라면, 그 대상이 과거에만 머무르는 존재일 뿐, 더 이상 직접적으로 해를 끼치지는 않는 대상이라는 걸 알게 해 줘야겠지. 만약 아직도 아이를 심리적으로 위축시키는 존재가 있다면 해결해야겠고."

"원인을…어떻게 파악하죠?"

"일단 가장 필요한 건 편안함이야. 같이 많이 놀아줘. 힘들어할 때는 손을 잡아주고 토닥여줘. 안정적이고 지지적인 관계가 되는 게 중요해. 그리고 부모의 역할도 중요해. 부모의 관심과 사랑. 비난보다는 이해를 해주고 지지해 주는 게 좋겠지."

궁금한 부분을 해결한 기록은 자리에서 일어섰다. 그러다가 깜빡하고 질문하지 못한 궁금증 하나가 떠올랐다.

"선생님. 그 아이가 울지를 않아요. 우는 표정을 짓기는 하는데 눈물이 나오지를 않더라고요."

"눈물을 잃어버린 아이라…"

박 선생은 그 옛날 어떤 아이가 떠오른 듯 기록의 얼굴을 물끄러미 바라보았다.

* * *

기록은 지친 표정으로 집으로 돌아왔다. 희은이 멀끔해진 그의 얼굴을 발견하고는 "너 연애하니?"하고 물었다. 그게 윤주이기를 내심 바라는 듯한 표정이었다.

"그런 거 아니에요." 기록은 신발을 벗으며 무심한 표정으로 대답했다. 그의 반려견 도도가 달려와 그를 반겨주었다. 도도는 인간으로 친다면 기만보다도 훨씬 나이가 지긋한 노견이었다. 15년 전. 기억을 찾는 활동을 내려놓은 기철은 한동안 처절할 만큼 극심한 우울증에 시달렸다. 그는 극단적인 선택을 하고 편안해지고 싶다는 유혹에도 시달렸다. 그때 기만이 기철의 손을 잡고 찾은 곳이 바로 유기동물보호센터였다.

그곳에 있는 모든 동물에게 사랑의 손길이 필요했지만 유독의 눈을 사로잡은 존재가 있었다. 유기동물보호소의 문을 열고 들어섰을 때, 작은 몸집의 강아지 한 마리가 한쪽 다리를 살짝 들어 올린 채 눈을 반짝이며 그들을 바라보고 있었다. 오른쪽 뒷다리의 슬개골이 탈구되어 다리를 저는 아이였지만, 그 눈빛만큼은 세상의 모든 따스함을 품고 있었다. 가족들은 이 소중한 아이에게 '도도'라는 이름을 붙여주었다.

도도가 처음 집으로 온 날. 방 한구석에 몸을 웅크린 채 움직이지를 않았다. 기철의 가족들은 도도의 앙상하게 마른 몸을 볼 때마다 마음이 아팠다. 태어나자마자 버려져 유기동물보호소에서 시간을 보내온 도도는 한동안은 눈동자에 두려움이 가득했다. 하지만 한편으로는 믿음을 갖고 싶은 마음도 엿보였다. 가족들은 그 작은 몸을 꼬옥 안아주며 말했다.

"도도야, 이제 여기가 너의 집이야. 우리가 널 지켜줄 거야."

걸음걸이가 불편한 도도는 산책을 나가면 몇 발짝 걷다가 멈춰 서기를 반복했다. 그 때마다 함께 산책을 나온 이를 물끄러미 바라보았다. 도도가 힘든 걸음에도 용기를 내는 모습을 보여줄 때마다, 가족들은 그 아이를 위해 무엇이든 해야겠다는 결심이 확고해졌다. 병원에서 서 의사는 도도의 상태를 진단했고, 수술이 필요하다고 말했다. 기록은 그 말을 듣는 순간, 도도의 작은 다리가 정상으로 돌아와 활기차게 뛰어다니는 모습을 상상했다.

수술 날. 도도를 병원에 맡기고 돌아오는 길은 유난히 길게 느껴졌다. 집에 돌아와서도 도도 생각에 마음이 무거웠다. 수술이 잘 될까, 도도가 힘들어하지는 않을까. 그저 도도가 다시 건강해질 수 있기를 바랄 뿐이었다. 초조한 시간이 흐르고 도도를 다시 집으로 데려왔을 때, 그 작고 귀여운 얼굴에는 고통스러운 기색이 엿보였지만, 기록은 도도에게 더 밝은 날이 기다리고 있음을 믿어 의심치 않았다.

재활치료는 길고 험난했지만, 도도는 참으로 용감했다. 매일 아침 도도를 데리고 산책에 나섰던 것도 바로 기철이었다. 처음에는 몇 걸음 걷는 것조차 힘들어 보였지만, 매일 조금씩 나아졌다. 도도는 절뚝거리면서도 기철을 향해 꼬리를 열심히 흔들며 곁을 따랐다. 기철은 그런 도도가 대견하고 사랑스러웠다. 그리고 그럴 때마다 그의 가슴 속에 비어 있던 무언가가 채워지는 기분이 들었다.

몇 주가 지나자, 도도는 점점 더 많은 걸음을 내디뎠다. 어느 날, 도도가 재활 운동을 마친 후 갑자기 앞발로 땅을 차고 뛰어올랐다. 그 순간 기철의 눈에서는 눈물이 핑 돌았다. 그 작은 아이가 마침내 다리가 회복되어 예전의 통증 없이 뛰어오른 것이었다. 도도는 예전보다 훨씬 더 밝아졌다. 기철은 마치 자신이 새로 태어난 것처럼 미소를 지었다. 죽음의 그림자는 그렇게 그와 멀어져갔고 어느덧 15년의 세월이 흘렀다.

기철은 도도를 품에 안으며 물었다. "절벽에 다른 집이 세워졌다면 기억이 그 집에 찾아오지는 않았을까…? 그 집 주인에게 물어보는 게 어떨까…"

기록은 자신이 보았던 모든 것을 이야기할지 고민했지만, 아직은 조금 더 시간이 필요하다고 판단했다.

"제가 알아보고 있어요. 조만간 한 번 더 가 보려고요."

＊＊＊

방으로 돌아온 기록은 기억과 친해질 방법이 무엇인지 생각해 보았지만 전혀 떠오르지 않았다. 자신이 개발하던 VR영화 [절벽에 세운 집]에 넣어야 할 메시지조차도 못 찾고 헤매던 그였다.

"누가 누구를 구해…"

기록은 자신의 침대로 다이빙했다. 그는 천장을 바라보며 기억이가 위축되어 있는 원인을 추측해 보았다.

'분명 피아노를 잘 쳐야 한다는 압박 때문에 위축된 거야…그 때 라푼젤을 보면서도 무의식중에 잘못했다고 계속 그랬잖아…잠들었을 때도 악몽을 꾸는 것 같았고…'

그때 그런 그의 시선에 보여온 것은 모기 한 마리였다. 엥엥거리며 소리를 내는 모기가 그의 방 한가운데를 가로지르고 있었다.

"뭐야. 고장 났나…."

기록은 자신의 방에 설치된 모기 퇴치용 초음파가 제대로 작동하는지를 살폈다. 인간의 귀에는 들리지않지만 모기에게는 고통을 주는 초음파였다. 아니나 다를까, 고장이 난 채로 전원이 나가 있었다.

"너도 주인을 닮았니…"

이 순간에도 기록은 윤주에게 차이던 순간이 떠올랐다. 윤주가 아니라 누구라도 이런 자신을 좋아하지 않을 거라는 생각에 비참한 기분이 들었다. 윤주에게 큰 피해를 준 것 같은 기분이 들었다. 오늘 만났던 의사 선생님도 사실은 자신을 한심하게 보지는 않을까, 걱정이 되었다.

그때, 기록은 번쩍이는 아이디어가 하나 떠올랐다. 날개를 달고 나는 모든 것이 모기처럼 이미지가 나쁜 것은 아니었다. 그는 컴퓨터 앞에 앉아 메모하기 시작했다. 그는 자신의 메시지도 없는 비루한 VR이 적어도 기억에게는 도움이 될지도 모른다는 기대를 했다. 여러 사람이 보기 위한 VR이 아닌 단 한 사람만을 위한 VR. 그것은 그가 그토록 꿈꾸던 국제 아티스틱어워즈에서의 수상과는 더 멀어지는 것이었다.

 하지만 그게 그가 지금까지 VR을 만들어온 이유라면, 가장 가치 있는 일이 되리라는 확신이 있었다. 기록은 최신형 VR엔진을 구동시키며 가상 세계를 하나씩 조립해 나갔다. 이번 작품의 핵심은 '날으는 존재'였다. 최신 기술들을 적극적으로 활용하면 어렵지 않은 작업이었음에도 디테일한 움직임들에 공을 들이다 보니 완성에는 3주가 걸렸다.

2049. 6. 29. 나의 기억에게

기억아. 아빠가 도도를 구했던 것처럼, 나도 구하고 싶은 존재가 생겼어. 꼬마 기억이가 행복했으면 하는 건 어쩌면 그렇게 해서라도 내가 속죄하고 싶은 게 아닐까. 그런 이기적인 마음에서 출발한 건 아닐까 하는 생각에 조금 걱정이 되기도 해.

그래도 어쩌면 내가 오랜 세월 아무 성과도 없이 VR을 붙잡아 온 건… 남들에게 자랑할 만한 반짝이는 상 같은 건 받지 못하더라도, 적어도 어린아이 한 명 정도는 웃게 하기 위해서가 아니었을까, 그런 생각이 들었어.

기억아. 나는 어떻게 하면 행복해질 수 있을까. 그 아이, 너와 똑같은 이름을 지닌 그 아이는 어떻게 해야 행복해질 수 있을까? 내가 그럴 자격이 있을까? 의사 선생님은 트라우마를 과거의 것으로 흘려보내야 한다고 말씀하셨어. 그런데 나는 너를 흘려보낼 수가 없어. 그러니까 나는 너를 다시 만나지 않는 한, 영원히 트라우마 속에서 살아갈 거 같아. 신이 만약에 존재한다면. 나에게 이처럼 큰 가시가 박혀 있는 것도 이유가 있을까.

넌 어떤 삶을 살고 있을까. 어디에 있을까.

그날 그렇게 사라져 버린 후로 한 번도 나타나 주지 않는구나.

기억아 그곳에서 넌 잘 지내고 있는 거냐?

그 절벽에 집을 세운 사람. 선우율이 너이기를 진심으로 바라고 있어.

만약 그게 아니라면…내 기대가 빗나가서 너를 영영 볼 수 없다면…

그래, 차라리 나는 이렇게 불행한 편이 나을 것 같다.

그게 너를 향한 속죄의 방식이 될 수 있다면.

밤이 깊어질수록 절벽에 세운 집은 더욱 고요해졌다. 기억은 통유리로 된 창문을 열었다. 그러자 바람 소리가 집 주위를 맴돌고 있었고, 파도가 절벽 아래를 거칠게 때리는 소리도 들려왔다. 이 모든 게 기억에게는 일상이었다. 하지만 오늘 밤 기억의 마음속에는 어딘가 알 수 없는 설렘이 감돌았다. 그는 기록을 만나기 위해 집을 몰래 빠져나올 준비를 하고 있었다. 이른 저녁, 기록이 남긴 메시지에는 깊은 숲속으로 그를 만나러 오라는 말이 적혀 있었다.

기억은 아버지 선우율이 깊이 잠든 것을 확인하고는 자신의 방으로 돌아와 열린 창문으로 살금살금 걸어 나갔다. 마침내 그는 거센 바람이 부는 집 밖에 홀로 섰다. 습하고 더운 밤공기가 피부에 닿았고, 기억의 입안에서는 파도에 실려 온 소금 맛이 느껴졌다. 어른의 동행 없이 집 밖으로 나오는 것은 처음이었다. 평소에는 일행이 있어도 두려웠던 길이 오늘 밤은 달랐다. 기록이 그를 기다리고 있었기 때문이다. 기억은 손전등 역할을 할 작은 드론을 공중에 띄웠다. 드론에는 기록이 전해준 위치가 입력되어 있었다. 드론이 비추는 길을 따라 걸어가면 기록을 만날 수 있을 터였다.

절벽에서 멀어질수록 파도 소리는 작아지고, 대신 숲의 적막이 그를 감쌌다. 나뭇가지들이 바람에 흔들리고, 잔잔한 바람이 그의 뺨을 스치고 지나갔다. 발밑에서는 나뭇가지가 부서지는 소리가 그의 귀에 크게 울렸고, 작은 동물들이 숲속에서 바삐 움직이는 소리도 희미하게 들렸다. 숲이 내는 모든 소리가 기억에게는 오케스트라의 협주처럼 느껴졌다. 그는 기록을 만나기 위해 더 깊은 곳으로 걸음을 옮겼다. 숲은 어둡고 깊었지만 기억은 길을 잃는 것이 두렵지 않았다. 길에는 기록이 사전에 표시해 둔 형형색색의 야광 돌멩이가 놓여있었다. 기억에게 기록은 아직 낯선 사람이었고, 그가 기억을 으슥한 곳으로 불러낸다는 게 무서울 법도 했지만, 기억은 오히려 지난날 동안 계속 기록을 기다리고 있었다. 그가 반드시 돌아올 거라 믿었다.

기억은 이따금씩 뒤를 돌아보며 혹시라도 누가 따라오고 있지는 않을까, 불안한 눈으로 걸어왔던 길을 바라보았다. 하지만 그곳에는 아무도 없었고 오로지 어둠과 바람, 그리고 나뭇잎이 스치는 소리만이 그를 에워쌌다.

얼마 지나지 않아, 기억은 약속된 장소에 도착했다. 다른 곳과는 달리 나무가 적어 공터처럼 느껴지는 곳이었다. 공터의 한가운데에는 커다란 나무 한 그루가 서 있었고, 어둠 속에서도 또렷하게 보일 만큼 웅장했다. 어딘가 세상과는 동떨어진 신비로운 느낌을 주는 곳이었다. 기억은 그 나무 아래에서 기록을 찾기 위해 주위를 둘러보았다. 그 순간, 나무 뒤에서 기록이 천천히 걸어 나왔다.

"잘 왔어." 그는 기억에게 다가오며 환하게 웃었다.

기억은 기록의 모습을 보자 안도감이 밀려왔다. 아버지가 깨어나서 자신을 찾을지도 모른다는 걱정이 되었지만 그럼에도 불구하고 기록이 내미는 손을 붙잡았다.

"오늘은 특별한 밤이 될 거야. 너한테 보여주고 싶은 게 있어."

기록은 기억을 이끌고 공터의 중심으로 나아갔다. 그곳에서 기록은 기억에게 VR장치를 건넸다. 이전과는 달리 어린이를 위한 사이즈였다. 어린이용 안경의 제작은 사이즈 때문 만은 아니었다. 아이들의 시력, 그리고 초점을 맞추는 신체 기능까지도 보호하기 위한 용도였다.

기억이 VR안경을 쓴 것을 확인한 기록은 그에게 이어폰도 건넨 후 그 또한 동일한 장치들을 착용했다.

순간적으로 그들의 눈앞에 펼쳐진 것은 현실의 어두운 숲이 아니었다. 그들의 앞에는 따스한 불빛이 반짝이는 아름다운 숲이 펼쳐져 있었다. 풀 속에서는 영롱한 빛깔의 반딧불이들이 떠오르기 시작했다. 아름다운 풍경 속에서 기억은 숨이 멎을 듯한 기분이 들었다. 하지만 그것은 시작에 불과했다. 반딧불이들은 나무 사이와 기억의 주변을 맴돌며 빛을 발했고, 숨어서 보이지 않던 동물들은 모습을 드러내기 시작했다. 귀여운 다람쥐가 나뭇가지 사이를 빠르게 뛰어다니고, 사슴은 고요한 숲길을 유유히 걸으며 잔디를 뜯고 있었다. 그들은 두려움 없이 기억의 주위를 맴돌고 있었다.

작은 토끼 한 마리가 기억의 발치로 다가와 코를 살짝 들이밀었다. 빛의 각도에 따라 토끼는 투명해졌다가 돌아오기를 반복했다. 하지만 기억은 웃으며 손을 내밀었고, 토끼는 주저 없이 그의 손등을 핥았다. 그러자 신기하게도 토끼의 혀끝 감촉이 느껴졌다. 가짜라는 것을 알면서도 기억은 이곳이야말로 자신이 그토록 갈망했던 안식처라고 생각했다. 고요하고 평화로운 숲. 어머니의 품 같은 곳.

잠시 후, 머리 위로 떠가는 구름 사이로 달이 얼굴을 내밀었다.

"기억아. 울고 싶을 땐 울어도 돼."

이렇게 말한 후 기록은 자신이 적어 온 글을 꺼냈다. 긴장을 가라앉히기 위해 목소리를 가다듬었다.

"눈물은 몸 안에 쌓인 독소나 노폐물을 배출하는 기능을 한단다. 이 말이 너한테 좀…어려우려나? 그러니까, 눈물을 흘리면 스트레스 호르

몬인 코르티솔이 배출되는데 이게 바로 긴장을 풀어주고 마음의 안정을 가져다 주거든? 그리고 울고 난 후에는 엔도르핀이 분비되는데 이게 기분을 좋게 만들어주고 심리적 안정감을 주는 효과가 있대. 한마디로 운동을 한 후에 홀가분한 기분을 느끼는…그런 거랄까? 그러니까 나랑 같이 있을 때는 편하게 울어도 되고…약한 모습을 보여도 되고…! 정말 힘들 때에는 나한테 기대도 돼. 내가 너의…힘이 되어주고 싶어."

그러자 기억은 감동했는지 또다시 당장이라도 울 것 같은 표정으로 변했다. 하지만 여전히 눈물은 흐르지 않았다. 기억은 시선을 땅으로 떨어트리더니 조곤조곤한 목소리로 이렇게 말했다.

"아저씨 수염…깎으셨네요."

* * *

기록은 기억을 절벽에 세운 집 앞까지 데려다주었다. 기억이 열려 있는 창문을 통해 자신의 방으로 들어가려고 했을 때, 하늘은 또다시 요란한 비명을 지르기 시작했다. 이윽고 비가 쏟아지자 기억은 또다시 울 것 같은 표정을 지었다. 우산 역할을 하는 드론이 나타나 그들의 위에서 비를 막아주었다. 하지만 기억이 비에 반응을 한다는 것 만큼은 명확해지는 시점이었다. 기록의 동생 한기억 또한 비가 오는 날에 실종되었기에, 그 또한 꽤 오랫동안 비가 오는 날이면 베란다 앞에 서서 창문 너머를 내려다보고는 했었다. 그럴 때면 동생이 아니라 마치 그 자신이 아래로 떨어지는 기분이 들었다. 가을이 찾아오면 날아가는 낙

엽조차도 기억이를 찾는 전단지처럼 느껴졌다. 그 시절을 회상하자 기록은 자신의 몸을 감싸는 습한 기운 때문인지 물속에 잠긴 것만 같았다.

기억은 기록에게 자신의 방까지 함께 들어가 달라고 부탁했다. 기록은 기억이 유독 절벽을 제대로 바라보지 못한 채 반대 방향으로 고개를 돌리고 걷고 있음을 깨달았다.

"절벽이 무서워?"

"…비가 오는 날만요."

"왜?"

"귀신이 있어요."

"귀신?"

기록은 기억이 가리키는 절벽 쪽을 유심히 바라보았다. 기억이 바라보고 있는 것은 또 다른 기억일까. 그토록 보고 싶던 동생인데 왜 자신의 눈에는 단 한 번을 나타나 주지 않고 이 어린아이의 눈에만 나타난단 말인가. 기억은 만약 그 귀신이 자신의 동생이 맞다면 그 어떤 형태라도 좋으니 두 눈으로 보고 싶다고 생각했다.

"어떤…어떤 귀신이 보인다는 거야…?"

기록은 기억이 보고 있는 귀신이 어린아이일까 봐 두려웠다. 하지만 기록의 질문에 기억은 "여자예요. 여자가 서 있어요."라고 답했다.

기록은 기억이 여자를 보는 이유가 라푼젤과 관련이 있는 게 아닐까 생각했다. 자신도 어린 시절 귀신을 무서워했던 적이 있었다. 세수를 하려고 고개를 숙이면 거울에 비친 자신은 그대로 서 있는 채로 자신을 바라보고 있는 것은 아닐까. 엘리베이터를 타면 엘리베이터에 붙어 있는 거울 너머로 귀신이 바라보고 있는 것은 아닐까. 생각해 보면 이 모든 것은 기록이 봤던 미디어나 주변 사람들이 해줬던 이야기의 영향이었다. 절벽에 서 있는 여자가 보인다는 말에 기록은 "혹시 라푼젤이야?"라고 물었지만 기억은 그저 눈을 감은 채 고개를 저을 뿐이었다. 기억은 방에 들어가자마자 창문의 스위치를 눌러 창문 밖을 흐릿하게 만들었다.

"더 자세히 묘사해 봐. 어떻게 생겼어?"

"비가 오는 날마다 절벽에 서 있는데…무서워서 제대로 못 보겠어요."

"누구라고 생각해?"

"모르겠어요. 정말 모르겠어요…"

기록은 그런 기억의 머리를 다정하게 쓰다듬어주었다.

'비가 오는 날마다 귀신이 보이는 건 어떤 기분일까. 현실에서 꾸는 악몽이 아닐까.

* * *

집으로 돌아온 기록은 가족들에게 인사할 틈도 없이 빠른 속도로 방으로 들어갔다. 그는 자신이 지난날 절벽에 세운 집에서 찍어온 영상 기록을 바쁘게 찾더니 방 한가운데에 재생시켰다. 그는 이제부터 그 집을 VR로 완벽하게 구현해야겠다고 생각했다.

절벽 자체를 구현하는 것은 어렵지 않았다. VR영화 [절벽에 세운 집]에 등장하는 절벽 또한 현실의 절벽을 그대로 가져다 놓은 것이었기 때문이다. 그는 이제야 비로소 자신의 VR에 무엇을 담아야 할지 알 것

180

같았다.

 기록은 눈을 감고 숨을 깊게 들이마셨다. 이제 그의 눈앞에 펼쳐질 것은 단순한 디지털 세계가 아니었다. 그것은 누군가의 고통과 상처를 치유할 수 있는 공간이었다. 그는 일련의 신경 링크 장비를 조정하며 VR환경의 최종 디버깅을 시작했다. VR기술은 이제 시각적 체험에서 그치는 것이 아닌 인간의 심리와 정서까지도 직접적으로 자극하는 수준에 이르렀다.

"먼저, 메타-시냅틱 네트워크 연결 활성화…" 기록은 자신이 해야 할 일을 중얼거리며 손목에 착용된 인터페이스로 몇 가지 명령어를 입력했다. 그가 사용하는 메타-시냅틱 네트워크는 뇌의 시냅스와 가상 세계의 뉴럴 인터페이스를 직접적으로 연결해 주는 핵심 기술이었다. 이 기술 덕분에 사용자는 현실과 가상의 경계를 느끼지 못할 만큼 몰입할 수 있었다.

"이제 필요한 건 환경의 정밀한 구조화…절벽에 세운 집을 내가 살던 집이 아닌 기억이가 사는 집으로 구현해야 한다…"
기록은 실시간 렌더링 엔진에 명령을 내려, 사용자의 시야각에 맞춘 최적화를 실행했다. 절벽 위에 세워진 집은 픽셀 단위로 조정된 자연스러운 텍스처링을 보였고, 절벽이 보이는 투명한 창문까지도 완벽하게 구현되고 있었다.

"마지막으로…물리적 환경 조정을 마무리해 볼까."
기록은 VR세계의 기후 시스템을 최종적으로 손보았다. 구름의 밀도, 빛의 산란 효과, 빗방울의 굴절률까지 모두가 기록이 입력한 값대로 작동하고 있었다. 기록은 깊은숨을 내쉬며 머리에 쓰고 있던 신경 링

크 헤드셋을 벗었다. 이 모든 작업은 오로지 기억만을 위한 것이었다.

"효과가 있다면 좋겠는데…"

기록은 마지막으로 VR에 스토리를 넣었다. 그제야 비로소 'VR영화'가 완성되었다. 그는 자신에게도 기철처럼 작가이자 창작자의 유전자가 깃들어 있다는 생각을 했다.

2049. 8. 13. 나의 기억에게.

기억아. 정신을 차리고 보니 어느새 한 달 반이 흘렀다. 드디어 영화가
완성되었어. 오래도록 고민하던 부분이 드디어 이렇게 해결되는구나.
이렇게 오랫동안 일기를 안 쓴 것도 처음인 거 같아. 물론 다른 방식으
로도 녹음이나 메모는 계속해서 했었지만…일기조차 쓰지 않을 만큼
집중을 해 버리다니…
너를 너무 오랫동안 내버려둔 것 같아 미안하다. 그리고 꼬마 기억이
도 잘 지내고 있을지 모르겠어.

기억아. 그런데, 나 고민이 하나 있어. 꼬마 기억이가 절벽에 서 있는
귀신이 보인다고 했을 때, 처음에는 그냥 대수롭지 않게 생각했어. 근
데 나는 그 그림을 봤잖아. 꼬마 기억이가 그린 그림. 그 그림을 알고
있으니까 도무지 대수롭지 않게 여길 수가 없게 되었어.

도대체 그 아이한테 무슨 일이 있었던 걸까? 혹시 그 아이에게도 트라
우마가 있는 건 아닐까? 다른 사람이면 몰라도, 나는 비슷한 일을 겪었
었잖아. 어쩌면 그 아이에게도 나와 같은 일이 일어났던 건 아닐까?

그리고 이번에 절벽에 세운 집을 새롭게 구현하면서 알게 된 사실이
하나 있어. 이 집에는 모든 공간에 CCTV가 달려있어. 외부에 다는 것
까지는 이해하겠는데, 왜 내부의 모든 곳에 CCTV가 달려있을까? 그

렇다면 꼬마 기억이의 부모는 내부를 감시하고 있다는 이야기일까? 물론 그 집 내부를 허락도 안 받고 찍은 나에게도 문제는 있지만… 아무튼, 어쩌면 나와 할아버지가 다녀갔다는 사실도 이미 알고 있을지도 모르겠어. 만약에 감시하는 용도가 아니라, 어떤 사건이 일어났을 때 확인하는 용도라면 이야기가 좀 다르겠지만.

 도대체 꼬마 기억이의 부모님은 아이를 두고 어디를 그렇게 돌아다니는 걸까? 아직 부모님이 곁에서 돌봐주어야 할 나이 아닌가? 무서워할 때마다 품에 안아주고 다독여줄 어른이 한 명도 없다니. 우리 부모님이었다면 절대로 그렇게 내버려두지 않았을 텐데…

7. 잊고 싶은 기억

잊고 싶은 기억

기록은 다시 절벽으로 향했다. 이번에는 무단침입으로 보이지 않기 위해 초인종을 누를 생각이었다. 그런데 기록은 절벽 근처에 주차를 하던 도중, 한 여성이 절벽에 세운 집에서 나오는 것을 목격했다. 빼빼 마른 몸에 어딘가 위축된 것 같은 표정의 여성이었으며 나이는 30대 후반으로 보였다. 그녀를 따라 나온 기억은 이 여성을 선생님이라고 부르고 있었다. 기억이 전에 말했던 작곡 선생이라는 생각이 들었다. 기록은 그녀의 사진을 몰래 도촬한 뒤 스마트렌즈에 넣어 누군지 검색 했다. 그러면 안 된다는 것을 알면서도 다른 방도가 없었다. 스마트 렌 즈는 그녀가 '정선경'이라는 이름의 작곡가라고 말해주었다. 기록은 이 이름을 이전에도 몇 번이고 들은 적이 있었다. 바로 아버지 기철의 작 품을 도둑질했던 작곡가였다.

기록은 그녀가 오래전 뮤지컬계에서 퇴출을 당했다는 이야기를 들었 다. 다른 사람의 창작물을 함부로 하는 그녀의 태도가 결국 쌓이고 쌓 여 부메랑으로 돌아온 것이었다. 그녀가 주로 사용하는 방식은 이러했다. 먼저 창작자(작가나 작곡가)에게 아이디어를 제공한 뒤, 창작자가 창작물을 만들어오면 매우 좋다고 칭찬을 한다. 하지만 막상 공연을 올릴 때, 창작자의 이름을 누락한 채 공연을 올린다. 창작자가 왜 자신의 이름을 뺐냐고 물으면, '아이디어를 자신이 제공했기 때문'이라고 말한다.

저작권법상 '아이디어'만으로는 저작권이 발생하지 않는다. 그럼에도 그녀가 그런 일을 계속 해 왔던 이유는, 돈이 없고 힘이 없는 창작자들이 결코 자신에게 소송을 걸 수 없을 것이라고 확신했기 때문이다. 다만 그녀가 간과했던 것이 하나 있었다. 그것은 바로 '평판'이었다.

공연계에서 종적을 감춘 그녀가 이런 곳에서 선생 짓을 하고 있었을 줄이야. 게다가 최신 근황을 검색해 보니 동요를 작곡하고 있었다. 유명 방송국에서 주최한 동요제에서 무려 대상을 타 웃고 있는 모습이 기사로 실려 있었다.

'동요를 작곡해? 또 누구 걸 뺏은 걸까.' 기록은 혀를 찼다.

선경은 자신의 자동차 조수석에 기억을 태운 후 황급히 운전석에 올라탔다. 기억이 콘서트용 정장을 입은 것으로 보아하니 어딘가에 연주를 하러 가는 모양이었다. 기록은 AI 비서에게 피아니스트 선우기억의 데뷔 무대가 있는지를 검색해 봐달라고 하였지만, 지난번과 마찬가지로 그런 데이터는 없다는 답변이 돌아왔다.

기억을 태운 차는 하늘을 날았고, 기록은 그 뒤를 조심스럽게 따라갔다.

＊

기억을 태운 차가 도착한 곳은 숲속에 세워진 어느 연주 홀앞이였다. 첨단 기술이 결합된 이 장소는 관중석과 무대가 투명한 소재로 만들어져, 연주자도 청중들도 공중에 떠 있는 듯 보였다. 단, 연주자 대기실만 불투명한 소재에 방음이 되는 벽으로 만들어져 있었다. 연주자나 관계자들이 사람들의 눈치를 보지 않고 쉴 수 있도록 하는 배려였다.

선경과 기억은 가장 먼저 그곳으로 들어갔고, 기록은 연주자 대기실까지는 따라갈 수 없어 발을 동동 구르며 기다렸다.

연주자 대기실의 문이 잠기자마자 선경은 기억의 옆구리를 발로 찼다. 그녀의 발바닥은 기억의 옆구리를 정통으로 가격했다. 그 바람에 기억은 방바닥으로 나뒹굴듯 쓰러졌다. 충격으로 인해 숨이 막히고 밀려오는 통증에 눈앞이 흐려졌다.

"기억아. 미안해. 미안."

아이러니하게도 그녀의 목소리는 벌벌 떨리고 진심으로 사과하고 있었다. 선경은 기억의 가느다란 목덜미를 붙잡고 일으켰다.

"나도 이러고 싶지 않아. 그래도 우리가 살려면 이 방법밖에 없어."

선경은 또 다른 손으로 기억의 얼굴을 붙잡았다. 그러고는 억지로 웃는 표정을 짓게 만들었다. 기억의 눈에서는 당장이라도 눈물이 흐를 것 같았다. 하지만 아무런 저항도 할 수 없었던 그는 입 근육을 열심히 움직였다. 눈은 슬프지만 입은 웃고 있는 기괴한 표정이 만들어졌다.

"사람은 공포를 느껴야 실수를 하지 않는대. 네가 훌륭한 피아니스트가 되려면 이런 순간들을 견뎌야 하는 거야. 내 말…이해하지?"

기억은 조용히 고개를 끄덕였다. 그의 마음속에는 두려움과 공포가 뒤섞여 있었다. 선경의 심기를 자칫 잘못 거슬렸다가는 자신을 때려죽일지도 모른다는 불안감.

선경은 절대 손목이나 손등 같은 연주에 필요한 부위는 때리지 않았다. 대신 그녀는 옷으로 가려지는 부분을 표적 삼아 잔혹한 폭력을 휘둘렀다. 쓰러지지는 않을 만큼, 파랗고 붉은 멍이 올라올 정도로만 폭력의 강도를 조절했다. 다음으로 때린 곳은 기억의 정강이였다.

기억은 신음 소리를 내지 않으려 노력했지만 밀려오는 통증은 점점 심해지고 있었다. 그는 다리를 절뚝거리며 몸을 일으켰다.

"어떡해. 내가 힘 조절을 잘 못했나 보네. 그렇게 절뚝거리면서 나갈 거야? VIP 행사인데 그렇게 아픈 시늉을 하면 되겠어? 프로는 아파도 슬퍼도 참을 줄 알아야 한다고 했지." 이렇게 말하며 선경은 기억의 뺨을 때렸다. 기억의 얼굴은 힘의 방향을 따라 돌아갔다. 그러자 선경은 자신의 가방에서 미리 준비했던 얼음주머니를 꺼내 기억에게 내밀었다. 손바닥 자국이 남지 않게 하려는 것이었다.

"아빠도 오셨어요?" 얼음주머니를 양손으로 받으며 기억이 물었다.

"당연하지. 이게 어떤 행사인데. 영부인까지도 온다는 말이 있어."

기억은 영부인이 무슨 뜻인지 이해하지 못했다. 다만 아버지인 선우율이 보고 있을 거라는 생각에 긴장으로 몸이 뻣뻣하게 굳었다. "잘해야겠네요…"

기억은 자신의 연주가 아버지의 눈에는 미숙하게만 보일까 봐 걱정이었다.

선경은 얼음주머니를 빨리 뺨에 대라는 의미로 손가락을 까닥거렸고,

190

기억은 선경이 시키는 대로 했다. 얼음의 시린 온도가 기억의 작고 여린 뺨 전체를 덮쳤다.

연주자 대기실의 방음 기능 때문인지 기록은 안에서 무슨 일이 일어나고 있는지 하나도 알 수가 없었다. 그가 문틈 사이로 소형 녹음기를 밀어 넣으려고 했을 때, 누군가 기록의 팔을 붙잡으며 막았다. 기록은 도대체 누가 자신을 막는 건지 고개를 돌려 바라보았다. 기만이 그 곳에 있었다.

"할아버지⋯?"

기록은 '여기는 어떻게 왔냐'는 듯한 표정으로 기만을 바라보았다.

"이 놈이 동생을 구해야지 여기서 뭐 해. 어서 들어가야지."

"할아버지, 여기는 아무나 들어갈 수가 없어요."

기록은 혹시라도 누가 올까 봐 속삭이는 목소리로 조심스럽게 말했다. 하지만 주변의 눈치를 보지 않는 기만은 목청을 더 높일 뿐이었다.

"이놈아! 사람이 죽게 생겼는데 규칙이 뭐가 그리 중요해!"

그때, 연주자 대기실이 서서히 열리기 시작했다. 기록은 기만의 팔을 붙잡고 재빨리 몸을 숨겼다. 그들이 기억의 시선을 벗어난 곳에서 실랑이를 벌이는 동안 기억은 가슴 속 두려움을 억누르며 천천히 무대를 향해 걸어갔다. 오른쪽 갈비뼈와 왼쪽 정강이에 통증을 느꼈지만 내색을 할 수 없었다.

"할아버지가 보기에도⋯제가 모르는 뭔가가 있는 거 같아 보이세요?"

기록은 기만을 향해 물었다. 기만은 모든 기억이 순식간에 휘발된 사람처럼 기록의 얼굴을 멀뚱멀뚱 바라보기만 할 뿐이었다.

"아버지. 여기 계셨어요?"

이윽고 들려온 목소리의 주인공은 기철이었다. 그 옆에는 희은도 있었다.

"다들…왜 여기 계신 거예요?" 기록이 물었다.

"비바체 프로덕션에서 신작 의뢰가 들어왔는데, 그거 관계자분이 표를 주시더라고."

"신작…뮤지컬이요?"

"그래. 피아니스트 선우율이 만든 제작사에서 만드는 뮤지컬인데 선우율을 주인공으로 한 스토리야."

"오늘 피아노를 연주하는 게…선우율이에요?"

"그건 아니고. 어린아이인 거 같아."

"소개는 없었고요?"

기철은 자신이 들고 있던 표를 보란 듯이 들었다.

[피아니스트 선우기억 VIP 초청 콘서트]

"이 아이 이름도 기억이더라고…" 기철이 씁쓸한 표정으로 말했다.

"그러게. 엄마도 보고 깜짝 놀랐어." 희은이 맞장구를 쳤다.

선우기억이 지난날 절벽에 세운 집에 살고 있다는 사실을 안다면 더 깜짝 놀랄 것이었다. 하지만 기록은 일단은 침묵을 선택했다.

"아마 뮤지컬에서 선우율의 아역 시절을 쓸 때 참고하라는 거 아닐까."

초대를 받은 기철도 막상 피아니스트의 선우기억의 자세한 정보는 모르는 모양이었다.

"저도 이 공연. 볼 수 있을까요 아빠?"

"표가 세 장밖에 없어서…"기철이 말 끝을 흐렸다. 그러자 희은이 기록에게 자신의 표를 내밀었다. "자, 여기."

"여보. 여기까지 왔는데 안 봐도 괜찮겠어? VIP 초청 콘서트라니까."

"괜찮아요. 우리 아들은 세계적인 작품을 만들 사람이니까. 이런 걸볼 수 있을 때 봐 두는 게 좋겠지. 안 그래?"

"감사해요. 엄마." 기록은 희은이 건네는 표를 받아 들었다.

공연장 쪽에서는 우레와 같은 환성이 쏟아졌다. 기억이 무대 위로 올라온 모양이었다.

"빨리 들어가자." 기철은 기록과 기만에게 발걸음을 재촉했다. 희은은자신의 집 남자들을 향해 잘 다녀오라는 듯 손을 흔들었다.

기억은 절뚝거리는 한쪽 발을 애써 숨기며 피아노 앞으로 가 인사를했다. 밝은 조명이 기억을 비추고 청중들은 이 어린 천재를 기다리고있었다는 듯 박수로 화답했다.

"아직 아무도 모르는 천재를 우리만 볼 수 있다는 게 행복하네요."

기록의 옆자리에 앉은 중년 여성이 자신의 동행에게 속삭였다.

기억이 세상에 알려지지 않았던 것은 상품성 때문이었다. 세상이 모르는 천재를 자신들끼리만 공유한다는 사실이 VIP들로 하여금 쾌감을불러일으키고 있었다. 각 기업이나 정부 기관의 대표들. 그리고 각국의주요 오케스트라 지휘자와 대표, 단장, 그리고 악장들이 주목하는 무대였다. 모두 다 세어볼 수는 없었지만 대략 150명에서 200명 정도가모여 있는 듯 보였다.

자신을 보러 온 사람들을 위해 웃어야 한다는 정선경의 말이 떠오른기억은 보란 듯 미소를 지어 보였다. 그 미소에서는 슬픔이 묻어나오고 있었다.

"어린 친구가 떨리지도 않나." 기철이 중얼거렸다.

무대 뒤에서의 폭력에도 불구하고 기억은 정해진 역할을 수행해야 했다. 그는 피아노 앞에 앉았다. 하얀 건반이 눈앞에 펼쳐졌다. 갈비뼈와 정강이의 통증이 실시간으로 기억을 엄습했다. 하지만 이 또한 그가 감내해야 할 부분이 되어버렸다.

'괜찮아…그냥 조금 신경 쓰일 뿐이잖아.'

기억은 숨을 깊게 들이쉬었다. 첫 번째 음을 누르자 홀 전체에 그의 호흡이 퍼져 나갔다. 기록은 자신의 꿈속에서 청중석에 앉아 자신을 바라보던 기억이 떠올랐다. 이제는 자신이 청중석에 앉아 또 다른 기억을 바라보고 있었다.

그가 첫 번째로 연주한 곡은 역시 프로코피예프 피아노 소나타 3번이었다. 피아노 건반을 타고 흐르는 맑고 섬세한 소리. 청중들은 마치 마법에 걸린 듯 숨을 죽였다. 기억의 마음속에는 검은 응어리가 자라나고 있었다. 음표마다 그가 두려워하는 얼굴이 그를 따라다녔다. 하지만 그럴수록 기억은 본능에 자신을 맡겼다. 기억의 손끝에서 마지막 음이 울려 퍼졌을 때, 홀은 깊은 침묵에 잠겼다. 그리고 곧이어 폭발적인 박수 소리가 홀을 가득 채웠다. 그러나 기억은 박수 소리마저 귀에 들어오지 않을 만큼 극심한 통증을 느끼고 있었다. 특히 그의 정강이는 비명을 지르며 부어오르고 있었다. 하지만 기억은 애써 미소를 지어 보였다.

사람들은 고통이 뒤섞인 기억의 미소를 그저 어린아이의 쑥스러운 미소로 받아들였다. 하지만 모든 것을 알고 있는 선경은 기억의 미소 뒤에 숨겨진 어두운 진실을 외면하고 있었다.

2번째 스테이지에서는 라흐마니노프 피아노 협주곡 2번과 아버지 선우율이 작곡한 [테레민, 피아노, 그리고 오케스트라를 위한 '파도']를 연주했다. 기억은 자신의 아버지의 곡을 소개하며 울컥한 듯 침묵했다. 하지만 이번에도 눈물은 흐르지 않았다. 기록의 눈에는 그가 정말로 눈물을 잃어버린 아이 같았다.

사람들은 선우율처럼 역사에 길이 남을 존재가 아버지라면 충분히 감격하고도 남겠다고 생각했다. VIP들은 암묵적으로는 선우기억과 선우율이 부자 관계라는 것을 이미 알고 있었지만 서로 쉬쉬하고 있었다. 기철도 기록에게 "저 피아니스트가 아들일 줄은 몰랐네."라고 말했다

'파도'를 연주하기 위해 오케스트라와 함께 테레민 연주자가 등장했다. 기록은 이 곡이 왜 세계적인 상을 받았는지 납득할 수 있었다. VR 모드로 전환한 것도 아닌데 마치 벨루가 한 마리가 콘서트홀 안을 헤엄치는 형상이 보이는 듯한 착각에 사로잡혔다. 기억의 피아노 터치는 고래가 살아갈 바다를, 그 안에서 용솟음치는 파도를 만들어내고 있었다. 그런데 기록은 어째서인지 그 고래가 그에게 살려달라고 울부짖는 것처럼 들렸다.

'역시 그 그림 속 형체는⋯고래였던 걸까?'

잠시 후. 기억이 준비했던 모든 연주 순서가 끝나고 무대에서 내려가자 사람들은 앙코르를 외쳤다. 그러자 어두워졌던 무대 위에 핀 조명이 켜지고, 기억은 다시 그 조명 아래로 향했다.

"여러분께 들려드릴 앙코르곡은 달빛을 기다리며 입니다."

기록에게 달에 관한 이야기를 들었던 순간부터 기억은 잠들지 못하는 밤마다 달빛을 기다리는 마음으로 하늘을 바라보았다. 청중들에게는

낯선 곡이었다. 하지만 기록에게는 어딘가 익숙하게 느껴졌다. 그도 그 곡이 세상에 태어난 이유를 눈치챘다.

"삶 속에서 짙은 어둠이 찾아왔을 때, 망망대해를 헤매는 것 같을 때, 어두운 바다가 아니라 달빛을 바라보며 나아가라는 마음으로 이 곡을 썼습니다."

기억은 다시 피아노 앞에 앉았고, 무대 뒤에 대기하고 있던 지휘자는 다시 돌아와 오케스트라 앞에 섰다. 기억이 첫 음을 누르자 피아노의 부드러운 선율이 홀 안을 감싸안았다. 달빛이 스며드는 듯한 은은한 멜로디가 기억의 손끝에서 시작되었고, 그 순간 오케스트라가 그의 뒤를 부드럽게 받쳐주었다. 현악기의 잔잔한 선율이 마치 달빛이 비친 호수처럼 피아노의 멜로디에 스며들었고, 목관악기들이 부드럽게 그 흐름을 이어받았다.

피아노와 오케스트라는 하나가 되어 시간 속에서 흐르고 있었다. 곡이 중후반부로 넘어가자 음악은 점점 더 깊고 풍성해졌다. 오케스트라의 음색은 한층 더 두터워졌고, 피아노는 그 위에서 자유롭게 춤을 추었다. 현악기들의 깊은 울림과 관악기들의 맑은 음색이 어우러져 달빛이 세상을 감싸안는 순간이 완벽하게 표현되고 있었다. 마지막 부분에 이르러, 달빛은 깊은 어둠에 잠긴 세상을 구원했다.

부정할 수 없는 핏줄에 청중들은 벅차오르는 마음을 주체하지 못하고 눈물을 흘렸다.

마지막 피아노 음이 울리자 홀 안은 다시 한번 침묵에 휩싸였다. 잠시후, 청중석에서 터져 나온 박수 소리는 세상을 뒤흔들 정도였다. 이 마지막 곡은 단순한 앙코르곡 이상의 감동을 전해주었다. 그가 영혼으로 작곡한 곡이었다.

 기록의 한 쪽 뺨을 타고 눈물이 흘렀다. 기억이 [달빛을 기다리며]를 연주한 것은 자신을 향해 보내는 신호라고 확신했다. 다만 자신이 구체적으로 어떤 도움을 주어야 좋을지 아직은 알 수 없었다.

 마지막 인사를 하는 기억의 표정에는 비장함이 느껴졌다. 무대 뒤, 어둠 속에서 선경은 기억을 주시하고 있었다. 그리고 그녀는 자신을 '라르고'라고 소개한 남자와 실시간으로 다이렉트 메시지를 주고받고 있었다.

 [연주가 끝났습니다. 집으로 잘 돌려보내겠습니다.]

달빛을 기다리며

기록은 바로 기억의 뒤를 쫓고 싶었지만 절벽에 세운 집이 외진 곳에 있어 누군가가 뒤를 쫓고 있다는 게 바로 티가 날 것임이 분명했다. 나중에 따로 방문하는 편이 더 자연스러울 것이었다. 또한 기록은 어쩌면 지금 연주자 대기실로 가면 선우율을 만날 수 있지 않을까 생각했다. 하지만 막상 선우율이 등장하자 대기실 근처 경비는 더욱 삼엄해졌다. 기록은 이러한 방식으로는 선우율을 만날 수 없을 것이라 결론지었다.

기록이 자동차에 올라타자 비바체 프로덕션으로부터 메일이 도착했다는 알림음이 울렸다.

자동차에서 선우율의 곡을 듣자마자 당신의 곡을 VR영화의 BGM으로 써도 되겠냐는 문의를 했었고, 그에 대한 답변이 온 것이었다.

[안녕하세요. 한기록 감독님. 비바체 프로덕션입니다. 보내주신 기획서를 검토한 후 회신을 드립니다. 저희 프로덕션에서는 감독님께서 제작하고 계신 [절벽에 세운 집]이 선우율 대표님의 곡 '파도'와 잘 어울린다고 판단하였습니다. 또한 대표님께서는 새롭게 도입된 뇌파 기반 인터페이스에도 큰 흥미를 보이셨습니다.

다만 선우율 대표님께서는 자신의 음악이 단순히 배경 음악으로만 쓰이는 것이 아니라, 영화의 일부분에서 핵심적 요소로 자리매김할 것을 조건으로 말씀하셨습니다.

사용료의 선지급금은 없으며, 이후 영화가 수익을 창출할 경우, 그 수익의 5%를 로열티로 지급해 주셨으면 합니다. 계약서를 작성하시게 될 경우 이 점 참고해 주셨으면 합니다. 감사합니다.]

메일을 내려다보던 기록의 입꼬리가 올라갔다. 그는 이미 자신의 영화를 단 한 사람만을 위한 영화로 바꾸어 둔 상태였다. 선우율의 허락이 떨어지기도 전에 이미 그의 음악을 자신의 영화의 적절한 부분에 삽입해 두었다. 자신의 영화를 상업적으로 쓸 생각은 없었고 오로지 기억에게 보여주기 위해서였다.

그런데 선우율이 자신의 음악을 사용할 것을 허락하다니, 기록에게는 오히려 잘된 일이었다. 선우율이 제시한 조건대로 영화의 한 장면에서 핵심적 요소로도 등장할 계획이었다.

'이왕 이렇게 된 거…정말로 국제 아티스틱영화제에 넣어볼까…'

그는 기존에 작성해 두었던 계약서에 선우율이 제안한 항목을 추가하였다.

[감사합니다. 말씀하신 제안을 받아들이도록 하겠습니다. 선지급금을 받지 않는 등, 배려해 주셔서 감사드립니다. 좋은 영화로 보답하도록 하겠습니다. 한기록 드림.]

그는 보내기 버튼을 누르기 전. 그가 고용한 작곡 선생이 얼마나 문제가 많은 사람인지에 대해 선우율에게 말할 필요가 있겠다는 생각이 들었다. 하지만 메일을 보낸 이가 선우율 본인이 아닌 이상 오피셜한 메일에서 사적인 일을 언급하는 건 좋지 않아 보였다.

[조만간 개인적으로 찾아뵐 일이 있을 것 같습니다.]라고 적어보았지만 이 또한 왜 찾아뵙는다는 건지에 대한 용건이 적혀 있지 않아 수상해 보이기는 마찬가지였다. 기록은 추가로 적은 문구를 지운 뒤 초안대로 보내기 버튼을 눌렀다.

그리고 그는 컴퓨터가 켜져 있는 김에 국제 아티스틱 영화제에도 출품 신청서를 넣었다.

　　　　　　　　　　　　* * *

　기록은 어린이용 VR안경을 챙겼다. 어쩌면 아직 기억의 피아노 선생
님이 집 안에 있을지도 몰랐다. 혹은 그가 그토록 기다리던 선우율이
돌아왔을 수도 있다. 어떤 상황이든 기록은 기억을 마주해야 했다. 이
번에는 제대로 초인종을 눌렀다. 누구냐는 물음이 돌아올 줄 알았는데
스르륵-하고 문이 열렸다. 들어오라는 뜻임이 분명했다.

　'누가 문을 열어준 거지.'

　기록은 떨리는 마음으로 집 안으로 들어갔다.

　"아저씨."

　현관에는 기억이 서 있었다. 조금 전까지만 해도 수백 명 앞에서 태연
하게 연주를 하던 아이와 동일 인물이라는 사실이 믿기지가 않았다.

　"기억아. 너 작곡 선생님. 나 그 사람이 어떤 사람인지 알아."

　기록의 말에 기억의 눈빛이 일렁였다. 기억은 이 사실을 아무도 알아
서는 안 된다는 듯 기록의 손목을 잡고 집 안으로 이끌었다.

　"어떤 사람인데요?" 기억은 기대하는 마음을 애써 감추며 기록에게
물었다. 집 안에는 아무도 없는 모양이었다.

　"그 사람, 다른 사람의 창작물을 훔치는 나쁜 사람이야. 너희 아버지
나 너한테도 똑같은 짓을 할 수 있다. 사람은 안 변하는 법이거든."

　기억은 하고 싶은 말이 목구멍까지 차올랐다. 자신이 당하고 있는 일
들에 대해서. 하지만 진실을 말하는 것이 어떤 결과를 가져올지 두려
웠다.

　"기억아. 내 도움이 필요하면 언제든 말해. 아저씨는 아이들은 새싹처

202

럼 보호가 필요하다고 생각해."

"아저씨. 아저씨가 정말…저를 도울 수 있을까요?"

"당연하지. 아저씨한테 뭐든 말해."

"저는…아저씨를 도울 수 없는데도요?"

"아저씨는 도움이 필요 없어."

"한기억을 찾는 거…도와주고 싶어서 알아봤는데 정말 아무런 정보도 없더라고요."

기록은 순간 자신의 귀를 의심했다. 기억에게는 동생 한기억의 이야기를 단 한 번도 한 적이 없었다.

"방금…뭐라고…"

"한기억. 여기 왔던 이유. 저나 아빠를 만나기 위해서가 아니라 아저씨의 동생을 찾으러 오신 거잖아요. 이 절벽에서 살았었고. 이 절벽에서 실종된."

"네가 그걸 어떻게…"

"저 사실 그날. 아저씨가 우리 집에 왔을 때 아저씨의 일기장을 읽었어요."

"그걸…읽었다고?"

"네. 처음부터 끝까지 모두 다."

기록은 자신이 일기장을 떨어뜨렸던 날을 회상했다. 일기를 자세히 읽을 만큼의 시간 같은 건 없을 만큼 찰나였다.

"어떻게 그걸 다 읽지? 한두 페이지가 아니었는데…"

기록이 혼란스러워하자 기억은 마치 영상으로 재생하듯이 기록의 일기장을 그대로 읊기 시작했다.

"기억아. 세상은 나를 터무니없이 배반하고. 속이고. 벼랑 끝으로 끌고 간다. 이런 세상 속에서 살아남는 방법은 바로 나를 배신했던 사람들에 대한 기록을 남기는 것이다. 어떤 방식이든 좋아. 기록을 끼워 맞추면 그림이 완성된다. 그 그림 속에서 네가 울고 있더라도 너무 걱정하지 마. 기록은 모든 것을 증명할 것이다."

기록은 자신의 앞에서 벌어지는 일을 믿을 수 없었다.

"…그걸 다 외웠어?" 기록이 물었다.

"제 이름이 기억인 이유… 모든 걸 다 기억하기 때문이래요. 처음 본 악보들도 다 외워서 칠 수 있어요."

"언제부터…? 처음부터 그랬어?"

"다섯 살 이전의 기억은 희미해요. 어떤 일이 있었는데..."

기록도 다섯 살 이전의 기억은 나지 않았다. 10년을 살아온 기억에게는 자신의 생의 절반이 희미하다는 게 큰 일처럼 느껴질 수 있어도 32년을 산 기록에게 그건 별로 대수롭지 않은 일이었다.

"어떤 일?"

"그러니까…어떤 일이 있었는데. 그 일 후로 이렇게 되었어요. 그때부터 아빠도 사람들도 저를 기억이라고 불러요."

기억이 외우는 것은 기록의 일기장만이 아니었다. 백과사전도, 법전도 모조리 외우고 있었다. 마치 페이지를 스캔하듯, 눈으로 찰칵하고 찍으면 몇 페이지에 몇 번째 행에 어떤 글자가 적혀 있는지까지도 또렷이 기억했다. 활자로 된 것뿐만 아니었다. 악보나 녹음, 영상까지도 기억하고 있었는데, 정확도가 지나쳐 기억이 아닌 기록으로 보일 정도였다. 세상의 모든 것이 그의 머릿속에 단 한 글자도, 한 순간도 빠짐없이 록되고 있었던 것이다.

"신이 너에게 너무 많은 선물을 준 게 아닌가 싶다." 기록은 감탄했다. 그러고는 계속해서 말을 이었다. "난 동생이 사라지던 날이 희미해서 내 기억을 믿지 못하게 되었어. 그래서 손끝이 짓무를 때까지 쓰고 또 썼어. 근데 너를 보니까 내가 참 바보 같다. 차라리 내가 너처럼 모든 것을 기억할 수 있었다면 좋았을 텐데."

"저는 이게 저주라고 생각해요. 아저씨."

열 살의 나이에 모든 것을 기억하는 천재 피아니스트. 그리고 서른이 넘어서도 제 몫을 못 하는 자신. 기록은 거대한 박탈감을 느꼈다. 그를 구하려고 했던 스스로가 우스워졌다. 기억은 기록의 눈빛에서 그가 무슨 생각을 하는지 읽을 수 있었다. 기억은 기록을 자신의 침실로 데려 갔다. 그러고는 자신의 하얀 이불을 가리켰다.

"부탁이 있어요. 여기다가 사인 해 주실 수 있어요?"

"사인?"

"저는 아저씨가 세계적인 영화감독이 될 거라고 생각해요."

"나는…정말 아무것도 아니야. 그래서…이건 정말 너한테만 말하는 건데. 좋아하는 여자한테도 차였어."

"그 여자가 이제 아저씨 안 본대요?"

"아니…"

"수염 때문에 차였던 걸 거예요. 나중에 다시 해 봐요."

기억은 검정색 매직펜을 가져왔다. 이제는 뇌파로도 문자를 적는 사람들이 있을 정도였기에 매직펜은 가정집에서 보기 어려운 물건이 되어버렸다. 기록은 어쩌면 기억이 매직펜을 구입해놓고 자신이 오기를 기다린 게 아닐까 생각했다.

'언제부터 기다린 걸까. 꽤 오랫동안 보지 못했는데…'

다시 만난 기억은 여전히 혼자였다. 집은 여전히 절벽 위에 있었지만 그의 어린 시절과는 확실히 달랐다. 원하는 것은 언제든 드론에 실어 실시간으로 배달되고 있었다. 바람이 심하게 부는 날이면 드론이 날지 못하는 상황도 발생했지만, 그들의 생활에 크게 불편함은 없었다. 하지만 기억은 모든 것을 다 가지고도 아무것도 없는 사람 같은 눈빛을 하고 있었다.

"어느 정도 크기로…?"

누군가에게 사인을 하는 것은 처음이었기에 기록은 쑥스러운 표정을 지었다. 정말로 자신의 사인이 갖고 싶은 게 맞는 걸까, 의심이 되기도 했다. 기억은 이불 전체를 채울 만큼 크게 그려달라고 말했다. 기록은 유성 매직 대신 특수한 펜을 꺼냈다. 이불 위에는 지난번에 그린 그림이 그려져 있을 터였다. 기록은 이불을 한 번 뒤집어 뒷면이 보이게 했다. 그러고는 침대 위를 가로지르며 최선을 다해서 사인을 했다. 평소 자신의 사인에 관심이 없던 그는 '이럴 줄 알았으면 더 예쁜 모양의 사인을 미리 만들어둘걸.'하고 후회했다.

"지난번 그 펜으로 적으신 거예요?" 기억이 물었다.

"이불에 낙서하면 너희 아버지가 화내실 수도 있다고 했었잖아?"

"괜찮은데…"

이렇게 말하면서도 기억은 내심 기록의 배려에 고마웠다.

"네 말대로 난 동생을 찾고 싶었어. 그리고 이왕 이렇게 된 거 솔직히 말할게. 실은 너희 아버지가 내 동생 기억이가 아닐까 생각해. 그래서 지난번에 너희 집에 들어왔을 때, 너희 아버지가 돌아올 때까지 기다리려고 했었어."

"거짓말하고 계시는구나 하고 생각하기는 했어요."

기억이 태연한 표정으로 말했다. 모든 것을 꿰뚫어 보는 듯한 눈빛에 애어른처럼 느껴졌다.

"근데 왜…모른 척 했어? 당장 쫓아낼 수도 있었잖아."

"그냥요."

"기억아. 잘 들어." 기록은 침대에 걸터앉은 뒤 기억에게도 앉으라는 시늉을 했다. 침대 위를 팡팡 두드리자 기억도 기록을 마주보고 앉았다.

"나 아무래도 너희 아버지를 만나야 할 거 같아. 그래서…너만 괜찮다면 여기서 좀 지내도 될까?"

기억은 조금의 망설임도 없이 고개를 끄덕였다. 오히려 기억은 기록에게 의지하고 싶은 표정이었다. "잃어버린 동생을 만나면 좋겠네요." 기억은 기록을 향해 다정한 미소를 지어 보였다.

"그런 것도 있는데. 너희 아버지한테 정선경에 대해 말을 좀 해야겠어."

기록이 작곡 선생의 이름을 언급하자 기억의 표정은 순식간에 굳어졌다. 기록은 그의 표정에서 감정을 읽을 수 있었다. 기억은 선경을 두려워하고 있었다.

"그 선생이 너도 함부로 대해?"

"함부로요…?"

"네가 작곡한 곡을 탐낸다든지…"

기억은 선경이 자신에게 하는 행동들에 대해 사실대로 말할지 고민이
되었지만 결국 얼버무렸다.

"…선생님은 소아암에 걸린 아이들을 후원하시는 분이세요."

"그거 다 이미지 관리하려고 그러는 거야. 내가 그 사람을 잘 알아. 진
짜 가식적인 사람이거든."

그때 창문 밖 하늘이 불편한 기색을 드러내기 시작했다. 요즘 들어 부
쩍 비가 자주 내리고 있었다. 비구름이 기승을 부리는 장마철에 접어
든 것이었다. 회색빛깔 먹구름이 하늘을 가득 채우더니 이내 장대비가
쏟아져 내렸다. 기록은 곧바로 기억의 눈치를 살폈다. 아니나 다를까
기억은 또다시 하얗게 질린 얼굴로 눈물을 참고 있었다.

다른 사람들에게는 아무것도 아닌 비가 기억에게는 한결같이 공포의
대상이었다. 기록은 윤주가 약국에서 했던 이야기를 떠올렸다. 그것은
알약을 못 먹는 여자의 이야기였다.

기록은 기억을 이해할 사람은 자신밖에 없다고 생각했다. 그리고 지
금이야말로 기억에게 자신이 가져온 선물을 보여줄 때라고 확신했다.

"아직도 저기 여자 귀신이 있어?"

기록의 질문에 기억은 하얀 솜이불에 얼굴을 파묻은 상태로 고개를
끄덕였다. 그의 손은 절벽 위를 가리켰다. 기록도 그곳을 바라봤지만
여자 귀신은 기억의 눈에만 보이는 게 확실했다.

"기억아. 내가 세계적인 영화감독이 될 거라고 했지? 이제 그런 건 아
무래도 좋아. 내가 준비한 건…한 사람을 위한 영화니까."

기억에게는 기록의 말이 안 들리는 듯했다. 하얀 이불속으로 침몰하
는 난파선처럼 허리가 고꾸라지고 있었다. 기록은 기억이 붙잡고 있는

이불을 조심스럽게 들추며 말했다. "언제까지고 도망칠 수는 없어. 우리는 저 절벽을 정면으로 마주해야 해."

"너무 무서워요. 아저씨. 전 정말로 귀신이 보인다고요. 저를 노려보고 있어요. 저한테 절벽 끝으로 떨어지라고 손짓하고 있어요…"

"알아. 나도 잘 알아."

기록은 금방이라도 눈물이 날 것만 같았다. 하지만 다 큰 어른이 울면 기억이 의지할 곳이 정말로 없어질까 봐, 그는 솟구쳐 오르는 눈물을 간신히 참았다. 천둥소리가 울리고 번개가 어두운 하늘 가득 번쩍이자 패닉에 빠진 기억은 침대 밑으로 기어들어갔다.

"아저씨가 가져온 게 있어."

기록은 VR안경을 침대 밑으로 들이밀었다. 침대 밖 밝은 공간에서 들어온 기록의 손. 기억은 기록이 쥐고 있는 VR안경 너머에 무엇이 있을지 궁금해졌다. VR을 경험하는 것이 기억에게는 설레는 일이었다. 기억은 용기를 내서 침대 밖으로 기어 나왔다. VR용 안경을 쓰자 기억의 눈에 가장 먼저 들어온 것은 기록이 특수 펜으로 이불 위에 적은 사인이었다. 그 곳에는 [To. 꼬마 기억에게]라고 적혀있었다. 사인이 마음에 들었는지 기억은 잔잔한 미소를 지었다.

"기억아. 앞으로도 나한테 비밀 이야기할 거 있으면 이 펜으로 적어."

기억은 고개를 끄덕였다. 그리고는 조심스러운 표정으로 물었다.

"아저씨. 그럼 저랑…앞으로도 계속 친구 해주실거예요?"

기록은 기억의 질문이 재미있다고 생각했다. 지난 세월동안 그 누구도 기록과 선뜻 친구가 되려하지 않았고, 그는 외면과 고독에 익숙했다. 윤주를 제외한다면 그는 삶의 대부분을 방안에 틀어박혀 지내는 외톨이였다. 하지만 기록은 태연한 척 대답했다. "당연하지."

　친구가 되어준다는 말에 기억은 용기를 냈다. 이불을 바라보던 시선을 다른 곳으로 옮겼다. 그러자 저 멀리 익숙한 절벽이 보였다. 분명 귀에는 빗소리가 들려오는데 눈앞에 보이는 것은 맑게 갠 경관이었다. VR이 시야를 속이고 있는 것이었다. 기록도 기억과 같은 화면을 보기 위해 VR모드로 전환했다. 기록은 기억의 귀에 소형 이어폰을 끼워주었다. 그러자 이제는 그를 위협하는 빗소리마저 사라졌다. 그의 귀에 들려온 건 그가 연주했던 '달빛을 기다리며'였다.

"기억아. 통화연결음 만들어줘서 고마워."

　기억은 기록이 어떻게 자신의 연주의 녹음본을 갖고 있는 건지 의아했다. 하지만 기억은 이내 눈 앞에 펼쳐지는 환상적인 풍경에 시선을 빼앗겼다.

8. 절벽에 피는 꽃

절벽에 피는 꽃

 현실은 온데간데없었다. 기억은 자신이 여전히 방 안에 있다는 것을 알고 있었지만, 그 방은 이제 더 이상 익숙한 공간이 아니었다.

 붉은 동자꽃과 석산화가 기억의 방을 가득 채우며 피어나기 시작했다. 상사화라고도 불리는 석산화는 비가 오는 여름날 드물게 절벽에 피어난 모습을 볼 수 있었지만 이렇게까지 만개한 모습을 보는 것은 처음이었다. VR을 제작하며 기록은 본능적으로 상사화를 작품의 메인 꽃으로 선정했다. 어째서인지 유독 그 꽃이어야만 할 것 같았다.

 분명 가상의 세계임에도 기억은 마치 현실에 존재하는 것들을 보는 듯한 착각에 빠졌다. 기록이 개발한 뉴럴 인터페이스가 사용자의 뇌파를 감지해 후각까지 느끼게 하고 있었던 것이다. 석산화의 붉은 꽃잎이 기억의 눈동자에 담긴 순간 꽃들은 한 데 이어져 길을 만들기 시작했다. 레드카펫처럼 깔린 그 꽃길은 절벽을 향하고 있었다.

 "이 길을 따라가면 되는 거예요?" 기억이 물었다. 기록은 고개를 끄덕였다.

"같이 가시면 안 돼요?" 기억의 표정은 애원하는 표정으로 바뀌었다.

"기억아. 이 VR은 절벽을 무서워하는 너를 위해 제작된 거야. 혼자 가야 해."

"아저씨한테도 절벽은 그런 공간이잖아요. 아저씨도 함께 가요."

기억이 기록에게 손을 내밀었다. 기억의 말이 맞았다. 기록은 애써 태연한 척하고 있었지만 그 또한 눈앞의 절벽이 똑같이 두려웠다.

"…그래."

기록은 숨을 길게 내쉬었다. 그는 그 절벽 끝에 무엇이 나올지 이미 알고 있었다. 그는 이 VR세계의 창조자였다. 아무리 아름다운 꽃과 향기로 덮어도 그에게는 아름다움의 틈새로 곧 들이닥칠 아픔의 순간이 보여오고 있었다.

기록은 기억이 내민 고사리 같은 손을 잡았다. 그도 더 이상 회피하지 않기로 결심한 것이었다. 기억은 절벽이 보이는 통유리창으로 다가가 벽에 달린 스위치를 두 번 연속해서 눌렀다. 그러자 유리창은 문처럼 회전하며 바깥세상으로의 입구를 마련해주었다. 아무리 VR을 쓰고 있다고는 해도 내리는 비까지 숨길 수는 없었다. 그들이 비를 맞고 있다는 것을 감지한 인공지능은 소형 드론을 보내 그들의 머리 위에 우산을 만들어주었다. 그러고는 발걸음을 뗄 때마다 그들을 따라갔다. 그들이 입고 있는 옷이나 신발에 장착된 스마트 웨어러블은 방수모드로 전환되었다.

기억은 평소대로라면 귀신이 있어야 할 곳에 하얀 형체가 서 있음을 깨달았다. 비가 오는 날마다 보였던 소름이 끼치도록 음험한 형상이 아니었다. 가까이 다가가서 보니 푸른 빛이 감도는 하얀 형체는 빗방

214

울을 닮아 있었다. 기억을 발견한 하얀 빗방울은 앙증맞은 미소를 지으며 춤을 추기 시작했다.

"아저씨. 저것 좀 보세요! 너무 귀여워요…!"

기억은 진심으로 즐거워하고 있었다. 기억은 기록의 손을 놓고 캐릭터를 따라 춤을 추기 시작했다. 기억을 만난 이래로 이렇게 행복해하는 얼굴은 처음이었다. 이윽고 절벽 아래의 파도가 그들의 높이까지 치솟았다. 현실적으로는 있을 수 없는 일이었다. 파도가 올라올 때마다 알록달록한 물고기들이 널을 뛰었고, 잠시 후 그들의 앞에 모습을 드러낸 것은 거대한 고래였다. 그가 기억의 연주를 듣고 상상했던 그 고래.

"이런 건 처음 봐요, 아저씨!! 고래예요!!"

기억이 고래에게 흠뻑 빠져 있는 동안 배경에 흐르던 음악은 선우율의 '파도'로 바뀌었다. 이 곡이야말로 절벽에 세운 집에 가장 잘 어울리는 곡이었다. 그가 VR로 보여주고자 했던 광경은 이러했다. 1악장은 꽃이 만개한 기억의 방이었다. 그 공간에서 기억은 언제나 홀로 무서워하고 있었다. 그는 그 공간의 이미지를 아름답게 바꾸어주고 싶었다. 2악장은 절벽이었다. 이곳은 기억의 말에 따르면 여자 귀신이 출몰하는 곳이었다. 기록은 이 여자 귀신의 이미지를 귀여운 캐릭터로 전환시켜주고 싶었다. 그리고 이곳에서 선우율의 '파도'를 재생함으로써 익숙한 환경으로 느끼게 하고자 했다. 하지만 곡이 파도로 바뀌자 기억의 얼굴은 경직되었다. 아무리 귀여운 캐릭터가 손짓을 하고 물고기가 뛰놀아도 굳어진 얼굴은 좀처럼 펴질 생각이 없어 보였다.

'피아노를 잘 쳐야 한다는 압박 때문인가…?'

기록은 기억을 위축되게 만드는 게 혹시 선우율이 아닐까 생각했다.

'하긴 나라도…그런 천재의 아들이라면…위축되겠어.'

기록은 떨리는 마음을 감추며 침을 삼켰다. 파도와 물고기들이 지나간 자리에는 먹구름이 드리우기 시작했다. 이렇게 되자 VR 속 세상도 현실과 다를 게 없어 보였다.

"아저씨. 끝난 거예요? 저 무서워요."

하지만 빗방울을 닮은 하얀 캐릭터는 여전히 그 자리에 있었고, 기억에게 자신을 안아달라는 듯 손짓하고 있었다.

"어떻게 해야 돼요?"

기억의 얼굴에도 짙은 먹구름이 드리웠다. 그는 당장이라도 VR기기를 벗어 던지고 집으로 들어가고 싶은 듯 했다.

"기억아. 저 아이를 안아줄 수 있겠니?"

기억은 잠시 망설였지만 기록을 향한 신뢰가 있었기에 하얀 빗방울을 안아 주기로 마음먹었다. 신경 기반 인터페이스 기술은 실제로 물체를 만지고 있다고 느끼게 하는 역할을 하였다. 촉감을 느끼기 위해 VR용 수트나 장갑을 착용할 필요도 없었다. 기억은 커다란 빗방울을 안았다. 빗방울은 빛으로 만들어진 허상에 불과했지만, 기억은 자신이 무언가의 품에 안겼음을 느낄 수 있었다. 기억은 처음 느껴보는 감각에 빗방울을 더욱 꽉 껴안았다. 그러자 부드러운 감촉이 전신에 느껴졌다. 하지만 그가 안고 있던 빗방울의 온도는 찰나의 순간 서늘해졌다. 기억은 자신이 안고 있던 물체를 올려다보았다. 빗방울은 어느새 기억과 똑 같은 모습으로 변했다. 이 빗방울은 기록에게는 기록과 똑같은 모습으로 보였다.

216

"어…! 저랑 똑같이 생겼어요."

"한 번 더 안아줄 수 있을까? 따스해질 때까지."

기억은 자신과 똑같이 생긴 형상을 한 번 더 안아주었다. 그러자 서늘한 몸이 점차 따스해졌다. 기억은 자신의 어깨 위로 떨어지는 물방울을 느끼고는 고개를 들었다. 자신과 똑같은 형상의 아이는 눈물을 흘리고 있었다. 그 모습에 기억은 잊고 있던 파편 하나를 찾은 기분이 들었다. 기억은 안고 있던 손을 놓았다. 그러자 형상은 양쪽 손을 모았다. 그 손 위로 상자 하나가 생겼다.

"기억아. 그 상자를 열어 봐."

기록의 말에 기억은 눈앞에 생긴 상자를 바라보았다. 에메랄드색의 영롱한 상자였다. 그 상자 안에는 종이와 펜이 들어있었다. 특수한 펜이 아닌, 기록이 평소에 들고 다니던 펜과 종이였다. 기억은 본능적으로 펜과 종이를 꺼냈다.

"너를 괴롭게 하는 게 있다면 그 상자 줄 수 있겠니? 꼭 한 개가 아니어도 괜찮아. 오늘 그 상자에 우리 같이 봉인하는 거야."

기록은 손에 쥔 종이를 한참 동안 내려다보았다. 그리고는 자신의 눈앞에서 울고 있는 아이를 바라보았다.

"울지 말라고 해 줄 수 있어요?" 기억이 기록을 향해 중얼거리듯이 물었다.

그것은 기억에게 눈물을 일깨워주기 위해 넣어놓은 장치였다. 하지만 기억은 울 것 같은 표정임에도 여전히 울지 않기 위해 애쓰고 있었다. 기억이 펜과 종이를 내려다보며 주저하자 이번에는 기록이 상자 앞으로 다가갔다. 그리고는 그도 펜과 종이를 꺼냈다.

"아저씨도 적을게."

기록이 무언가를 적어서 넣는 것을 확인한 기억은 그를 따라 세 개의 쪽지를 적었다. 그리고는 에메랄스 상자에 넣고 닫았다. 기록은 기억에게 자물쇠를 건넸다.

"이제 잠가서 바다에 던져버리자."

기억은 에메랄드 상자에 자물쇠를 채웠다. 기록은 그 자물쇠의 열쇠를 바다 어딘가로 던져버렸다. 열쇠가 사라지자 이내 상자도 사라졌다. 그리고는 기억과 똑같은 형상은 검은색으로 변하기 시작했다. 비가 오는 날마다 보았던 귀신과는 달랐지만, 그 귀신을 떠올리게 할 만큼 짙고 어두운 검은색이었다. 붉은 꽃들은 검붉게 변하더니 이내 시들어버렸다.

"아저씨. 이상해요. 도와주세요. 무서워요. 너무 무서워요."

기억은 눈을 질끈 감았다. 하지만 기록은 그런 기억의 어깨를 상냥하게 잡았다.

"기억아. 잘 봐. 뭐가 보이니."

"아저씨. 방으로 돌아가고 싶어요."

이것이 그가 준비한 3악장의 시작이었다. 이번에는 검게 변해버린 파도가 그들을 삼켜버릴 듯 높게 치솟더니 그대로 멈추었다. 그것은 마치 성경 속 모세가 바다를 가르고 걸어갔을 때와같이 웅장한 경관이었다. 정지한 파도 사이로 크고 검은 고래의 그림자가 지나다니는 것이 보였다. 음악은 강렬한 감정을 토해내듯 휘몰아치고 있었다. 그야말로 폭발할 듯이 거대한 '파도'였다.

"기억아. 할 수 있어. 눈을 뜨고 뭐가 보이는지 알려줘."

기록이 자신과 함께라는 생각에 기억은 용기를 냈다. 그는 서서히 눈을 뜨고 자신의 앞에 서 있는 또 다른 형상을 마주했다.

"뭐가…뭐가 보이냐면…"

기억은 용기를 내서 검은 형상을 바라보았다. 기록이 이 모든 것들을 준비한 데에는 이유가 있으리라 생각했다. 어둡고 슬프고 격정적인 선율조차도 때로는 빛을 부각하기 위해서 필요한 법이었다. 기록에게는 강아지 인형을 안고 있는 동생의 형상이 보이고 있었다. 그것은 사용자가 자신의 트라우마를 마주하도록 설계된 시스템이었다. 만약 사용자에게 이렇다 할 트라우마가 없다면 귀여운 캐릭터로만 보일 것이었다.

'내가 같이 보는 것은…내 계획에 없었는데…' 동생의 형상을 바라보며 기록은 생각했다.

그때 기억이 입을 열었다.

"절벽에 나타나던 귀신. 누군지 알겠어요."

"누구야?"

기록이 물었지만 기억은 대답하지 않았다. 터져버린 눈물이 홍수처럼 쏟아지고 있었기 때문이다. 기억은 떨리는 목소리로 형상을 향해 물었다.

"그래서…비가 내리는 날마다 서 있었던 거예요? 내가 다…잊어서?"

검은 형상에서는 아무런 대답도 돌아오지 않았다. 기억이 눈물을 흘리는 모습을 보는 것은 처음이었다.

"저 다 생각났어요. 그날…절벽에서 무슨 일이 있었는지…"

목 놓아 우는 기억을 바라보며 기록은 당장이라도 VR시스템을 꺼버리고 싶었다. 하지만 그 검은 형상과 성난 파도, 먹구름은 그가 준비한 끝이 아니었다. 기억이 모든 것을 떠올리자 검은 형상은 마치 처음부터 존재하지 않았다는 듯 수증기가 되어 사라졌다.

기록은 엉엉 우는 기억을 끌어안았다. 이 작은 아이에게 트라우마가 생길만한 일이 도대체 뭐였을까. 울화가 치밀었다. 하지만 그도 그러했듯, 사람이 모든 사건을 예측하고 대처할 수는 없는 게 인생이었다.

이제 이 아이는 모든 일을 다 기억하고 있을 터였다. 어제 있었던 일. 그리고 이제는 5년 전에 있었던 일까지도. 달력에서 날짜만 가리켜도 그날의 일을 전부 기억한다며 읊조리는 아이였다. 그 어떤 기록도 무색할 만큼 정확하게 기억하고 있었다. 기록은 기억이 잃어버렸던 시간을 되찾은 것이 트라우마 치료에 도움이 되기를 바랄 뿐이었다.

먹구름이 물러가자 방금까지 있었던 모든 일이 장난이었다는 듯 조지 거슈윈의 랩소디 인 블루가 배경음악으로 흘러나왔다. 거칠게 휘몰아치던 파도는 언제 그랬냐는 듯 잠잠해졌고 절벽 위에는 형형색색의 꽃들이 뒤덮이기 시작했다.

"기억아. 저것 좀 볼래? 이제 엔딩이야."

이전과는 다른 분위기에 흥이 넘치는 노래가 흘러나와도 기억은 기록의 품에 얼굴을 파묻은 채 좀처럼 고개를 들지 못하고 있었다.

"미안해…아저씨도 너랑 같아."

기록의 목소리에 기억은 고개를 들고 기록의 얼굴을 바라보았다. 기록의 목소리가 눈물에 젖어 울먹이고 있었기 때문이다.

"그 일기 봤지? 아저씨는 기억이보다 세 배는 더 살았는데도 아직도 절벽에 세운 집에 갇혀 있어. 하루하루가 두렵고 고통스러워서 손이 마비되도록 글씨를 적어야 견딜 수 있어. 어른스럽다는 게 뭔지 잘 모르겠어. 너를 구하고 싶었는데 나는 나조차도 구할 수가 없는 사람이야. 기억아. 우리 집은 왜 절벽에 세워져 있을까? 왜 하필 우리는 절벽에서 태어났을까. 우리가 좀 더 나은 곳에서 태어났더라면. 그랬더라면 우린 더 행복할 수 있었을까? 어떻게 하면 이 악몽을 벗어날 수 있을지 많이 고민했어. 그래서 VR도 열심히 만들어봤어. 그런데 난 아직도 너무 한심한 어른이다, 기억아."

기억은 소매로 기록의 뺨에 흐르는 눈물을 닦아주었다. 그는 아이보다도 더 아이처럼 서럽게 울고 있었다. 그의 마음속에는 언제까지고 7살 시절의 한기록이 남아있었다. 몸은 성장했지만 그 시절의 한기록은 영원히 절벽에 세운 집에 갇혀 있었다. 그 집이 무너지고 새로운 집이 세워지는 건 중요하지 않았다. 그의 정신은 언제까지고 그곳에 머물러 있었다. 동화처럼 절벽을 타고 오르는 구원자는 없었다. 그럴수록 그는 모든 문과 창문을 닫은 채 더욱 몸을 웅크렸다.

"아저씨." 기억도 눈물범벅이 되어 말했다. 하지만 그는 절벽 위 하늘을 바라보며 미소를 짓고 있었다. "무지개가 떴어요."

하늘에 떠 있는 일곱 빛깔의 무지개는 그들의 얼굴 위로 드리웠던 짙은 먹구름이 지나갔다고 말해주고 있었다.

"아저씨가 준비한 엔딩인거죠?"

기록은 고개를 끄덕였다. 그는 먹구름이 지나간 후의 아름다운 경관을 기억에게 선물하고 싶었다.

"이건 아저씨만이 만들 수 있는 그림이잖아요. 매일 밤하늘에 기도했어요. 도와달라고. 그랬더니 아저씨가 나타났어요."

기억의 뺨을 타고 눈물방울이 흘렀다. "전…아저씨 동생이 아니에요."

"네가 누구든 난 똑같이 했을 거야."

선우기억의 이름이 자신의 동생과 같고, 자신이 살았던 절벽에서 살고 있다는 우연.

우연이 겹친 것에 대한 의미 부여는 이제는 아무래도 좋았다. 그는 기억을 구해야겠다는 일념에 가슴이 뜨거워졌다. 그가 애초에 자신과 전혀 무관한 존재라 할지라도.

* * *

기억은 여전히 정강이에 통증이 느껴졌지만 혹시나 기록이 걱정할까봐 두려웠다. 그래서 다리를 절지 않기 위해 연신 노력하며 침대에 걸터 앉았다. VR안경을 벗자 그들이 꿈꾸던 환상은 사라지고 이내 먹구름이 드리운 현실로 돌아왔다. 모든 것이 잠잠해졌는데도 기억은 한참 동안이나 눈물을 쏟아냈다. 방안에 틀어진 에어컨은 그들의 살갗을 더욱 서늘하게 만들었다.

"다 생각났다고…?" 기록이 물었다. 기록 또한 동생과 있었던 일이 떠오른 상태였지만 일단은 기억을 먼저 챙겨야겠다는 마음에서였다.

"아저씨. 그냥 모른 척 해주실 수 있어요?"

"어떻게 모른 척 해?

"그냥. 다 지난 일이에요. 아저씨가 겪었던 일처럼."

"기억아. 그럼 혹시 너만 괜찮다면 아저씨랑 같이 가 줄 수 있을까? 박선생님이라고 계시는데…아저씨도 어렸을 때…"

하지만 기억은 고개를 저었다. 누군가의 허락 없이 집을 나갈 수 없다는 의미였다.

"아버지는…? 선우율은 알고 있어? 네가 비가 오는 날마다 귀신을 봤던 거."

"아빠도 아시지만…제가 기억하지 못하니까 괜찮다고 생각하시는 거 같아요."

"기억아. 아저씨가 선우율을 만날게. 기억을 하든 못 하든, 널 혼자 두면 안 되겠어. 방도 여기 말고 다른 곳으로 바꿔달라고 하자."

　기억은 고맙다는 듯한 미소를 지었다. 그러고는 이렇게 덧붙였다.

"아빠한테 이야기하지 않아도 괜찮아요. 아저씨 덕분에…귀신이 누구였는지 생각났으니까."

2049. 8. 14 나의 기억에게

기억아. 오늘 꼬마 기억이에게 내가 만든 VR을 보여주었어.

울고 있는 자신을 마주해서 위로할 수 있게 하고, 봉인 상자 인지 기법을 넣어서 그 아이를 괴롭히는 것들을 상자에 봉인하게 했어. 이건 실제로도 쓰이는 치료 방법이기도 해.

VR상으로는 상자를 봉인한 열쇠를 던져버렸지만, 그건 보여주기 식이었고 실제로는 그 상자를 열어볼 수 있어. 설계자인 나만.

근데 그 상자 속 종이에 뭐라고 쓰여 있었는지 알아?

[피아노], [선생님] 그리고 [엄마]였어.

기억이가 절벽에서 봤던 귀신과 관련이 있는 키워드일까?

꼬마 기억이한테 물어도 제대로 알려주지를 않아서 좀 조심스러워. 잊고 싶을 만큼의 기억이었을 텐데, 그걸 떠올리게 만든 게 잘한 일인지도 잘 모르겠어. 가뜩이나 잊지 못하는 것들 투성이라 괴로운 아인데…

기억아. 사실은 나…네가 왜 절벽에서 떨어진 건지 기억났다.

꼬마 기억이를 위해서 만든 VR에서 나는 너를 보았어. 그리고 그날의 기억이 떠올랐어. 네가 떨어진 이유…그 착해 빠진 이유 때문에 난 바보처럼 엉엉 울었어.

기억아. 보고싶어. 오늘 내 꿈에 나타나줘.

9. 반석에 세운 집

반석에 세운 집

　기록은 기억의 집 거실에 앉아 선우율을 기다렸다. 선우율을 실제로 보는 것은 이번이 처음이었다. 꼭 기억의 일이 아니더라도 그는 줄곧 물음표로 간직하고 있던 질문을 하고 싶었다. 그가 자신의 동생이 맞냐는 것이었다.

　새벽 2시. 기다리다 지친 기록은 거실 의자에 곯아떨어져 있었다. 기록을 잠에서 깨운 것은 격정적인 피아노 소리였다. 잠에서 갓 깬 그의 눈에 희미하게 들어온 것은 한 성인 남성의 뒷모습이었다. 줄곧 기억이 앉아 있던 피아노 의자에 콘서트용 턱시도를 입은 남성이 앉아 라 캄파넬라를 연주하고 있었다. 그가 건반을 칠 때마다 종을 울리는 듯한 소리가 들려왔다. 기록은 눈을 비비고서 자세를 고쳐잡았다. 피아노를 연주하고 있는 이는 그가 그토록 기다리던 작곡가이자 피아니스트 선우율이었다.

　리스트가 니콜로 파가니니의 바이올린 협주곡 2번 B단조, Op. 7의 마지막 악장에 등장하는 주제를 기반으로 작곡한 이 곡은 반복되는 멜로디로 구성되어 있으나, 다양한 변주로 인해 기술적인 난이도가 요구되는 곡이었다. 하지만 그의 연주는 기교적이지 않고 영혼을 울리기에 충분했다. 피아노 위에서 그의 손은 끝없는 도약을 하고, 그가 만들어내는 선율에서는 그의 인생이 고스란히 전해져왔다. 어린 시절의 고독, 그리고 음악을 통해 발견한 자유. 그리고 끊임없이 도전하고자 하는 에너지가 그의 연주 속에 고스란히 녹아있었다.

선우율은 거실에 잠들어있는 기록에게 누구냐고 묻지도 않은 채 피아노 연주에만 전념하고 있었다. 그래서 기록도 그에게 말을 걸지 않고 그가 만들어내는 아름답고 화려한 종소리에 귀를 기울였다.

기록은 아직도 그가 꿈속을 헤매고 있는 듯한 기분이 들었다. 선우율이 자신의 동생 '기억'일지도 모른다는 생각에 기록은 가슴이 벅차올랐다. 하지만 섣부른 기대는 그보다 더 큰 실망을 가져오는 법이었다. 기록은 묻고 싶은 말들을 정리하며 자세를 바로잡았다.

잠시 후. 연주가 끝나자 기록은 박수를 쳐야할지 가만히 있어야 할지 고민했다. 말을 먼저 걸어온 것은 오히려 선우율 쪽이었다.

"누구신데 저희 집에 들어와 계신 거죠?"

그는 기록이 있는 곳을 향해 반쯤 고개를 돌린 채 묻고 있었다.

"아…"

기록은 벌떡 일어섰다. 그러자 기억이 덮어준 듯한 이불이 바닥으로 떨어졌다. 기억의 이불을 덮고 있었기 때문에 잠든 채로 내버려뒀던 모양이었다. 자세히 보니 선우율은 취한 상태인 듯했다. 그에게서 짙은 술 냄새가 풍겨왔다.

"저는…동생을 찾고 있습니다."

기록은 떨리는 목소리로 자신이 왜 이곳에 있는지를 설명하기 시작했다.

"그렇군요." 선우율은 머리를 긁적이며 대답했다. 기록이 생각했던 이미지와는 달리 빈틈이 많이 보이는 사람이었다.

"저 혹시…전에 이 절벽에 있었던 집에 살던 기억이라는 아이를 아시나요?"

기록이 물었다. 선우율은 눈이 반쯤 풀린 게슴츠레한 눈으로 기록을 바라보았다.

기록의 질문에 선우율은 대답하지 않았다. 대신 그는 눈을 아래로 깐 채 잔잔한 미소를 지었다. 기록은 그게 답이 되었다고 생각했다. 기록은 혹시나 하는 마음에 설명을 이어갔다.

"믿으실지 모르겠지만…제가 어린시절에 이 절벽에 살았어요. 그때 동생이 절벽 아래로 떨어지는 사고가 있었는데…25년이나 흘러버렸어요. 어떤 사람들은 동생은 이미 죽었을 거라고도 했지만 저는…포기할 수가 없어서요."

"그래서…이제라도 찾으러 왔다는 건가요?"

이렇게 물으며 선우율은 연신 딸꾹질을 해 댔다.

"네. 그게 제 동생 이름도…아드님이랑 똑같은데요…아마 지금쯤이면 서른 살 정도…"

"한기록."

선우율은 말을 끊듯 다짜고짜 기록의 이름을 불렀다. 아직 통성명을 하지도 않았는데 이미 그의 이름을 알고 있었다. 그가 자신의 이름을 부르자 기록의 눈은 동그랗게 커졌다.

"정말…날 찾기는 했어요?"

선우율이 피식 웃으며 말했다. 서른으로는 보이지 않을 만큼 앳된 얼굴. 천진난만한 미소. 조금 전까지 라 캄파넬라를 연주하고 있던 사람과 같은 사람이라는 게 믿기지 않았다.

선우율의 얼굴을 바라보고 있으려니 어린 시절 동생의 얼굴이 떠올랐다. 그대로 자랐다면 이런 얼굴이겠구나 싶었다.

기록은 선우율에게 달려들듯 와락 끌어안았다. 기록은 아이처럼 울었지만 선우율은 오히려 담백한 표정을 지었다. 그는 이미 모든 것을 초월한 사람 같아 보였다.

"미안하다. 정말 미안하다…너무 늦게 나타나서…"

"그러게. 영원히 안 오는 줄 알았어."

어린 동생이 언젠가 다시 찾았을 집에 아무도 없었을 것을 생각하니 기록은 가슴이 미어졌다. 엉엉 소리를 내며 아이처럼 울었다. 선우율은 그런 기록의 등을 다독여주었다.

기록은 선우율을 끌어안고 있던 손을 놓고는 그의 얼굴을 물끄러미 바라보며 말했다.

"기억아. 당장 가자. 나랑 같이 가서 아빠도 엄마도 할아버지도 다 만나자."

"25년이나 기다렸는데 급할 게 뭐 있어."

기록은 선우율이 자신보다 더 어른스럽다고 생각했다. 끌어안고 보니 술 냄새가 더 진하게 풍겨왔다. 취하고 싶을 만큼 힘겨운 일이 있었던 것은 아닐지 걱정이 되었다.

가깝지고 멀지도 않은 곳에서 시선이 느껴졌다. 잠에서 깬 기억이 두 사람을 바라보고 있었던 것이다. 기록은 기억이 자신의 조카라고 생각하니 엄마가 누군지 더 궁금해졌다. 기억이를 괴롭게 한 여자. 몇 번을 찾아왔지만 이 집 어디에도 엄마의 흔적은 없었다. 아이를 방치하고서 어디로 가 버린 것일까.

"너한테 꼭 해야 할 얘기가 있어. 듣고 싶은 얘기도 많고."

기록은 어디서부터 이야기해야 좋을지 몰라 혼란스러웠다.

"우욱-"

그런데 선우율은 속이 거북했는지 당장이라도 모두 게워 낼 것처럼 구역질을 해 댔다. 그는 급히 화장실로 달려가더니 요란한 소리를 내며 뱃속에 있는 모든 것들을 토해내기 시작했다. 기록은 그 소리마저도 정겹게 들렸다.

구역질 소리가 그치자 기록은 기억과 함께 선우율이 있는 화장실로 들어갔다. 선우율은 기분 좋은 꿈을 꾸는 것 같은 표정으로 벽에 기대 곤히 잠들어 있었다.

기록은 기억의 허락을 받고는 아침을 준비했다. 부모님과 할아버지에게는 언제 이야기해야 좋을지 고민이 되었다. 당장이라도 연락하고 싶었지만 혹시나 선우율이 바라지 않는 것은 아닐까. 아침을 먹으며 물어보고 싶었다.

'어머니가 이 사실을 알았다면 가장 먼저 된장찌개를 끓여주셨겠지…'

기록은 보글보글 끓는 찌개를 바라보았다. 이제는 요리도 인공지능이 전부 끓여주는 시대가 되었지만 이번만큼은 손수 끓여주고 싶었다. 아니, 이번만이 아니라 앞으로도 계속.

눈이 뜬 선우율은 먹음직스러운 냄새에 이끌려 부엌으로 향했다.

그곳에는 임금을 위해 차린 수라상처럼 푸짐한 상차림이 있었다.

"이게…"

이게 다 뭐냐는 물음이었다. 기록은 앞치마를 두른 채 국자를 들고 선우율을 바라보았다.

"일어났어?"

선우율은 오묘한 표정을 지었다. 기록은 그가 혹시나 지난밤을 기억 못 하는 게 아닌지 걱정이 되었다.

"형…"

선우율이 자신을 형이라고 부르자 기록은 또다시 눈물이 쏟아질 것만 같았다.

"집밥 제대로 챙겨 먹고 사는지 모르겠네." 기록이 말했다.

선우율은 모든 광경이 어색하다는 듯 멋쩍은 미소를 지었다. 하지만 싫지는 않아 보였다. 그는 조용히 식탁 앞에 가서 앉았다. 잠시 후 손을 깨끗이 씻은 기억이 식탁으로 와서 함께 앉았다.

2049. 8. 15. 나의 기억에게

기억아. 너무 늦게 찾아서 미안해.
이렇게 만날 줄 알았더라면 모두가 포기했더라도 나라도 너를 더 빨리
찾아올 걸 그랬어.

사실 부모님은 너를 포기한 게 아니야.
나 때문에 그러셨어. 그게 너한테는 어떤 위로도 되지 않겠지.
부모님은 네가 아니라 나를 택한 것처럼 보일 거야.
근데 난 알고 있어. 직접 절벽에 세운 집을 찾지 않아도…너의 사진이
찍힌 전단지를 돌리지 않아도 부모님은 단 하루도, 아니 단 한 순간도
너를 잊은 적이 없어. 신경 쓰지 않는 척 애썼을 뿐이야. 자식을 잃은
부모는 그런 거래. 언제든 다시 붙일 수 있는 신체의 일부를 잃어버린
느낌. 그래서 절뚝거리면서, 자신의 일부를 찾아다니는 거래. 자신의
전부를 내어줄지언정 찾고 싶은 거래.

지금이라도 너를 찾아서 다행이야. 다른 사람도 아닌 내가 너를 찾았
다는 게 지난날의 속죄를 하는 기분이 들어. 그렇다고 해서 너를 잃어
버린 시간까지 되찾을 수는 없겠지만. 적어도 우리 가족은 비극적인
과거로부터 조금이나마 해방될 수 있겠지.

다시 만난 너는 나를 한눈에 알아보았어. 너도 나를 기다리고 있었던 거겠지. 살아만 있어도 좋겠다고 생각했는데 세계적인 아티스트가 된 너. 너는 어떤 세월을 살아온 걸까. 이제 나는 일기에서 너의 이름을 부르지 않아도 괜찮은 걸까? 조카도 기억이도 너무 예쁘다. 그런데 기억이의 엄마는 누구야? 먼 여행을 떠나기라도 한 거야?

살면서 이처럼 행복하고 벅차올랐던 순간이 있었을까. 기록은 줄곧 자신을 속박하던 새장의 문을 열고 나온 것 같은 해방감을 느꼈다.

"하고 싶은 말이…그러니까…묻고 싶은 말이 참 많아."

기록도 식탁에 앉으며 말했다.

"나도 그래." 선우율이 된장찌개를 내려다보며 말했다. 된장찌개 안에는 하얗고 신선한 두부가 동동 떠 있었다.

"어제…생각나…?"

선우율은 피식-하고 웃었다. "우리 얼싸안고 울었잖아. 나 엄청 토하고."

"넌 어떻게 그렇게 웃을 수가 있어. 내가 원망스럽지도 않아…?"

"내가 왜 형을 원망해."

기록은 자리에서 일어나 선우율의 곁에 다가가 무릎을 꿇었다.

"내가 그날 너의 손을 놨잖아. 그리고 난 너무 늦게 찾아왔고. 변명을 해보자면 나…그날의 기억을 외면하고 있었어. 그래도 너를 잊은 건 아니야. 나 너를 만나면 알려주려고 단 하루도 빠지지 않고…모든 순간을 적어왔어."

기록은 자신의 품에서 두껍고 낡은 일기장을 꺼냈다. 하지만 한편으로는 지금까지의 자신의 기록을 동생이 읽는다고 생각하니 조금 부끄럽기도 했다. 그곳에는 순간마다의 진심이 적혀 있었다.

"엄마도 아빠도 할아버지도…우리 모두가 너를 그리워했어."

선우율은 자리에서 일어나더니 기록에게 자신의 손을 잡으라는 듯 오른손을 내밀었다. 기록이 그의 손 위에 손을 얹자 손등 위로 눈물이 떨어졌다. 기록은 어린아이처럼 소리 내 울었다. 우수수 떨어지는 눈물은 잠기지 않은 수도꼭지 같았다.

"형도 어렸잖아. 나도 그날 기억나. 단 하루도 잊은 적 없어."

기록과 선우율은 그날로 돌아간 기분이 들었다. 생각해 보면 선우율은 한기억이었던 시절에도 음악을 좋아했었다. 그는 노래를 흥얼거리며 강아지 인형과 함께 어설픈 왈츠를 추었다. 절벽 끝에서 그는 기록에게 '엄마한테 꽃을 드리자'고 말했다. 어머니가 아버지에게 '생일에 꽃 한 송이 제대로 받은 적 없다'고 중얼거리던 걸 들었기 때문이었다. 산길에 흔히 피는 꽃도 직접 따서 건네지 않으면 의미가 없는 일이었다.

기억의 어깨에는 기록이 만들어준 요정의 날개가 끼워져 있었다. 마치 등 뒤에 날개가 돋아있는 것처럼 보이는 디자인이었다. 꽃을 따러 가자는 말에 기록은 그러자고 했다. 어머니도 분명 좋아하실 거라고. 하지만 그가 한 말이 동생을 부추기는 말이 될 것이라고는 예상치 못했다. 기억은 절벽 끝에 핀 꽃에 손을 뻗었다. 유독 그 붉은 꽃 상사화가 특별해 보였다. 기억은 두려움도 없었다. 그가 공포에 집어삼켜져 온몸을 떨기 시작한 건 벼랑 끝에 매달려 있을 때였다. 동생이 절벽 밑으로 떨어지려는 그 순간, 기록은 기억을 붙잡기 위해 온 힘을 다해 달음박질을 했다.

"형…나 무서워…"

VR을 쓰고 절벽에서 무지개를 바라보던 날. 기록은 절벽 끝에 매달린 동생이 자신을 바라보던 눈빛과 떨리던 목소리까지도 기억해 냈다. "괜찮아. 형이 잡고 있잖아. 기억아. 금방 엄마아빠 오실 거야. 조금만 참아."

하지만 기록 역시 어렸다. 중력을 이기지 못하고 기억의 몸은 계속해서 아래로 이끌리고 있었다. 기록은 기억이 떨어지지 않도록 왼손으로 땅을 짚었다. 하지만 그의 손은 거친 흙 위를 미끄러졌고, 피부가 쓸린 곳에서는 피가 베어 나왔다. 피 냄새가 기록의 코끝을 찌르고 오른쪽 어깨가 저려와도 기록은 동생의 손을 놓을 생각이 없었다.

변수는 '비'였다. 그들의 모습을 조롱하듯 형제의 위로 먹구름이 드리웠다. 장대비가 쏟아지자 그들 또한 젖어 들기 시작했다. 맞잡은 손은 빗물에 미끄러지고, 비명과 함께 동생의 모습이 작아지던 그 찰나가 마치 영원처럼 길게 느껴졌다. 그리고 기록은 헷갈리기 시작했다. 만약 그 손을 그대로 붙잡고 있었다면 자신도 함께 떨어졌을지도 모른다. 그렇게 생각하니 마치 자신이 홀로 살기 위해서 동생을 배신한 기분이 들었다. 아래로 떨어지며 점점 작아지던 동생은 자신을 원망하는 것처럼 보였다. 기억의 작은 몸이 '풍덩'하고 물살을 일으키며 물속으로 사라지자 기록은 믿을 수 없는 현실에 눈물조차 나오지 않았다. 그는 다시 절벽에 세운 집으로 돌아가 상처가 난 손으로 문을 두드렸다. 빨리 나와보라고. 기억이가 절벽 아래로 떨어졌다고. 그때까지만 해도, 경찰들이 기억이를 찾을 때까지만 해도 기록은 이 모든 순간을 기억하고 있었다.

'생각해 보니 그날…강아지 인형은 없었는데.'

VR 속 기억이는 강아지 인형을 안고 있었지만 그것은 기록의 트라우마가 만들어낸 가짜 형상에 불과했다. 사고 당일 기억이는 인형을 안고 있지 않았다.

'그 인형…어디로 갔을까.'

"형이 일부러 그랬다면 이렇게 나를 찾아왔겠어?"

선우율은 기록을 일으키고는 다시 앉으라는 듯 식탁 의자를 빼 주었다.

"솔직히 원망을 안 했다면 거짓말이고. 내가 버려졌다고 생각한 적도 있었어." 이런 말을 하면서 선우율은 자신의 아들 기억의 눈치를 살폈다. "내색한 적은 없지만."

이후에 이어진 건 그동안 선우율이 어떻게 살았는지에 대한 이야기였다. 절벽 아래에서 의식이 없는 채로 쓰러져 있던 그를 낚시를 하러 온 어떤 부부가 우연히 발견했고, 그가 절벽 위의 집에 산다는 말을 믿지 않았던 부부는 선우율을 임시 보호했다. 하지만 부모를 찾을 수 없는 날이 길게 이어지자 선우율은 결국 아동 보호 시설로 보내졌다. 그곳에 선우율은 절벽에 세운 집 그림을 그렸다. 그에게 그곳은 분명히 존재하는 곳이었지만 아무도 그 이야기를 믿어주지 않았다. 그 그림을 본 사람들은 한결같이 말했다. "절벽에 집이 있을 리가 없어."

어느 날 그는 미국에 살고 있는 한 가정에 입양이 결정되었다. '선우'라는 성을 가진 한국계 미국인들이었다. 그는 선우율을 사랑으로 길렀다. '율'이라는 이름을 갖게 된 것도 이 시기였다. 한국어로 멜로디를 '선율'이라고 하는 것을 알고 있던 부부는 선우율의 이름이 그와 비슷한 발음으로 불리기를 바랐다. 그들은 집 앞에 The Place for Melodies(선율이 머무는 집)라는 팻말을 세웠다.

선우율의 양아버지는 한인교회의 목사였는데, 교회는 음악과 맞닿아 있는 곳이었다. 선우율은 그가 들은 모든 찬양을 피아노로 옮겨서 쳤다. 부부는 아이에게서 음악적 재능을 발견했다. 선우율은 부모님께서

붙여주신 선생님으로부터 개인 레슨을 받았다. 그 선생님은 피아노를 전공한 교회 청년이었다. 피아노는 언제나 선우율의 가장 친한 친구였다. 검은 건반과 흰 건반이 그의 손가락 아래에서 생명을 얻는 순간, 그는 마치 절벽 위를 새처럼 날아오르는 것 같았다. 바흐, 베토벤, 쇼팽은 그의 심장에서 전신으로 자유롭게 흘러 다녔다. 선생님을 자처하던 청년은 깨달았다. 선우율에게는 더 우수한 교육이 필요하다고. 그래서 목사 부부에게 하늘이 주신 달란트를 살릴 수 있게 선우율을 커티스 음악원으로 보내라고 말했다.

필라델피아의 어느 맑은 아침. 12살의 선우율은 커티스 음악원의 웅장한 문을 열고 들어갔다. 12살은 일반적인 전공생들에 비해서는 늦은 시기였다. 하지만 그의 눈은 두려움보다는 호기심이 가득했다. 그의 작은 손은 피아노 악보가 담긴 가방을 힘겹게 들고 있었다.

오디션룸에 들어가자, 그곳에는 커티스 음악원의 권위 있는 교수들이 이미 자리를 잡고 있었다. 선우율의 작은 손은 피아노 악보가 담긴 가방을 힘겹게 들고 있었다. 하지만 누구도 선뜻 다가가서 그를 도와주지 않았다. 그들은 그저 어린 소년이 피아노 앞에 앉는 모습을 조용히 지켜보았고, 그의 연주 실력이 그들을 감동시켜줄 것을 기대했다. 그들은 이미 수많은 신동을 만나왔지만, 12살 소년이 이 전설적인 음악 학교의 문턱을 넘을 준비가 되었는지에 대해서는 아직 검증이 필요했다.

선우율은 잠시 눈을 감고 숨을 고른 뒤, 첫 음을 내기 시작했다. 쇼팽의 발라드 1번 G단조가 그의 손끝에서 생명을 얻었다. 작은 손가락들은 건반 위를 유려하게 움직였고, 그의 연주는 기술적으로 완벽할 뿐 아니라, 감정의 깊이까지 전해져 오고 있었다. 그들은 이토록 어린 선우율에게서 어떻게 이토록 성숙한 연주가 나올 수 있는 것인지 눈으로 보고도 믿어지지가 않았다. 그들은 선우율이 만드는 건반 위의 마법이 사라지지 않기를 기도했다. 섬세한 터치와 페달링은 그가 사람이 아닌 자연스럽게 만들어진 로봇이 아닌지 의심이 될 정도였다.

교수 중 한 명인 마에스트로 알렉산더는 놀라움을 감추지 못하는 표정이었다. 그는 수십 년 동안 다양하고 많은 피아니스트들을 지도해왔지만, 이렇게 어린아이가 이토록 수준급의 표현력을 가질 수 있다는 것은 믿기 어려웠다. 그가 연주하는 동안 오디션룸의 공기는 이전과는 다른 색깔로 변해 있었다.

연주가 끝나자, 방 안은 잠시 고요했다. 교수들은 서로를 바라보며 말 없이 고개를 끄덕였다. 그들은 모두 같은 생각을 하고 있었다. 이 아이는 단순히 피아니스트가 될 자질을 시험해야 하는 아이가 아니라, 역사에 길이 남을 천재의 발견이라고. 알렉산더 교수는 자리에서 벌떡 일어나 조급한 발걸음으로 선우율에게 다가갔다.

"선우율." 그가 떨리는 목소리로 말했다.

"너는 우리 모두에게 큰 영감을 주었어. 커티스 음악원은 너와 함께 하게 되어 진심으로 영광이란다. 앞으로의 여정이 매우 기대가 되는구나."

마에스트로 알렉산더는 선우율이 자신의 악보 가방을 들기도 전에 먼저 그의 가방을 들어주었다. 그렇게 선우율의 음악적 여정은 시작되었다. 그 후로도 선우율은 계속해서 국제적인 무대에서 성공적인 커리어를 쌓았고 전 세계의 주목을 받는 피아니스트로 거듭났다.

"근데 자꾸만 이 절벽이 생각나는 거야. 문제는 어디에 있는 절벽인지 모른다는 거지. 그래서 내가 절벽에서 떨어진 사건과 관련된 기사를 찾아봤지. 그 기사를 단독 보도했던 김정현 기자는 사회부 부장이 되었더라."

기록은 김정현 부장에게 대리인을 보낸 사람이 선우율이었음을 확신했다.

식사를 마친 선우율은 부엌을 배회하는 로봇에서 따스한 커피를 두 잔 타라고 주문했다. 그러자 로봇은 자신의 몸 가운데에서 커피를 내리더니 기록과 선우율에게 건넸다. 카페에서 봤던 최신식 기종이었다.

"그럼…우리의 행방도 알고 있었어?"

이번에도 선우율은 대답 대신 쓸쓸한 미소를 지었다. 기록은 그 미소의 의미를 '알고 있었다'는 의미로 받아들였다.

"…왜 우리를 찾아오지 않았어?"

"이곳에 있으면 언젠가는 나를 찾아오지 않을까. 그런 생각이 있었어." 선우율은 커피를 한 모금 들이켰다. 쓸쓸하지만 향기로운 내음이 그의 목을 타고 흘렀다. "근데 생각보다 안 오더라고. 포기한 것처럼."

"알고 있었다니…"

기록은 망치로 머리를 얻어맞은 기분이 들었다. 만약 기록이 수소문을 해서 찾아오지 않았더라면 그는 언제까지 이곳에서 기다렸을까.

"그럼 아이에게 기억이란 이름을 붙인 것도…"

"맞아. 재밌잖아. 내가 기억이란 이름으로 살았던 곳에서 내 아이가 살고 있다는 게. 형. 난 기억이가 나처럼 되었으면 좋겠어. 음악과 피아노를 사랑하는 삶을 살았으면 해."

선우율은 엄지와 중지를 붙이더니 마찰을 시키며 탁-하고 튕기는 소리를 냈다. 그러자 스피커에서는 에릭 사티의 그노시엔느 1번이 잔잔하게 흘러나왔다. 미세하게 빗소리도 함께 깔려있는듯했다.

"율아. 엄마랑 아빠랑 할아버지. 오시라고 해도 될까?"

선우율은 눈을 감더니 스피커에서 들려오는 연주에 집중하는 듯한 표정을 지었다.

"형은 어떤 곡을 좋아해? 난 이런 곡이 좋아. 저 빗소리 좀 들어봐. 우리가 헤어진 날 생각나지?"

빗소리가 들려오자 기억도 움찔거렸다. 빗소리는 기억에게도 좋지 않은 순간을 떠올리게 만드는 트리거였다. 선우율이 그것을 모르고 있을 리가 없었다.

'일부러 빗소리를 틀었어…?' 기록은 선우율의 행동을 이해하기 어려웠다.

"율아. 나 기억이와 이야기하면서 알게 된 게 하나 있어. 비가 오면 기억이가…" 기록이 선우율의 눈치를 살피며 조심스럽게 입을 열었다.

"비?"

선우율이 눈을 번쩍 떴다. 그러고는 아무 말 없이 기억을 바라보았다. 그의 얼굴에는 선도 악도 없었고, 아무런 감정도 없어 보였다. 하지만 어째서인지 기억은 아버지의 눈을 회피하고 있었다. 선우율은 자리에서 일어나더니 부엌에서 설치된 피아노에 가서 피아노 뚜껑을 열었다. 그는 어디에서든 피아노를 연주할 수 있도록 집안 곳곳에 피아노를 배치해 두었다.

그가 다시 손가락을 튕기자 배경음악으로 흘러나오던 노래가 멈췄다.

이번에는 선우율의 손끝에서 그노시엔느가 연주되고 있었다. 라이브라고는 믿기 어려울 만큼 정확한 연주였다.

기억은 아버지의 눈치를 살피더니 기록을 향해 '그 말은 안 하는 게 좋겠어요'라는 듯한 표정을 지었다. 이 어린아이가 벌써 어른들의 눈치를 살피다니, 너무 일찍 철이 든 건 아닐까 하고 안쓰럽게 여겨졌다. 기록은 기억의 이야기를 묻어둘 수는 없었다.

"혹시 기억이랑 여기 살면서…비가 오는 날에 무슨 일이 있었어?"

선우율은 피아노 연주를 멈추더니 침묵했다. 어떤 말을 해야 좋을지 적절한 말을 고르는 것처럼 보였다. 그러고는 이내 다시 싱긋-웃는 표정을 지으며 기록을 향해 뒤돌아보았다.

"나도 그 말 듣고 야외 CCTV도 확인해 봤었는데 별다른 일은 없었어. 형도 알다시피 누가 찾아오는 게 흔한 일은 아니잖아? 아이들은 상상력이 풍부하기도 하고."

이렇게 말하며 선우율은 동의를 구하듯 기억 쪽으로 고개를 돌렸다. 그러자 기억은 바닥을 바라본 채로 고개를 끄덕였다.

"아까 나한테 물었던 이야기 말이야. 엄마 아빠와 할아버지를 만나겠냐고 물었지? 만나고 싶어."

기록은 혼란스러웠다. 기억의 말이 맞는 것인지 선우율의 말이 맞는 것인지 감이 잡히지 않았다.

"비가 내리면 기억이 상태가 좀 달라져서 그래…" 기록이 조심스럽게 말했다.

하지만 선우율은 그마저도 믿을 수 없다는 피식-하고 웃었다.

"기억이가 하는 말 믿지 마, 형. 가끔 말을 꾸미거든. 피아노 연습하기

싫을 때도 매번 그래. 그치?" 선우율은 이번에도 기억에게 대답을 요구하듯 질문을 했고 기억은 그 말이 맞다는 듯 고개를 끄덕였다.

'일단…이 이야기는 그만하는 게 좋겠다…'

기록은 자칫 선우율의 마음이 바뀌어 부모님을 만나지 않겠다고 할까 봐 겁이 났다. 그래서 일단 기억을 중심으로 한 대화는 멈춘 뒤 부모님께 할아버지를 모시고 빨리 절벽으로 오라는 메시지를 넣었다. 수화기 너머로 기만이 '거긴 한 번도 안 가본 곳인데'라고 중얼거리는 목소리가 들렸다. 아무래도 지난날 기록과 함께 절벽에 세운 집에 왔던 일을 잊어버린 모양이었다.

* * *

늦은 시간까지 경찰서에 남아 서류를 뒤적거리던 윤하얀은 잊고 있던 감정이 되살아나는 것을 느꼈다. 고요한 공기 속에 앉아 그가 들여다 보던 서류는 25년이나 흘러 장기 미제사건으로 남은 사건이었다. 당시 5살이었던 한기억이 절벽에서 떨어져 실종된 사건. 세월이 흘러 그는 어느덧 경감이 되었지만 그날의 사건은 불현듯 떠오르고는 했다. 그리고 오늘 받은 정보는 '그 당시 유일한 목격자이자 용의자였던 한기록이 다시 그 절벽에 나타났다'는 것이었다.

'왜 다시 나타난 걸까.'

그는 문득 절벽에 세운 집을 두 눈으로 다시 봐야겠다는 생각이 들었다. 그날 밤. 윤은 한기억이 사라졌던 그 절벽을 찾았다. 그러나 그곳은 예전과는 사뭇 다른 모습이었다. 절벽 위에 세워졌던 낡은 집은 사라졌고, 그 자리에 새로운 집이 들어서 있었다. 지구상에 존재하는 최신 기술을 모두 적용해서 만든 듯한 미래형 집. 절벽에 위치했다고 해도 필요한 모든 물품은 드론으로 공급받고 있는 듯했다. 더 이상 이전처럼 고립된 곳이 아니었다. 오히려 세상과는 구분된 낙원처럼 보였다. 윤은 이처럼 근사한 집에는 누가 살고 있을지 궁금해졌다. 그는 어떤 단서라도 얻을 수 있을까 하여 집 근처를 배회하였다. 그러다 통유리로 된 방 하나를 발견했다. 밖에서도 방 내부가 모두 보이는 그곳에는 어린아이가 자신의 침대에 곤히 잠들어 있었다. 윤은 이 방에서 어떤 경치를 보려고 했던 건지 파악하고자 뒤를 돌아보았다. 절벽이 보일 것이 분명했다. 왜 아름다운 경치를 두고 굳이 절벽이 보이는 뷰를 골라 통유리를 설치했을까, 윤은 그 속에 숨은 의도가 궁금해졌다. 아이의 얼굴로 보아 10살 남짓. 윤은 실종되었던 한기억을 떠올렸지만 이내 고개를 저었다. 기억이 살아있었다면 서른 정도 되었을 터였다. 윤은 아이의 얼굴을 몰래 찍은 후 수사용 데이터분석 시스템에 넣었다. 이 시스템은 이름과 나이까지는 알려주지만 그 외의 정보를 알기 위해서는 추가 절차가 필요했다. [선우기억]이라는 이름이 떴고, 그녀의 추측대로 나이는 10살이었다. 윤은 이 아이의 정보를 찾기 위해 포털 사이트에 이름을 검색했지만 별다른 정보는 발견할 수 없었다. 아직 세상에 족적을 남기기에는 어린 나이이기에 특별히 이상하다고 느낄만한 부분은 아니었다. 다만 실종된 한기억과 이름이 동일하다는 점이 찜찜하게 다가왔다.

 윤은 다시 발걸음을 옮겨 현관 쪽으로 향했다. 현관 앞에는 고가의 차 한 대가 하늘을 날고 있었다. 윤은 차 주인에게 자신의 존재를 드러내고 싶지 않아 급히 몸을 숨겼다.

 잠시 후 차에서 내린 것은 세계적인 피아니스트이자 작곡가인 선우율이었다. 윤은 그의 얼굴도 이름도 잘 알고 있었다. 그의 음악은 전 세계에서 사랑을 받고 있었지만, 윤 또한 그들의 사랑에 지지 않을 자신이 있었다. 그는 클래식을 진심으로 사랑했다.

 그러나 윤에게도 그가 이 외딴 절벽에 세운 집에 살고 있다는 사실은 의외였다. 윤은 그가 미혼이라고 알고 있었기에 방금 전 그 아이는 아들은 아닐 것이라 판단했다. 다만 선우율과 같은 성을 쓰고 있는 것으로 미루어 볼 때 선우율의 조카가 아닐까 추측했다.

 차에서 내린 선우율은 취한 듯 비틀거렸다. 그런 그가 넘어지지 않게 어깨를 잡아준 것은 운전석에서 내린 여성이었다. 윤은 여성의 얼굴을 찍어 식별 시스템에 넣었다. 이번에는 '정선경'이라는 이름이 떴다. 그녀와 관련된 기사들도 함께 검색해 보니, 표절과 저작권 침해와 관련된 내용들이 나왔고, 동요 대회에서 상을 받은 내용들도 연이어 나왔다. 선우율의 어깨를 잡아준 것은 맞지만 연인이나 부부의 무드로 보이지는 않았다.

 '선우율과 함께 일하고 있는 건가…'

 선우율이 집으로 들어가자 선경은 운전석에 올라타더니 다시 하늘을 날았다. 선경의 차가 멀리 떠난 것을 확인한 윤은 그 또한 자신의 차로 돌아가 운전석에 올라탔다. 그는 차 안에서 잠시 생각에 잠겼다.

 '왜 한기록이 다시 이곳으로 돌아왔지? 그냥 어린 시절 살던 집이 어떻게 변했는지 확인하고 싶었나?'

 윤은 자신의 차를 공중에 띄웠다. 그가 산 아래로 내려가려는 찰나. 절

246

벽에 세운 집에서는 피아노 소리가 흘러나왔다. 윤은 자동차에 올라탄 그대로 집의 창문을 살폈다. 창문 안쪽에 피아노를 치는 남성이 보였다. 망원경으로 확대해서 보니 선우율이었다. 윤은 그의 연주를 가까이서 듣고 싶다는 생각에 차의 창문을 내리고 귀를 기울였다. 선우율의 인기 때문에 그의 콘서트 티켓을 얻는다는 것은 사실상 불가능에 가까웠다. 티켓이 오픈되는 정각에 사이트가 마비되고, 정상적으로 접속이 가능할 즈음에는 전석이 매진되기 일쑤였다. 윤은 처음으로 그의 콘서트 티켓팅에 성공한 기분이 들었다.

자세히 보니 선우율 뒤쪽에는 한 사내가 앉아 피아노를 감상하고 있었다. 윤은 그 사내의 얼굴을 자세히 보고는 한기록이라고 확신했다. 세월이 흐르기는 했어도 지난날의 얼굴이 고대로 남아있었다. 선우율의 연주가 끝나자 두 사람은 대화를 하는 듯했고, 어떤 대화인지까지는 거리 때문에 들을 수가 없었다. 그리고 잠시 후 서로를 얼싸안았다.

'선우율과 한기록…어떤 관계일까.'

사연이 있어 보였다. 어쩌면 선우율이 그 옛날 절벽 아래로 떨어졌던 한기억인 것은 아닐까. 윤은 선우율에 대해 다룬 다큐멘터리를 본 적이 있었다. 그때 선우율이 인터뷰에서 '어린 시절 미국으로 입양을 갔던 것이 피아노를 치게 된 계기였다.'고 말했던 것이 아직도 선명했다.

'정말로 선우율이 한기억일 가능성도 있겠는데…'

윤은 선우율이 한기억이기를 진심으로 바랐다. 사건을 종결시키기 위해서가 아니었다. 가파르고 차가운 절벽 위에서 벌어졌던 가슴 아픈 일이 이제라도 해결되기를 바랄 뿐이었다. 윤은 아이처럼 눈물을 흘리는 기록의 얼굴을 물끄러미 바라보다 운전대를 돌려 절벽 아래로 내려갔다.

*　*　*

초인종이 울리자 선우율은 긴장한 표정을 지었다. 그 뒤에서 기록은 당장이라도 눈물이 흐를 것 같아 연신 고개를 들어 올렸다.

문을 열자 강아지 도도를 품에 안은 기철과 희은. 그리고 기만이 서 있었다. 희은은 선우율과 눈이 마주치자마자 소리를 내어 목 놓아 울기 시작했다.

밤새 잠도 자지 못한 채 미안하다는 말을 준비했지만 목구멍에서부터 막혀 아무 말도 나오지 않았다. 그녀는 선우율에게 편지 하나를 건넸다. 편지봉투의 발신인에는 [기억이를 사랑하는 엄마가]라고 적혀있었다.

"글 같은 거…잘 못 쓰는데…우리 기억이한테는…아니 율이한테는 꼭 써주고 싶었어…"

선우율은 어머니의 편지를 내려다보았다. 진심을 전하는 다양한 방식 중에서 고르고 고른 게 편지였다. 모든 게 자동화되고 전자로 기록되는 시대에 손으로 쓴 편지는 보기 드문 정성이었다.

"감사해요. 엄마." 선우율은 어린아이처럼 미소를 지었다. "여기 편지 봉투에 붙이신 스티커가 너무 예뻐서 못 뜯어보겠어요."

선우율의 말에 희은은 울먹이며 답했다. "괜찮아…괜찮아. 네가 보고 싶을 때…아무 때나 열어봐도 엄마는 괜찮아."

희은은 선우율을 향해 양팔을 벌렸다. 선우율은 희은이 자신을 안기

좋도록 허리를 굽혀 키를 낮춰주었다. 선우율은 희은의 따스한 온기를 느끼며 눈을 감았다. 그러자 이번에는 그 위로 기철이 선우율과 희은을 동시에 끌어안았다.

"살아있어줘서 고맙다…정말 고마워."

기철은 우는 모습을 보이지 않기 위해 조금 전 기록이 그러하였듯 연신 고개를 들며 눈물이 흐르는 것을 막고자 했다. 하지만 그 역시 눈물이 뺨을 타고 속수무책으로 흐르고 있었다.

기만은 선우율에게는 관심이 없는 듯 집안을 두리번거렸다. 그러다가 저 멀리 자신들을 바라보는 기억과 눈이 마주쳤다.

"저기. 기억이를 구해야지. 저기-!"

기만은 기억을 바라보며 소리쳤다. 그러자 기억은 자신의 방으로 숨어버렸다.

"아빠. 기억이는 여기 있어요. 제 동생 한기억이요."

기록은 기만이 지난 날을 상기할 수 있도록 자세히 설명하며 선우율을 가리켰다. 기철은 선우율을 안고 있던 손을 놓고는 신이 난 얼굴로 자신이 비바체 프로덕션과 일을 하게 되었다고 말했다. 그러자 희은도 두 부자의 이야기를 감격스러운 표정으로 바라보았다.

"아. 그 시놉시스 저도 읽었어요." 선우율이 반가운 이야기라는듯 미소를 지었다. "피아니스트가 주인공인 이야기."

"그래. 맡겨줘서 고맙다. 최선을 다해볼게."

기철은 그간 자신이 느꼈던 설움을 털어놓았다. 선우율은 앉아서 이야기하자며 기철과 희은, 기록과 기만에게 커피와 차를 대접했다. 지난번처럼 로봇이 와서 자기 몸체의 중앙에서 커피와 차를 내리자 모두가 신기하다는 표정을 지었다.

기철의 이야기를 다 들은 선우율은 "다음부터는 제가 직접 변호사를 선임해 드릴게요."라고 말했다. "저와 일하는 로펌은 웬만해서는 지지 않아요. 아버지." 그는 기철이 당한 설움을 마치 자신이 당한 설움처럼 감정이입을 한 듯 보였다.

"아. 그러고 보니 나도 너랑 협업하게 될 거 같아." 이번에 화제를 꺼 낸 것은 기록이었다. "아직 비바체에서 회신이 온 건 아닌데 일단 계약 서를 보낸 상태야."

"그게 형이었어?" 선우율은 놀란 표정으로 물었다. "우리 집이 진짜 예술가 집안이기는 한가 봐. 아버지는 뮤지컬 만드시고 형은 VR 만들 고 난 음악 만들고."

선우율은 이 상황이 재미있다는 듯 천장이 떠나가라 웃었다. 기록은 이처럼 천진난만한 사람은 좀처럼 본 적이 없었다. 마치 영혼이 어린 아이의 시절에 머물러 있는 사람처럼 보였다.

"형. 그거 그냥 나한테 수익 배분하지 말고 형이 자유롭게 써. 수익 나 도 형 다 가져."

"응? 그게 무슨 말이야."

"형한테 그 정도는 해 줄 수 있어, 나." 선우율이 미소 지었다.

동생, 혹은 아들을 찾은 것만으로도 황홀한 상황에서, 그의 부유함까 지 누리게 된 것이었다. 기록의 가족은 무엇보다도, 선우율이 그들이 없이도 구김살 없이 잘 커 줬다는 생각에 감사했다.

그들은 그가 한기억이었던 시절, 절벽에서 떨어진 후의 이야기를 구 체적으로 들었다. 기철과 희은은 선우율을 훌륭하게 키워준 목사 부부

250

께 꼭 답례를 해야겠다고 생각했다.

"그분들이 어떤 분들이시든…꼭 만나서 고맙다고…고맙다고 하고 싶구나."

"시련이 있었기 때문에 오늘이 있었다고 생각해요." 눈물을 흘리는 부모님을 위로하기 위해 선우율은 태연한 척 미소를 지었다.

그런데 어째서인지 기록은 선우율이 자꾸만 낯설게 느껴졌다. 어린 모습으로만 남아있던 동생이 훌쩍 커서 나타났기 때문일까. 동생이 살아서 돌아온다면 많은 것들을 해 주어야겠다고 몇 번이고 마음을 먹었던 그였다. 평생을 그렇게 보내왔다. 그런데 막상 선우율은 모든 것을 다 가진 사람처럼 보였다. 오히려 그에게 신세를 지는 기분이 들기도 했다. 게다가 선우율이 자신을 바라볼 때면, 지난날에 대한 원망의 감정이 서려 있는 것 같아 자꾸만 시선을 피하게 되었다. 기록이 이러한 생각에 잠겨 있을 때, 기철이 선우율에게 조심스럽게 물었다.

"손주는…선우기억은 어떻게 된 거냐…?"

"아. 원래 낯가림이 심해서요. 괜찮아요." 선우율이 걱정하지 말라는 듯 손사래를 쳤다.

그런데 기만이 갑자기 고성을 지르기 시작했다.

"기억이를 구해야지!!" 천장이 떠나가라고 같은 말을 외쳐댔다.

"아버님. 기억이 여기 있잖아요" 희은은 기만을 말리려고 했다.

하지만 기만은 희은의 손을 뿌리치고는 선우율에게 삿대질을 하며 노려보았다. "기억이가 아니잖아!!"

"할아버지…" 선우율은 상처받은 표정을 지었다. 그러자 기철은 할아버지는 병을 앓고 계셔서 그러시는 것이니 신경 쓰지 말라며 몇 번이고 강조했다.

강아지 도도는 그들의 대화에는 도통 관심이 없었다. 그래서 꼬리를 흔들며 집안 여기저기를 탐색했다. 이 모습을 본 기록은 그 또한 꼬마 기억을 챙겨야겠다는 생각에 기억의 방으로 향했다.

기억은 VR안경을 쓴 채 침대에 앉아 있었다. 기록이 만들어 준 영상을 다시 보고 있는 듯했다.

"이제는 안 무서운 거야? 중간에 검은 형체가 나오잖아." 기록이 물었다.

기록의 목소리임을 깨달은 기억은 허공을 향해 "괜찮아요. 알고 보니까 착한 귀신이었어요."라고 말했다. VR을 쓰고 있어서 꽃으로 만개한 풍경만 보일 뿐 기록의 모습은 보이지 않았다.

"아저씨가 간 후로 셀 수 없을 만큼의 무지개를 보았어요."

"그래? 그랬더니 어땠어?"

"아저씨. 그거 아세요? 반려동물이 죽으면 무지개다리를 건넜다고 말하고, 키우던 물고기가 죽으면 용궁에 갔다고 한대요. 인간으로 비유한다면 요단강이겠죠?"

"왜 그런 무서운 말을 해."

"무지개가 보이잖아요. 이 영화…아저씨가 만든 영화는 역사에 남을 거예요."

"지난번부터 계속 거창한 말을 하네? 고마워."

기억의 칭찬에 어깨가 으쓱해진 기록은 기억의 침대에 걸터앉았다.

"검은 형상을 바라보면 그 사람이 극복하고 싶은 트라우마가 보인다니, 엄청나잖아요."

252

"그렇긴 한데. 이게 정말 좋은 의미에서 효과가 있어야 할 텐데…"

"효과가 있었어요. 이젠 절벽을 똑바로 바라볼 수 있어요."

이렇게 말하며 기록도 VR모드로 전환했다. 기억과 같은 풍경을 보기 위해서였다. 그러다 그는 이불을 뒤집어 지난번에 그렸던 그림을 바라보았다. 바닷속에 있는 실루엣이 내내 신경 쓰였다.

"기억아…여기 이 그림…"

기록이 실루엣 부분을 손바닥으로 다듬으며 말했다. 하지만 그는 좀 더 본질적인 질문을 해 보기로 했다.

"이게 뭔지 말해줄 수 있어?"

그때, 저 멀리서 기록을 부르는 소리가 들렸다. 기록은 하던 말을 멈추고 기억에게 함께 거실로 나가 가족들에게 인사를 하자고 했다. 하지만 기억은 기록이 만들어준 아름다운 VR세상 속에 가능한 한 오래 머물고 싶다고 했다. 기억은 가끔 일부러 검은 형체를 소환하기도 했다. 기억은 이전처럼 울지도 않았다. 그저 물끄러미 바라볼 뿐이었다.

"이제는 뭐로 보여?"

기록이 묻자 기억은 이번에도 아무런 대답도 하지 않았다.

기록은 기억이 VR에 몰입했기 때문이라고 생각했다. 기억에게 낯가림이 있을 수도 있겠다는 생각에 기록은 홀로 거실로 나왔다. 어찌 되었든 기록의 가족들은 기억에게는 아직 낯선 사람들이었다. 그 때 도도가 입에 물고 온 것은 낡은 강아지 인형이었다.

"어…!"

가족들 모두가 그 인형을 보고 놀란 표정을 지었다. 어린 시절 기억이가 사진 속에서 들고 있었던 바로 그 강아지 인형 '도도'였다. 그토록 찾던 인형이 25년 만에 모습을 드러낸 것이다.

　선우율은 가족들에게 낡은 상자도 하나 내밀었다. 어린 시절 기록과 기억이 함께 타임캡슐로 파묻었던 바로 그 상자였다. 스스로를 한기억이라고 주장하는 것보다도 더 명확한 증거였다. 가족들은 상자 앞에 모여 앉았다. 그들은 상자 속에는 어린 시절에 한기억이 가지고 놀았던 로봇 장난감과 사진, 그림일기 같은 것들이 들어있었다. 희은은 인형을 내려다보며 다시금 몸을 가눌 수 없을 만큼의 눈물을 흘렸고, 기철은 그런 희은에게 어깨를 빌려준 채 등을 몇 번이고 다독였다. 그의 눈에도 눈물이 가득 고여 있었지만 애써 참고 있었다.

　선우율은 덤덤한 표정으로 자신의 물건들을 바라보며 "이걸 볼 때마다 그 시절로 돌아가는 기분이 들었어요."라고 말했다.

"기억이 엄마는 어디…갔니?" 희은이 물었다.

　조심스러운 마음에 여지껏 물을 수 없었던 질문이었기에 기록은 귀를 쫑긋 세웠다.

"아이 엄마는 주재원으로 미국에 가 있어요."

　기억의 엄마는 미국으로 파견되어 2년간 미국 생활을 하였고, 앞으로 1년을 더 그곳에서 보내야 한다고 했다. 기록은 '단 한 번도 얼굴을 비추지 않은 데에는 이유가 있었구나.' 하고 생각했다. '그럼 그 상자에 [엄마]라고 넣은 이유는 보고 싶어서인 건가…?'

　희은도 기록과 비슷한 생각을 한 건지 "많이 보고싶겠다." 라고 말하며 선우율의 등을 다독였다.

"자주 보러 가니까 괜찮아요."

　선우율은 아내가 보고 싶으면 언제든 미국으로 떠나는 모양이었다.

그때 갑자기 기만이 자리에서 벌떡 일어서더니 선우율의 상자에서 로봇 장난감을 집어 들고는 저 멀리 던져버렸다. 워낙 규모가 큰 집이다 보니 로봇은 한참을 날아가고 나서야 화병에 부딪혀 깨지는 소리를 냈다.

"아버님…!"

희은이 놀란 표정을 지으며 벌떡 일어섰다. 기록은 재빨리 로봇장난감을 향해 달려갔다. 장난감은 바닥에 부딪혀 목이 부러진 채 달랑거리고 있었고, 부딪혔던 화병은 산산이 깨져 물이 흐르고 있었다. 물에 흠뻑 젖은 로봇의 표정은 야속하다고 말하는 것처럼 보였다.

"기억이…! 기억이를 데려와!!"

기만이 고성을 지르며 소리쳤다.

"아까부터 왜 그러시는 거예요."

'역시 할아버지도…선우율이 기억이가 아니라고 생각하시는 건가…?'
기록은 은연중에 어쩌면 선우율이 자신의 동생이 아닐지도 모른다고 생각했다.

기철은 기만을 진정시키기 위해 기만의 한 쪽 손목을 붙잡고는 다른 한 손으로 선우율을 가리켰다. 하지만 기만은 이마저도 뿌리치더니 선우율을 노려보았다.

"기억이가 아냐!! 기억이가 아니라고!"

선우율은 이 모든 상황이 당황스럽다는 표정을 짓고 있었다.

"그만 좀 하세요. 아버지!"

이에 질세라 기철이 기만을 쏘아보며 말했다.

"이제 그만 현실을 사세요. 세월이 흘렀다고요."

그 후로도 기만은 한바탕 난리법석을 떨었고, 기철은 그를 진정시키
느라 애를 먹었다. 그런 모습을 한참 바라보던 기록은 반쯤 포기한 채
로 낡은 강아지 인형을 바라보았다. 동생 기억이의 인형이 확실했다.

'드디어…돌아왔어.'

 낡은 상자 속에는 [한기억]이라고 적힌 명찰도 들어있었다. 기억이 절
벽에서 떨어지던 날 입고 있던 옷에 달린 명찰이었다. 모든 증거가 의
심할 여지도 없이 선우율이 한기억이라고 말하고 있었다. 한 때 그는
거짓말이라도 좋으니 누군가가 자신이 한기억이라고 주장하며 나타나
기를 바랐던 적이 있었다. 그렇게라도 해야만 자신이, 가족 모두가 과
거로부터 벗어날 수 있을 것 같았다. 그리고 그들이 그토록 원하던 순
간이 지금이었다. 그런데 어째서인지 기록은 선우율이 있는 자리를 피
하고만 싶었다. 그는 낡은 상자 속에서 또 다른 장난감을 발견했다. 동
그란 원통에 한 쪽 눈을 대고서 원통을 돌리면 종이 가루가 이동하며
그림이 바뀌는 장난감이었다.
 '선우율은 왜 기억이를 문제가 있는 아이로만 생각하는 거지…'
 기록은 동생의 옛 장난감을 기억이에게 보여주고 싶다고 생각했다.
거실에서도 절벽은 확인할 수 있었다. 저 멀리 기억이가 절벽을 향해
걸어가고 있었다. VR을 보고 있는 모양이었다.
 기록은 자신도 VR안경을 쓰고 기억에게 다가갔다. 마침 저 멀리 검은
색 형상이 보이는 구간이었다.
 "기억아. 아직도 보고 있어?" 그는 기억의 옆으로 가 기억이 놀라지

않게 조심스럽게 물었다.

"자꾸 보다 보니까 이제는 정말 아무렇지도 않아요 아저씨. 비가 실제로 내리면 어떨지 모르겠지만…잘 이겨낼 수 있을 거 같아요."

"아빠한테 방을 바꿔 달라고 삼촌이 대신 말해줄게."

그는 기억에게 자연스럽게 삼촌이라는 호칭을 써 보았다. 조카가 생겼다는 생각에 기록은 더욱 깊은 책임감을 느끼고 있었다.

"아빠는…절벽을 피하지 말라고 했어요."

선우율의 '절벽을 피하지 말라'는 이야기는 무엇이었을까 기록은 고민했다. 어쩌면 방식만 다를 뿐, 선우율 또한 기억이 트라우마를 마주하고 극복하기를 바란 것은 아니었을까.

"나도 이제는…절벽 꿈을 꾸지 않겠지." 기록이 중얼거리듯 말했다.

그때, 기억은 멈추지 않고 절벽을 향해 걸어가기 시작했다. 마치 뛰어내리려고 작정한 사람처럼 보였다. 기록은 다시금 지난날의 트라우마가 떠올랐다. 그는 달려가서 기억의 소매를 붙잡고 걸음을 멈춰 세웠다. 그러자 기억은 자신을 붙잡은 기록을 바라보며 말했다.

"성경에도 절벽이 나와요 아저씨."

서늘한 바람이 그들의 뺨을 스치자 또다시 바다가 품은 소금 냄새가 풍겨왔다.

기억은 여전히 기록을 삼촌이 아닌 아저씨라고 부르고 있었다. 그게 더 익숙하거나 아직 삼촌으로는 받아들이지 않은 모양이었다.

"성경? 너 설마 성경도 통째로 외운 건 아니지?"

"마태복은 7장 24절~27절에 이런 말이 나와요. 그러므로 누구든지 나의 이 말을 듣고 행하는 자는 그 집을 반석 위에 지은 지혜로운 사람

같으리라. 비가 내리고 창수가 나고 바람이 불어 그 집에 부딪치되 무너지지 아니하나니 이는 주초를 반석 위에 놓은 까닭이요 나의 이 말을 듣고 행하지 아니하는 자는 그 집을 모래 위에 지은 어리석은 사람 같으리니 비가 내리고 창수가 나고 바람이 불어 그 집에 부딪치매 무너져 그 무너짐이 심하니라. 그리고 누가복음 6장 48~49절에도 반석 위에 세운 집의 비유가 나와요. 집을 짓되 깊이 파고 주초를 반석 위에 놓은 사람과 같으니 큰물이 나서 탕류가 그 집에 부딪치되 잘 지은 까닭에 능히 요동하지 못하게 하였거니와. 듣고 행하지 아니하는 자는 주초 없이 흙 위에 집 지은 사람과 같으니 탕류가 부딪치매 곧 무너져 그 집이 크게 파괴되니라."

기억은 마치 눈앞에 성경을 펼치고서 읽고 있는 사람처럼 읊조렸다. 하지만 이 모든 것은 그의 기억에만 의존한 것이었고 기억은 성경 66권을 한 구절도 빠짐없이 통째로 외우고 있었다.

"너 그게 무슨 뜻인 줄은 아는 거야?" 기록이 놀라서 물었다.

"찾아봤는데, 반석 위에 세운 집. 여기서 '반석'은 여러 의미가 있대요. 하나는 안정성과 견고함. 그러니까 반석은 튼튼하고 흔들리지 않는 기초를 뜻한대요. 그래서 반석 위에 지어진 집은 어떤 폭풍이나 시련에도 무너지지 않는대요. 그리고 또 하나는 기독교에서 말하는 구원자인 예수 그리스도를 의미하고, 마지막으로 반석은 보호와 피난처를 의미한대요."

분명 10살밖에 안 된 아이였지만 기억의 머릿속에는 그가 읽은 모든 책을 저장하고 있는 우주가 있었다. 기록은 그런 기억이 또다시 부러워졌다.

"아저씨. 저는 여기서 반석 위에 세운 집이 절벽 위에 세운 집이라고 생각했어요. 모래나 흙 위에 기초 없이 세운 집은 비바람에 무너져버리지만, 반석 위에 세운 집은 견고해서 무너지지 않는대요."

"그런 생각으로 지금까지 버틴 거니…?"

"아저씨도 지금은 이 집에 살고 계시지 않지만 영혼은 줄곧 절벽에 세운 집에 갇혀 있었다고 하셨잖아요. 우리 이제는 반석 위에 집을 세워요, 아저씨."

기록은 그런 기억에게 어떤 말을 해줘야 할지 알 수 없었다. 그래서 그가 가져왔던 장난감을 내밀었다. 기억은 통을 굴릴 때마다 그림이 변하는 게 신기하다며 행복해했다. 그 모습을 바라보니 기록도 기분이 한결 좋아졌다.

10. 지울 수 없는 기록

지울 수 없는 기록

 기록은 기억이 곤히 잠든 것을 확인한 후 홀로 기억이 서 있었던 절벽 앞에 섰다. 긴 세월이 흘렀어도 절벽은 언제나 똑같은 모습으로 그 자리에 있었다. 그곳은 기록과 기억의 아픔이 교차하는 지점이었다.

 벼랑 끝으로 가니 발밑으로는 깎아지른 듯한 절벽이 끝없이 이어지고, 그 아래로는 거대한 바다가 하얗고 푸른 숨결을 토해내고 있었다. 기록은 눈을 질끈 감은 채, 기억이 매달려있던 곳으로 고개를 돌렸다. 조심스럽게 눈을 뜨자, 그곳에는 상사화 한 송이가 피어있었다. VR 속 가상의 꽃이 아닌 힘겨운 현실 속에서 피어난 꽃이었다. 바람을 따라 흔들리는 모양새는 춤을 추는 듯했다.

 '저 꽃은 왜 늘 저렇게 힘겨운 곳에 피는 걸까…'

 끝없이 펼쳐진 수평선은 마치 세상 끝과 하늘이 맞닿는 경계처럼 아득히 멀게 느껴졌고, 그 너머에는 인간의 손이 닿을 수 없는 미지의 세계가 있을 것만 같았다. 하늘은 석양을 품은 채로 붉은빛으로 물들어 있었고, 그 바탕 위로 노란 구름들이 유유히 흘러가고 있었다. 구름의 그림자는 바다 위로도 드리워져 끊임없이 변하는 물빛과 맞물리며 장엄한 그림자를 그려냈다. 자연은 그야말로 완벽한 조화를 이루는 그림이었다. 그 그림 안에 서 있는 기록은 비로소 자신이 이 거대한 세계의 한 조각에 불과함을 깨달았다. 어차피 먼 우주에서 보면 인공위성에도 잡히지 않을 그가, 스스로의 아픔으로 인해 이토록 커다란 파동을 만들어내고 있다는 것은 과연 어떤 의미가 있을까. 그럼에도 그가 느끼는 아픔은 거대한 우주를 삼키고도 남을, 그의 전부였다.

기록은 문득 윤주가 보고 싶다고 생각했다. 동생을 찾았다고, 절벽에 세운 집에 몇 번이고 왔었다고 말하고 싶었다. 문득 윤주가 했던 말이 떠올랐다.

[그게 재밌는 게 뭔지 알아? 코싹엘이 좀 극단적인 게 어떤 사람한테는 졸린데 어떤 사람한테는 각성의 효과가 있어. 성분 두 개가 조합되어 있는데 어느 성분에 민감하냐에 따라 각성과 수면으로 나뉜다?]

기록은 자신이 왜 윤주에게 끌리고 있었는지 이제야 알 것 같았다. 어떤 사람에게는 각성인 성분이 어떤 사람에게는 수면인 약 이야기. 기록은 윤주의 이야기를 듣고 있을 때면 갇혀 있던 생각의 벽이 부서지는 기분이 들었다. 그가 갇혀 있던 집이 관점에 따라서는 반석 위에 세운 집이 될 수 있는 것처럼.

그때, 기록의 등 뒤로 인기척이 느껴졌다. 뒤를 돌아본 곳에는 윤이 서 있었다.

"안녕."

윤이 먼저 인사했다. 낮고 담담한 목소리였다. 차분하지만 묵직한 그 한마디에 기록은 잔뜩 긴장했다. 윤의 눈빛은 그의 심연을 꿰뚫어 보는 듯 했다. 그들은 구면이었지만 기록은 그가 누구인지 알아보지 못했다.

"올해 몇 살이지? 그땐 일곱 살이었는데. 이젠 서른이 넘었겠구나."

"누구세요?" 기록이 윤을 향해 물었다.

"내가 기억이 안 나는구나." 윤이 미소를 지었다. "우리가 처음 만났던 곳도 여기였는데."

그의 한마디에 기록은 순식간에 25년 전 절벽으로 되돌아갔다. 기억을 반드시 찾겠다던 그의 목소리. 기억의 이름을 부르며 산 곳곳을 돌아다니던 분주한 발걸음. 그리고 그와 손가락을 걸고 했던 약속까지도.

[기록이와 기억이의 이야기는 우리 경찰들이 제대로 기록해 뒀어. 지금은 잠시 멈추는 거지만 포기하지는 않을 거야]

"그때 그 경찰관님이시군요."

"그래. 난 이제 경감이야."

"경감이라니, 대단하시네요." 한기록은 묘한 감정이 들었다. 그가 왜 다시 이 절벽에 나타난 것일까. "그런데…우리가 이렇게 다시 만날 줄은 몰랐네요."

윤은 미소를 거두며 고개를 끄덕였다. "나도 그래. 그 때 이후로도 이 절벽이 자주 생각났어…"

"동생을 찾은 거 같아요." 기록은 단도직입적으로 말했다. 아마 윤이 다시금 절벽을 찾은 이유도 그 때문일 것이라 생각했다.

"그래?"

윤은 기록이 주장하고 있는 '다시 찾은 동생'이 선우율일 것이라 확신했다

"그거 잘 됐구나."

하지만 윤은 주장만으로 장기 미제사건을 종결짓기에는 미심쩍은 구석이 있다고 생각했다. 그래서 그는 이런 말을 덧붙였다. "정말…동생이 맞기는 하고?"

매년 벌어지는 숱한 사건들을 겪으며 윤의 직감과 이성은 나날이 깊고 예리해졌다. 그는 더 이상 현상을 있는 그대로 받아들이지 않게 되었다.

기록은 붉은 꽃잎 하나가 그들 사이로 날아가는 것을 바라보았다. 조금 전 절벽에 피어 있던 그 상사화로부터 떨어져 나온 모양이었다. 꽃잎은 일순간 미아를 찾는 전단지로 변하더니 이내 다시 본래의 모습을 되찾았다. 시선에서 점점 멀어지는 꽃잎을 바라보며 기록은 생각했다.

'우리 모두가 선우율이 기억이기를 바라고 있는데…'

"네. 맞아요. 선우율이 제 동생 기억이에요."

하지만 기록은 스스로도 자신의 말에 반론을 제기하고 싶어졌다.

'정말 그게 맞아? 확실해?'

찜찜한 마음을 지울 수 없었다. 수많은 물음표가 그의 심장에서 달음박질하고 있었다.

"알겠어. 도움이 필요하면 언제든 말하고. 어차피 25년이나 지난 사건이야. 그건 무슨 뜻이냐면, 정말 긴밀하게 관련된 사람이 아닌 이상 관심도 없는…잊혀진 사건이란 뜻이지. 서랍 속 어딘가에 넣어두었는데 그 서랍을 어디에 두었는지도 모를…그런 거."

이렇게 말한 후 윤은 가볍게 손바닥을 흔들었다. 이제 헤어지면 또 언제 볼 지 알 수 없을 이별이었다.

"잠깐만요."

기록은 윤을 붙잡듯 말했다. 그 바람에 윤은 고개를 돌려 다시 기록을 바라보았다.

"선우율이 제 동생의 물건을 가지고 있고. 지난날을 기억하고 있었어요. 근데 그거 말고, 더 확실한 방법이 있을까요, 경감님…?"

"사실 나도 조사를 해 봤는데. 선우율이 한기억일 가능성이 커. 해외 입양을 간 시기도 일치하고. 나이도 같고. 좀 더 구체적으로 조사해 보고 싶어서 해외 입양 전에 있었던 아동 보호 시설을 찾아가 봤는데 거긴 없어진 지 오래야. 그래서 전에 원장이었던 사람을 찾아갔더니 이미 세상을 떴고 기록도 남아있지 않더라. 아마 기록을 찾게 된다면 어떤 식으로 아동보호시설에 맡겨졌고 어떻게 입양을 가게 된 건지 정도는 알게 될 거 같은데. 전에 다큐에서 선우율도 말을 하기는 했었지만 구체적인 이야기는 안 하더라고."

"아동보호시설…왜 없어졌대요?"

"좀 복잡한 문제가 얽혀있는 것 같았는데. 그건 또 따로 수사나 증거 수집이 필요하겠지."

"그렇군요…"

"근데 그런 것보다 선우율이 한기억인지에 대한 더 확실한 기록이 있어. 지울 수도 잃어버릴 수도 없는…기록."

"지울 수도 잃어버릴 수도 없는 기록?"

기록으로서는 당연히 구미가 당기는 이야기였다. 지울 수도 잃어버릴 수도 없는 기록이라니.

"몸에 새겨진 기록이야."

"몸에 새겨진…기록…?" 기록은 윤의 말을 따라 하듯 중얼거렸다.

"그래. DNA야."

"유전자 기록이군요."

"정말 동생이라면 유전자 검사 결과 일치해야겠지. 세월이 변해도 유전자는 진리 불변이야. 25년이든 100년이든 언제든 일치한다고."

기록은 처음으로 자신의 몸에 새겨진 기록이 두려워졌다.

'만약에 아니면…?'

잃어버린 아들을 찾았다는 생각에 기뻐하던 부모님의 얼굴이 떠올랐다. 만약 이 모든 게 거짓이라면 그들은 다시 어두운 낭떠러지로 떨어질 것이었다.

"지금 우리측에 선우율의 DNA 정보는 등록되어 있지 않아."

"저는…선우율을 믿어요."

기록이 더듬거리며 말했다. 그러자 윤이 곧바로 반박했다.

"믿고 싶은 건 아니고?"

실종된 한기억의 DNA 데이터는 실종자를 찾는 데 활용되고자 이미 저장되어 있는 상태였다. 그러니 추가로 필요한 것은 선우율의 모발이나 땀, 침과 같은 피부 조직에서 떨어져 나온 DNA 정보였다.

* * *

선우율이 한기억이라는 사실을 과학적으로도 명확히 할 필요는 있었다. 하지만 그를 의심한다는 뉘앙스를 풍길 수는 없었다. 또한 만일 그가 자신이 찾던 동생이 아니라면 부모님께 이 사실을 어떻게 알려야 할지, 얼마나 실망하실지 감도 오지 않았다.

"어디 갔었냐?" 기철이 현관문으로 들어오는 기록을 향해 외쳤다.

희은은 선우율에게 밥을 떠먹여 주고 있었다. 이제 서른이 된 아들임에도 희은에게는 5살로만 보이는 모양이었다. 지난날에 주지 못했던 사랑을 지금부터라도 주고 싶었던 것이다. 선우율도 그런 희은의 손길이 싫지 않은 듯 행복한 표정으로 식사를 음미하고 있었다.

'저렇게 행복해 보이는데…가짜라고…?'

기록은 오히려 윤하얀 경감이 원망스러워졌다. 행복을 고스란히 느낄 새도 없이 불안한 마음에 파고들어 쑤셔대는 기분이었다. 하지만 그럼에도 불구하고 기록은 그가 갖고 있는 불안을 해소하고 싶었다. 선우율의 머리카락을 구하는 것은 의외로 어렵지 않았다. 청소 로봇이 돌아다니고 있었기에 청소 로봇의 저장공간을 탈탈 털어낸 것이다. 기억이의 머리카락도 섞여 있을 터였지만 구분할 수가 없어 일단 모든 모발을 챙겼다.

기록은 바람 좀 쐬고 온다고 둘러댄 후 머리카락 몇 개를 윤에게 넘겼다. 윤은 가슴팍에서 비닐을 꺼내더니 건네받은 머리카락들을 조심스럽게 담았다.

"선우율이랑…선우율의 아들 선우기억의 머리카락이 섞여 있을 거예요. 혹시…두 사람이 정말 부자 관계가 맞는지도 확인이 가능할까요?"

윤은 선우기억이 선우율의 아들이라는 사실에 의아했다. 줄곧 팬이었지만 그런 정보는 전혀 들은 적이 없었기 때문이다. 하지만 그는 베테랑이었기에 침착한 표정을 지었다.

"일단 한기억과 일치하는 DNA가 있는지도 살펴보고, 이 안에 들어있는 DNA 간의 일치여부도 살펴볼게. 부자 관계라면 50%는 일치할 거야."

기록은 문득 기억이 했던 말이 떠올랐다.

"혹시…여자가…"

기록이 무언가를 이야기하려고 하자 윤은 하던 행동을 멈추고 집중했다. 기록은 절벽에서 여자와 관련된 사건이 있었는지를 묻고 싶었다. 관할 경찰서의 경감이라면 이곳에서 일어난 또 다른 사건에 대해 알 법도 했다. 하지만 만약 윤경감이 모르는 일이라면 선우율의 입장이 복잡해질 수 있는 부분이었다. 또한 그렇게 될 경우 한기억 실종 사건은 되려 관심에서 멀어질 가능성이 컸다. 그는 이 문제의 해결까지 무려 25년을 지옥 속에서 보내왔다.

"여자?"

기록이 하던 말을 멈추고 침묵하자 윤이 기록의 말을 따라 하듯 물었다.

"상담 드릴 일이 있을 거 같은데…나중에 다시 상담 드릴게요."

"그래."

윤은 선우율의 머리카락을 담은 비밀을 다시 가슴팍의 주머니에 넣었다. "내 도움이 필요하면 언제든 말해. 내 코드 알려줄게."

윤은 손을 들더니 연락처를 전송하기 위한 제스처를 했다. 그러자 윤의 몸에 장착된 웨어러블 기기에서 신호음이 울리더니 기록의 웨어러블 기기로 코드가 전송되었다.

"경감님. 절벽 사건은…제가 용의자이기 때문에…미제사건이 된 거죠?"

기록은 줄곧 두려워하던 질문을 꺼냈다. 그의 눈동자는 불안함에 흔들리고 있었다. 그러자 윤은 기록을 안심시키기 위해 기록의 어깨에 손을 얹으며 말했다.

"미제사건인 이유는…기억이를 못 찾았기 때문이지. 유전자 검사 결과만 일치하면 이 사건은 종결될 거야. 검사까지 법적 절차가 있어서 시간이 좀 걸리겠지만…"

충분히 외면하고도 남을 수 있었던 사건이었지만 윤은 오히려 자진해서 숙제를 떠안았다. 줄곧 마음속에 남아있던 절벽의 비극을 언젠가 반드시 해결하는 것이 그의 사명이었다.

2049. 8. 16. 나의 기억에게

기억아. 나는 내가 불행한 사람이라고 생각했어.
어디에 있건 절벽 위에 세운 집을 떠날 수 없었고 그때마다 불행했어.
사실 지금까지 내가 살아온 모든 순간 속에서 유의미한 순간도 기쁜
순간도 별로 없었던 것 같아.
기억이가 쪽지를 적을 때 내가 적었던 단어들.
[동생] [절벽] [죽음]이었어.

그런데 너를 구하러 온 절벽에는 또 다른 기억이 있었어.
나는 그 기억을 구해야만 내가 살 수 있을 것 같은 기분이 들었어.
그런데 되려 내가 구원을 받은 것 같아.
이 작은 꼬맹이가 뭐라는지 알아? 절벽에 세운 집은 반석 위에 세운 집
이라고 생각한대. 견고해서 비바람에도 무너지지 않는 집. 눈을 동그랗
게 뜨고서 성경 구절을 줄줄이 읊더라고.

결국 나를 암흑 속에 가둔 건 비극적인 장소도 비극적인 사건도 아니
라 바로 나 자신이었는지도 몰라. 물론 장소도 사건도 실제로 있었지.
그런데 나는 왜 그 장소, 그 사건에 지금껏 머물러 있었을까.

내가 달빛에 왜 그토록 이끌렸는지, 왜 달빛을 기다리며를 들으며 눈
물을 흘렸는지 이제야 알겠어. 나는 차갑고 어두운 바다에 끊임없이

이끌리고 있었던 거야. 스스로가 빛을 찾기 위한 노력을 하지 않았다면 나는 결국 깊은 바다의 먹잇감이 되었겠지.

기억아. 이 일기도 그래. 사실 나는 이 일기를 쓰지 않으면 진작 죽었을지도 몰라. 너를 위해서 적어 왔다고는 했지만 막상 네가 나타난 시점에서 나는 이 일기를 너에게 보여줄 자신이 없어. 어둠에 삼켜지지 않으려면, 무너지지 않으려면 이런 방식으로라도 버텨야 했어. 손목의 감각이 없어질 때까지 적어야 했어. 그래도 이제는 달빛은 매일 떠오를거라고, 끝끝내 나의 달빛을 찾았다고 믿으며 기다려 보려고 해.

네가 정말…맞는 거지?
그렇다면 난 너를 마주할 용기를 갖고 싶어.

[안녕하세요. 한기록 감독님. 감독님의 작품이 국제아티스틱 영화제 VR부문에서 대상 후보에 올랐습니다.]

기록이 줄곧 꿈꾸던 문자 메시지를 받았을 때, 그는 자신에게 일어나는 일이 진정 현실인지 믿기 어려웠다. 그가 자신의 수상 후보에 올랐다는 것을 알았을 때, 가장 먼저 달려간 곳은 윤주가 일하는 약국이었다.

"나는 이렇게 될 줄 알았지 뭐."

윤주는 기록이 상을 탔다는 사실이 진심으로 기뻤지만 애써 태연한 표정으로 말했다. 하지만 그녀의 입꼬리는 기쁨에 겨워 실룩거렸다.

"이렇게 주목받아 본 적이 없어. 근데 대상 후보라니…뭐 때문일까?"

"그걸 만든 사람도 모르는데 내가 어떻게 알아?"

"네가 좀 해보고…알려줄래? 내 VR의 어디가 대상 후보인지?"

"지난번이랑 달라진 게 뭔데? 뭔가 달라졌으니까 반응이 좋아진 거 아냐?"

"모르겠네."

"수염이 달라졌잖아." 윤주는 놀리듯이 웃었다.

윤주가 미소를 짓자 기록도 덩달아 기분이 좋아졌다. 기록은 윤주의 말마따나 자신의 작품이전과 달라진 게 무엇인지 떠올려봤다. 혹시나 해서 넣어본 영화제에서 대상의 후보가 된 것만으로도 이미 수상을 한 것만 같은 기쁨을 누리고 있었다.

"선우율의 음악이 들어갔고…"

"그 유명한 피아니스트?"

"아직 말하기는 좀 그런데 그 분이랑 내가 좀 친분이 있어."

"굉장하네. 실제로도 만난 적 있어?"

"어. 아 혹시 그분의 유명세…때문인 걸까?"

"가능성은 있지. 근데 유명세 때문이었다면 대상까지는 아니고 인기상 후보에 오르는 정도였을 것 같은데…"

"다른 건?"

"원래는 상업성을 쫓았었는데, 최종적으로 제출한 작품은 한 사람을 위한 영화로 수정했어."

"한 사람?"

윤주는 긴장했다. 기록에게 영화 전체를 뜯어고쳐 바칠 만큼 중요한 사람이 나타났다니, 도대체 누구일까. 게다가 오래도록 길러왔던 수염을 멀끔하게 자르고 나타났다. 오늘따라 그가 유독 잘생겨 보이는 것만 같아 윤주는 저도 모르게 심장이 뛰었다.

기록은 자신이 절벽에 세운 집에 담은 독보적 시스템을 떠올렸다. 선우기억의 트라우마를 극복하게 해주겠다는 마음에서 출발한 이 VR은 사용자들이 저마다의 트라우마를 마주할 수 있게 시스템이 되어 있었다.

"트라우마를 마주하는 시스템?"

설명을 들은 윤주는 눈을 동그랗게 뜨고 되물었다.

"도와주고 싶은 사람이 있었거든."

"도와주고 싶은 사람?"

"…어. 어떤 꼬맹이를 좀…구했어."

"어떤 꼬맹이?"

"있어. 어떤 라푼젤."

275

윤주는 기록이 무슨 말을 하는지 절반밖에 이해하지 못했다. 하지만 윤주는 그런 기록의 화법에 오랜 세월 익숙해진 상태였다. 그가 자신의 VR작품을 바친 사람이 여자가 아니라는 사실에 윤주는 안도했다. 하지만 한편으로는 자신이 왜 그 사실에 안도하고 있는 건지 납득이 가지 않았다.

"구했어?"

"어. 구했어. 그리고 조만간 좋은 소식 들려줄 수 있을 거 같아."

"무슨 좋은 소식? 대상 후보 된 거 말고?"

윤주의 얼굴에는 긴장감이 흘렀다. 역시 그사이에 기록에게 여자 친구가 생긴 게 아닌가 하는 궁금증이 어린 표정이었다. 선우율과 특별한 사이가 되었다는 것을 보니 누군가를 소개받은 것은 아닐까. 하지만 기록은 찰나동안 스쳐 간 윤주의 표정 변화를 읽지 못했다.

"지금까지의 인생이 달라질 만한 일이랄까."

'뭐야. 진짜 여자 친구 생긴 건가?' 라고 생각하며 윤주는 기록을 흘겨보았다. '나한테 고백한 지 얼마나 됐다고…'

하지만 막상 기록과 눈이 마주치자 혹시라도 자신의 생각이 티가 날까 봐 태연한 척 다른 곳을 바라보았다.

"다행이다…근데 너 요즘 좋아 보이네." 윤주가 말했다.

"넌 너네 엄마랑 똑같은 말을 하네."

"너. 오늘 나 만나고서 펜 한 번도 안 꺼낸 거 알아?"

윤주의 말을 들은 기록은 괜스레 자신의 손목을 한 번 돌려보았다. 그러고 보니 최근 들어 펜을 들고 적는 시간이 현저히 적어졌다. 물론 사람들 몰래 24시간을 녹음하는 일은 계속해서 행하고 있었다. 하지만 그 자신이 '기록해야만 한다'라는 강박으로부터 조금 자유로워진 건 확실했다.

"맞아. 원래는 화장실에서도…잠들기 전까지도 메모를 했었잖아."

"대단하네 정말."

"근데 이제는 안 그래. 여전히 적지 않으면 불안하기는 하지만…"

"좀 더 나아졌다니 잘됐네."

"있잖아, 윤주야. 나 더 나은 사람이 될게."

"어?"

"나. 앞으로도 더 나은 사람이 될거야."

윤주가 불편할까 봐, 혹은 멀어질까 봐 직접적인 고백은 할 수 없었다. 하지만 기록은 여전히 윤주를 향해 흘러나오는 마음을 감출 수가 없었고, 이런 식으로라도 표현을 하고 싶었다.

"그래. 드디어 너도 과거가 아니라 현재를 사는구나."

* * *

똑똑- 문을 두드리는 소리가 조용한 진료실에 울렸다. 안에서 들려오는 박 선생의 목소리는 차분하고 부드러웠다. "들어오세요."

기록은 줄곧 자신을 옥죄던 짙은 그림자로부터 해방된 표정으로 문을 열었다.

"선생님."

그의 목소리가 맑게 울리자, 책상 너머에 앉아 있던 박 선생이 시선을 돌렸다.

기록은 박 선생이 여태 본 적 없는, 마치 무거운 짐을 내려놓은 사람 같이 밝은 표정이었다.

"좋은 일이 있나 보네?" 박 선생이 말했다. 그러고는 농담 반 진담 반으로 말했다. "우리 윤주랑 사귀기라도 해?"

그러자 기록의 표정은 순식간에 시무룩해졌다. 그러고는 모기 같은 소리로 "저…차였어요."하고 말했다. 멋쩍어진 박 선생은 괜히 헛기침을 해댔다.

기록은 서둘러 의자에 앉으며 자세를 바로잡았다. 마음속에 많은 말들이 뒤엉켰다. 어떤 말부터 꺼내야 좋을지 머릿속이 복잡했다. 동생을 찾은 일, 조카가 생긴 일, 그리고 한 아이의 트라우마까지 치료한 일. 좋은 일들에 대한 이야기가 연달아 쏟아져 나올 듯했다.

"그러니까 그게…"

기록은 그중에 가장 기뻤던 일, 그리고 박 선생이 가장 궁금해할 일부터 먼저 말하기로 정했다.

"제가 동생을 찾았습니다."

그 말에 박 선생은 깜짝 놀라 자리에서 벌떡 일어섰다.

"어떻게 찾았어?"

눈을 크게 뜨며 놀란 기색을 감추지 못했다. 기록은 그 반응 속에서 그녀가 자신의 동생이 이미 죽었을 거라고 생각했었음을 깨달았다. 하지만 그런 반응은 기록에게는 익숙한 것이었다. 한기억이 떨어진 절벽의 높이. 그날의 거친 날씨. 성난 파도가 어린아이의 몸을 삼켜버리기에 충분했을 거라는 주변 사람들의 말. 기적을 믿는 것은 오직 가족들뿐이었다.

278

기록은 잠시 말을 고르더니 조심스럽게 답했다.

"제가 어린 시절 살았던 집에 살고 있더라고요. 굉장히 유명한 사람이 되었고…"

그는 선우율의 이름을 밝히는 것이 혹여나 선우율에게 누가 될까 봐 조심스러웠다. 박 선생은 그런 기록의 의도를 눈치챘는지 더 깊이 캐묻지 않았다. 대신 그녀는 중요한 질문을 던졌다.

"유전자 검사도 했고?"

"그건…아직이지만 이건 뭐 100%, 아니 1만 퍼센트나 다름없어 보여요. 제가 살았던 그 외진 절벽에 굳이 집을 세우고서 살고 있고…어린 시절에 갖고 놀았던 장난감도 갖고 있더라고요. 또…실종 당시의 명찰도 있었고…"

"…그렇다면 다행이겠지만…"

박 선생은 반신반의한 표정으로 기록을 바라보았다. 기록의 얼굴에도 확신이 없는 것은 마찬가지였다.

"그렇게 유명한 피아니스트가 뭐가 아쉬워서 제 동생인 척을 하겠어요…" 기록은 믿음을 가지려 노력 중이었다. 하지만 자신의 기억 속 동생과 너무도 달라져 버린 목소리와 모습이 자꾸만 떠올랐다.

"피아니스트인 건 맞고?"

기록은 선우율을 인터넷에서 검색한 후 박 선생에게 들이밀었다.

"아! 이 피아니스트…나도 알아. 뭐더라…그…작곡도 했던데?"

하지만 그녀는 여전히 의아한 표정으로 말을 이었다. "뭐…나도 믿고 싶은데…사람들은 때때로 커다란 기대나 믿음으로 진실을 덮어버리기도 하니까. 그럴 때 내 역할은 현실에서 놓쳐서는 안 될 것들을 짚어

주는 거라서. 혹시나 동생이 아닐 가능성도 염두해 두는 건 좋지 않을까."

기록은 조용히 고개를 끄덕였다. 그녀의 말이 다 맞았다. 도저히 살아 돌아올 수 없는 상황 속에서 세계적인 피아니스트가 되어 돌아왔다는 것은 꿈만 같은 일이었다. 그녀의 말대로 아직 유전자 검사 결과도 나오지 않은 상황이었다.

"선생님. 그래도 제가…그 때 말한 아이의 치료에는 조금 도움을 준 것 같기도 하고…사실 잘 모르겠어요."

"그래? 그 후로 대화는 좀 해 봤어?"

"애가 5년 전 트라우마로 한 번 본 건 다 기억하는 애더라고요."

"과잉 기억 증후군이구나."

"솔직히…좀 박탈감이 들었어요 선생님. 전 이렇게 모든 순간을 기록하려고 손도 다 망가지는 삶을 살고 있는데. 그 아이는 한 번 본 악보도 다 외워서…손이 망가지기는커녕 피아노를 치고 있더라고요."

박 선생은 한숨을 내쉬었다. 그 아이가 겪고 있는 고통이 가늠이 되지 않아서였다.

"부러워할 일이 아니야. 일반적인 사람은 망각이라는 게 있어서 기억의 일부를 비워내게 되어 있어. 그게 자연의 이치야. 근데 과잉 기억 증후군인 사람들은 모든 순간을 기억해 버리고 마는 거지. 괴로운 기억까지도 전부."

기록은 자리에서 벌떡 일어섰다. 기억이 유일하게 잊고 싶었던 기억을 자신이 떠올리게 만들어버린 것은 아닌가 하고 걱정이 되었다.

"왜? 무슨 일 있어?" 박 선생이 물었다.

"그 아이. 5년 전에 있었던 일 때문에 과잉 기억 증후군이 생긴 것 같았거든요. 근데 유일하게 그 일을 기억 못 한다고 했는데…제가 VR로 그 기억을 떠올리게 만들었어요. 제가 잘못한 걸까요. 선생님…?"

박 선생은 또 다시 한숨을 쉬었다. 그러고는 진정하라는 듯 기록에게 손짓했다. 기록은 다시 자리에 앉았다.

"그럼 한기록은?"

"저는…"

박 선생의 물음에 기록은 자신의 일을 떠올렸다. 그 또한 지난날의 기억을 되찾은 상태였다. 기록의 눈빛을 통해 박 선생은 기록이 무슨 생각을 하는지 유추할 수 있었다. 박 선생은 계속해서 말을 이었다.

"누구보다도 잘 알겠지. 사건을 마주하는 게 어떤 기분인지. 물론 트라우마의 치료를 위해서 사건을 마주하는 게 언제나 정답인 건 아니야. 근데 나는 트라우마를 마주하는 게 때에 따라서는 필요하다고 생각하는 쪽이야."

"왜죠…?" 기록이 물었다.

"전에 나를 찾아왔을 때 그랬지, 그 아이. 울지를 않는다고."

박 선생의 질문에 기록은 고개를 끄덕였다.

"모든 기억을 되찾았다면 그 아이 뭔가 달라졌을 거야."

"트라우마를 마주했을 때…울더라고요."

"그래. 어떤 방식으로든 달라졌을 테니까, 지켜봐 봐. 같이 올 수 있으면 오고. 그럴 수 없어 보이니까 하는 말이지만."

"감사합니다…선생님."

"그리고 그 아이의 트라우마 원인도 한 번 알아봐."

"그게…안 그래도 상자 안에 쪽지를 적어 봉인하는 식의 치료를 VR에 섞어 보았는데요. 싫어하는 것에 [피아노] [선생님] [엄마]라고 적었더라고요…"

"무슨 뜻인지 직접 물어보지는 못하고?"

"애가 좀 조심스러운 성격인 것 같아서…아, 그리고 전에 말씀을 안 드렸던 게 하나 있는데…"

"뭐야?"

"비가 오는 날이면 절벽에 귀신이 보인대요. 뭔가 많이 복잡하죠? 죄송해요."

박 선생은 생각에 잠긴 듯 침묵했다. 기록이 준 단서들을 종합해서 생각하는 모양이었다.

"트라우마라는 게 왜 생기는지를 좀 알 필요가 있겠어. 사랑하는 사람의 죽음. 교통사고. 자연재해. 신체 폭행. 화재나 폭발 같은 것들이 트라우마를 일으키는 원인이야. 너무 놀란 나머지 자신이 살고 있던 세상이 안전하지 않다는 의심을 품게 되지. 그래서 뇌가 예민해지고."

"아…예전에 비슷한 이야기를 저도 들었던 것 같네요." 기록이 맞장구를 쳤다.

"그럼 [피아노], [선생님], [엄마]에다가 대입해서 생각해 봐. 어느 정도 근접한 답이 나올지도 모르지."

2049. 8. 17. 나의 기억에게

피아노. 선생님. 엄마.
사랑하는 사람의 죽음. 교통사고. 자연재해. 신체 폭행. 화재나 폭발.

자, 여기서 기억이에게 트라우마로 남을 사건은 뭐였을까?
사랑하는 사람의 죽음. 계속해서 출몰하는 그 귀신이 죽은 여자라는
전제하에…일단 피아노는 사람이 아니니까 해당이 안 되고, 선생님이
라면 정선경인 것 같은데 살아있고. 엄마는 해외에 가 있다고 했어. 그
럼 죽을만한 여자가 또 있나?

다음은 교통사고. 마찬가지로 피아노는 해당 없고, 선생님이나 엄마가
교통사고를? 그러기에는 기억이는 집에만 있는 것 같아서 교통사고를
목격하기에는 쉽지 않아 보인다. 물론 가능성을 아예 배제할 수는 없
겠지…하지만 귀신이 보이는 장소가 절벽인 것으로 미루어 볼 때 절벽
에서 무슨 일이 있었던 걸로 보인다.

다음으로 자연재해. 일단 비가 내리는 날과 관련이 있는 것으로 보아
재해까지는 아니어도 날씨는 관련이 있어 보인다. 비가 오는 날에 무
슨 일이 있었나?

다음으로 신체 폭행. 누가 기억이를 때렸을까? 선생님이나 엄마가? 그

래서 자신을 때리는 사람이 비가 오는 날마다 보이는 거라면? 엄마는 일단 곁에 없으니 기억이를 때리는 사람이 있다면 선생님이겠지. 정선경…그 여자라면 그러고도 남지. 하지만 아직 증거는 없다.

화재나 폭발. 만약에 전에 절벽에 세워져 있던 집에 불이 났고 그것을 기억이가 목격했다? 가능성이 아예 없는 것도 아니지만, 선우율 같은 부자는 애초에 그 버려진 폐가에서 살기는커녕 바로 허물어버렸을 것 같다.

그렇다면 이 중에서 가장 가능성이 있는 것은….
[비가 내리는 날에 트라우마가 있다]
[신체 폭행의 정황이 있는지 알아봐야겠다]
[피아노는 아마…잘 쳐야 한다는 강박이 있거나, 사실은 연주하기 싫은 걸 수도 있겠다]

대략 이 정도로 유추가 가능할 것 같다. 기억이에게 차근차근 물어봐야지. 그냥 별거 아닌데 내가 너무 과하게 생각하는 것일 수도 있으니까. 모두가 나 같은 불행을 겪는 것은 아니니까. 그래야 하는 게 맞고.

11. 메시지

메시지

 국제 아티스틱 영화제. 홀에는 셀 수 없을 만큼 수많은 사람이 앉아 있었다. 관객석에는 기록뿐만 아니라 기철과 은희, 기만, 그리고 윤주가 앉아 있었다. 그들은 숨을 죽이고서 조명이 내려앉은 무대를 지켜보고 있었다.

 "자, 제48회 국제 아티스틱 영화제 VR부문 영예의 대상은!"

 수상자의 이름을 호명하기에 앞서 시상자는 일부러 뜸을 들였다. 꿈에서 보았던 장면과 똑같았다. 관객 모두가 긴장한 표정을 지었고 그것은 기록과 그의 가족들도 마찬가지였다. 기록의 심장은 북소리에 맞춰 밖으로 튀어나올 것만 같았다. 하지만 애써 평정심을 유지하는 표정을 지었다.

 "영예의 대상은! 영화 절벽에 세운 집! 축하드립니다!"

 기록의 이름이 불리자, 기록은 벅찬 마음을 주체하지 못하고 자리에서 벌떡 일어섰다. 꿈에서 헐레벌떡 뛰쳐나가다 다른 사람의 발에 걸려 넘어질 뻔했던 것이 생각난 그는 조심스럽게 객석을 빠져나갔다.

무대를 향해 걸어가는 기록의 의상을 본 관객들은 수군거리기 시작했다. 위에서부터 아래까지 맞춤으로 빼입은 정장은 누가 봐도 고가의 물건이었다. 선우율이 함께 참석하지 못해 미안하다며 선물로 준 것이었다.

기록의 한 손에는 줄 하나가 잡혀있었는데, 그 줄의 끝에는 도도가 헥헥거리며 이빨을 드러낸 채 웃고 있었다.

"가자."

기록은 도도에게 가야 할 곳을 알려주기 위해 목줄을 끌어당기며 무대의 정중앙으로 갔다. 그곳에는 스탠딩마이크와 시상자가 서 있었다. 무대를 비추던 밝은 조명은 지금 이 순간의 주인공인 기록에게만 집중되었다.

"감사합니다."

기록은 마이크에 입을 대고 말했다. 그의 중저음 목소리가 홀 안에 울려 퍼졌다. 하지만 그 순간 그의 웨어러블 시계에는 윤으로부터의 메시지가 도착했다.

[DNA 검사 결과 나왔어.]

기록은 애써 신경 쓰지 않고 수상소감을 이으려 애썼다. 하지만 그의 손목이 또다시 진동했다. 윤으로부터 다음 메시지가 온 것이었다.

"왜 자꾸 시계만 확인하는 거야?"

"시상식이 장난인가."

침묵이 길게 이어지자 관객석이 술렁거리기 시작했다.

기록은 결국 궁금증을 참지 못하고 윤으로부터의 메시지를 확인했다.

[검사 결과 보러 와.]

"한기록씨?"

MC가 기록의 수상소감을 재촉하듯 기록의 이름을 불렀다.

"무슨 일 있나봐…" 윤주가 중얼거렸다.

기록은 무언가 굳은 결심을 한 듯 침을 꿀꺽 삼키더니 다시 수상소감을 이어갔다.

"찾고 싶은 사람이 있었습니다. 그 과정에서 저는 한 아이를 알게 되었어요. 그 아이가…제가 어린 시절에 잃어버렸던 동생과 이름이 같았어요. 나이는 열 살. 그런데 제가 동생을 잃어버린 후로 25년이나 흘렀거든요. 절대 제 동생일 리가 없죠."

사람들은 마이크를 통해 흘러나오는 스토리텔링에 이목이 집중되었다. 무엇보다도 기록의 떨리는 목소리에서는 진정성이 느껴지고 있었다.

"그 아이에게는 트라우마가 있었습니다. 도움이 필요해 보였고 그래서 저는 그 아이를 구하기 위해…"

그 순간 기만이 관객석에서 벌떡 일어섰다. 기철과 은희는 기만의 돌발행동에 눈과 입을 동그랗게 떴지만 그가 무대를 향해 튀어 나가는 것까지는 미처 막을 길이 없었다. 기만은 괴성을 지르며 객석을 헤집고 나아갔다. 기록도 이 광경을 깜짝 놀라서 바라보았다. 경호원들이 기만을 저지하려고 바쁘게 움직였다. 하지만 기록은 혹시라도 그 과정에서 기만이 다칠까 봐, "저의 할아버지세요."라고 말했다.

결국 기만은 기록이 서 있는 무대 아래까지 다가갔다. 계단을 사용해서 올라갈 생각까지는 미처 못 하는 모양이었다. 기만은 단상 위에 서 있는 기록을 정면으로 올려다보았다.

"할아버지…?" 기록은 기만에게 무슨 일이 있냐는 듯 물었다.

"기록아." 기만이 한껏 차분해진 목소리로 기록의 이름을 불렀다. "그래서 네가 그 아이를 구한 게 맞아?"

"예?"

"네가 그 아이를 구한 게 맞아?"

"할아버지."

"네가 그 아이를 구한 게 맞아?"

기만은 고장이 나버린 로봇처럼 계속해서 똑같은 말을 되뇌이고 있었다. 이 모든 게 지난번처럼 꿈이길 바랐다. 하지만 현실이었고, 기만의 목소리는 마치 산울림처럼 기록의 귓가에 맴돌았다.

'내가 그 아이를…기억이를 구했냐고…?'

"살인자! 너 때문이야! 이 살인자!"

기록은 눈앞이 아찔해졌다. 그러고는 순간적으로 기억의 방으로 돌아간 듯한 착각에 휩싸였다. 그 방에서 그가 봤던 기억은 여전히 VR을 쓰고 있었다. 아이는 몇 번이고 그 VR을 돌려보며 같은 장면을 반복해서 보았다. 처음에는 그것이 트라우마를 벗어났기 때문이라고 생각했다. 그렇게 믿고 싶었다. 아름다운 꽃밭과 무지개를 보고 싶어서라고.

'난 아직 그 아이를 구하지 못했어…'

하지만 다시 생각해 보니 기억은 현실로부터 도망치고 있었다. 회피는 치료와 다르다. 당장은 불안감이 덜할 수 있겠지만 그것은 트라우마가 있는 상태로 머무르는 것과 같다.

기록은 차오르는 숨을 고르며 관객석에 앉아 있는 수많은 사람들을 내려다보았다. 과연 자신이 누구를 구했는지에 대해 생각해 보았다. 절벽에서 떨어져 버린 동생을 구하고 싶었고, 트라우마를 갖고 있는 어린아이를 구하고 싶었다. 그 둘의 이름은 기억이었다. 하지만 그는 자신이 그 어떤 기억도 구하지 못했다는 생각이 들었다.

'내가 구했다고 말할 수가 있을까? 아무리 생각해도 이상하잖아. 비가 오는 날에만 보이는 귀신. 아이를 전혀 믿지 못하고 절벽이 보이는 창문 방에서 지내게 한 아버지. 집 전체에 달린 CCTV…그리고 VVIP만 초대되는 콘서트. 그들 외에는 아무도 모르는 존재.'

그리고 기록은 떠올렸다. 기억의 그림 속에 있던 바닷속의 실루엣. 그리고 깨진 화병의 물속에 잠겨버린 두동강 난 로봇. 생각이 많아지자 기록은 어느새 무대 위라는 사실조차 잊어버리고 메모장을 꺼내 메모를 하기 시작했다.

'그래. 트라우마의 정체는 귀신이 아니야…트라우마의 원인은 따로 있어. 그건 VR로는 해결할 수 없어. 그건…내가 너무 쉽게 생각했던 거야. 그 실루엣은….'

기록이 침묵한 채로 글만 계속해서 쓰고 있자 관객석이 술렁이기 시작했다. 경호원들은 무대 아래에서 기만이 돌발행동을 할까 봐 계속해서 주시하는 상황이었다.

그래도 시상식만큼 무사히 마치고 내려가야 된다는 생각이 다시 기록의 머릿속을 지배했다. 기록은 손에 쥐고 있던 메모장과 펜을 잠시 내려놓고는 다시 마이크에 입을 가져다 대었다.

"그 아이는 제가 만든 뉴럴 인터페이스를 통해 VR세상에서 후각을 느끼고, 초음파 기반 촉각 기술을 통해 촉감까지 느낄 수 있었습니다. 그리고 배경음악으로 흐르는 선우율 작곡가님의 파도는…"

파도. 기록은 또다시 기억의 그림을 떠올리고야 말았다.

'기억의 그림 속에 있던 바닷속의 실루엣. 아이 엄마가 없잖아. 미국에 가 있다고 하지만…그게 혹시 시체를 그린 거라면…아니지. 이건 너무 과대망상인 걸까? 내가 메모지에 적었던 [동생]과 기억이가 적은 [엄마]가 동일선상에 있다면…?'

그는 꿈속에서 한기억이 앉아 있던 곳을 바라보았다. 그 곳에는 선우율이 앉아있었다. 기록은 마이크에 대고 물었다.

"언제 왔어…?"

선우율은 놀란 표정을 지었다. 그는 선우기억을 공연장에 내려주고 시상식장으로 뛰어 들어온 참이었다. 그러자 모든 사람의 이목이 선우율에게 집중되었다.

"뭐야. 선우율 아냐…?"

이 세계적인 월드 스타를 알아보는 사람은 생각보다 많았다.

기록은 눈을 감았다 뜨고는 숨을 깊게 내쉰 뒤 마이크에 대고 말했다.

"오늘 제가 여러분께 들려드릴 수상소감은…없습니다."

장내가 소란스러워지자 기록은 아래로 내려갔다.

도도는 마치 산책을 가는 것 마냥 신이 나서 깡충깡충 뛰었다. 기록은 도도를 잡고 있던 끈을 윤주에게 넘겼다. 그가 꿈속에서도 연습했던 수상소감은 하나도 말하지 못했다. 하지만 더 중요한 것이 그를 기다리고 있었다.

기억에게로 달려가면서 기록은 지난날 생생했던 꿈을 떠올렸다. 그 꿈속에서 자신을 한기억이라고 주장하던 남자는 기록에게 물었다.

[어떤 메시지죠?]

이제야 비로소 그 메시지에 대답을 할 수 있을 것 같은 기분이 들었다. 그것은 누군가의 트라우마를 극복하게 만들겠다는 메시지보다도 본질적인 것이었다.

'구하고 싶어요. 절벽 아래로 한없이 떨어지던⋯지난 날의 나를.'

* * *

기록은 자동차에 올라타 시동을 걸었다. 그 순간 그의 뒷문이 열렸다. 기만이 자신도 함께 가겠다며 달려온 것이었다. 파킨슨을 회복한 그는 보편적인 노인보다도 더 건강한 신체를 가진 듯 보였다. 기록은 그런 기만이 원하는 대로 하도록 내버려두었다. 그가 기억에게로 향할 때마다 유독 기만이 고분고분해졌기 때문이었다.

기록이 안전벨트를 매고 출발하려는 순간. 그의 조수석에는 문이 열리더니 선우율이 얼굴을 내밀었다.

"형. 어디를 그렇게 급하게 가?" 그가 걱정스러운 표정으로 물었다. 그러고는 자신도 같이 가겠다는 듯 조수석에 올라타 안전벨트를 맸다.

기록이 향한 곳은 기억이 연주를 하는 콘서트홀이었다. 선우율은 기록이 수상소감마저 제대로 말하지 않은 채 콘서트홀로 향하는 이유가 궁금해졌다.

"그동안 제대로 말 못 했었는데. 기억이 상태가 좋지 않아."

"형. 아직도 기억이 말을 다 믿고 있는 건 아니지?"

선우율의 물음에 기록은 브레이크를 밟았다. 그 바람에 기만은 앞좌

293

석에 얼굴을 부딪치고는 짧게 신음했다. 선우율도 놀라서 안전벨트와 손잡이를 꼬옥 붙잡았다.

"넌 애 아빠가 맞긴 한 거야?" 기록이 선우율을 쏘아보며 말했다.

하지만 그는 선우율이 어렵게 다시 만난 동생이라는 생각에 급히 표정을 풀고 언성을 낮추었다. "기억이를 좀…믿어주면 어때?"

"형. 나 형이 왜 그러는지 이해해. 기억이 이름도 그렇고 나이도 그렇고. 지난날의 나랑 겹쳐보고 있는 거지?"

"처음에는 나도 그렇다고 생각했는데…" 기록은 깊은 한숨을 내쉬었다. 그리고는 다시 말을 이었다. "율아. 너 어디까지 알고 있어?"

"어디까지라니?"

"기억이가 좋아하는 영화가 뭐야?"

선우율의 입에서는 대답이 나오지 않았다. 그는 집히는 바가 없어 보였다.

"그리고 넌 왜 그 방에 애를 둔 거야? 집에 방도 그렇게 많으면서 왜 하필…"

"형. 나 그 애 아빠야."

기만은 부딪힌 이마를 문지르며 창밖을 바라보았다. 하늘을 붉게 물들인 노을이 밤을 데려올 준비를 하고 있었다.

"내가 그 애를 모르겠어? 지난번에도 말했듯이 기억이는 거짓말을 해서 상황을 모면하려는 경향이 있어."

기록이 좀처럼 믿을 수 없다는 표정을 짓자 선우율은 메신저를 켜고는 그동안 작곡 선생과 주고받았던 메시지를 보여주었다.

[대표님. 기억이가 연습을 하기 싫어서 절벽에서 뛰어내리겠다고 소

리를 지르고 있는데 어떻게 할까요?]

[대표님. 기억이가 부엌에서 칼을 들고 와서 제 머리카락을 자르겠다고 위협하고 있어요. 너무 무서운데 어떻게 할까요….?]

[대표님. 기억이가 귀신이 보인다면서 방에만 있겠다고 하는데 어떻게 할까요?]

대표라고 불린 사람은 선우율. 메시지를 보낸 사람은 선경이었다.

"정선경이잖아. 너야말로 이 사람을 믿어?" 기록은 기가 찬 표정으로 말했다.

"그게 무슨 말이야? 정선경 선생님을…형이 어떻게 알아?"

"너 저번에 아버지가 저작권 빼앗긴 이야기 들었었지? 그거 뺏은 사람이 정선경이야."

선우율은 그럴 리가 없다는 듯한 혼란스러운 표정을 지었다. 기록은 그런 선우율의 반응이 조금은 섭섭하게 느껴졌다. 혈육인 자신이나 아버지보다도 오랫동안 알고 지내온 사람인 정선경을 더 신뢰하고 있었다.

공연장 복도에 도착하자 피아노곡이 흘러나오고 있었다. 바흐의 건반 협주곡 5번 2악장이었다. 어두운 음색이 고요히 내려앉는 듯한 곡조는 마치 종이 위에 잔잔하게 퍼지는 잉크를 연상시켰다. 클래식에 무지한 기록이었지만 오로지 기억만이 출연하는 VVIP 콘서트였기에 피아노를 연주하고 있는 것도 기억이라고 유추하는 것은 어렵지 않았다. 그때 갑자기 피아노 연주가 뚝- 끊겼고, 사람들의 술렁대는 목소리가 홀을 가득 메웠다. 기억의 손은 섬세하게 움직이던 흐름을 놓쳐버렸고, 실수한 순간, 모든 것이 멈춰버린 것이었다. 피아노의 울림은 사라졌고, 기억의 시선은 떨리는 손가락에 내려앉았다. 깊은숨을 내쉬며 자신을 되찾으려 했지만, 이미 균열이 생긴 마음은 쉽게 회복되지 않았다. 기록은 마치 조금 전 시상식장에서 버벅거리던 자신을 보는 것만 같았다.

선우율은 급히 어딘가로 전화를 걸었다. 그러고는 수화기 너머의 사람에게 "네. 그렇게 부탁드릴게요."라고 말했다.

선우율은 연주자 대기실이 아닌 무대로 달려갔다. 경호원들도 선우율을 알아보고는 그가 자유롭게 드나들 수 있도록 길을 내주었다. 기록과 기만은 그의 뒤를 묵묵히 따라갔다. 무대 아래 도착한 그들은 딱딱하게 얼어붙은 표정의 기억을 바라보았다.

"또…중압감을 이기지 못하고…"선우율이 중얼거렸다. 그는 기억이 앉아 있는 무대 위로 올라갔다. 조금 전 전화는 자신이 대신 올라가겠다고 말했던 것이었다. 그가 올라오자 관중석에 앉아 있던 모든 관중이 기립하여 환호했다. 자신의 아버지가 올라오는 것을 확인한 기억은 피아노 의자에서 황급히 비켜났다. 기억의 빈자리를 메우듯 선우율의 손가락이 건반에 닿았다. 그는 아무런 말도 없이 아들의 실수를 감싸듯 연주를 시작했다. 선우율의 손끝에서 흘러나오는 선율은 마치 처음부터 이어져 온 것처럼 자연스러웠고, 그 차분한 리듬 속에는 위로가 묻어 있었다. 환호하던 관중들은 일순 숨을 죽였고, 그의 연주에 피해가 가지 않게 조용히 자리에 앉아 한순간도 놓치지 않으려 노력했다.

선우율의 연주를 듣자 기억은 방금 전까지 자신이 하던 연주가 초라하게 느껴졌다. 그것은 한 번도 들어본 적 없는 깊이를 담고 있었다. 마치 모든 것을 받아들이고 넘어서는 듯한 음악에는 경외심을 갖게 되었다.

 선우율의 손끝에서 곡이 마무리될 때, 관중석은 무거운 침묵에 잠겼다. 선우율은 기억을 향해 손짓했다. 무대 위로 기억이 다시 올라오자, 관중들은 두 피아니스트에게 찬사를 날렸다. 기억은 아버지가 없었더라면 망신으로 끝났을 무대라는 생각에 얼굴이 벌겋게 달아올랐다.

 이 모든 광경을 바라보며 기록은 기억이 적었던 [피아노]라는 글자를 떠올렸다. 그는 기억이 가지고 있을 중압감이 상상조차 가지 않았다.

 '기억아. 피아노는 너한테 어떤 존재야?'

 기록은 마음속으로 질문을 던졌지만 답변이 돌아올 리 없었다.

 선우율이 앉아 있는 피아노의 옆에는 그랜드 피아노가 한 대 더 놓여 있었다. 기억은 그 피아노로 다가가 선우율과 나란히 앉았다. 화려한 조명이 살짝 어두워지자 관객들은 숨을 죽이고 이들을 바라보았다. 선우율은 자연스럽게 손을 올리며 여유롭게 기지개를 켰다. 하지만 그 옆에 앉은 선우기억은 한없이 긴장된 모습이었다. 그의 이마에는 땀이 송골송골 맺혀 있었고, 손은 다소 경직되어 보였다. 아버지인 선우율과 함께 연주하는 순간이 그에게는 시험대처럼 느껴졌다. 또다시 실수라도 할까 봐, 그는 심장이 튀어나올 듯 요동치는 것을 억누르며 건반에 손을 올렸다.

 모차르트의 두 대의 피아노를 위한 소나타 라장조, 작품 번호 448. 첫 소절이 울려 퍼졌을 때, 기억의 손은 다소 굳어 있었지만 곧 선우율의 안정된 리듬을 따라 자연스럽게 흘러가기 시작했다. 선우율의 연주는 두말할 것도 없이 바람처럼 유려했다. 그의 손가락은 건반 위에서 춤을 추며 음악의 흐름을 이끌었다. 그의 연주는 명확하고 부드러웠으며,

감정의 물결이 마치 피아노에서부터 솟구쳐 나오는 듯했다. 선우기억은 그런 아버지를 누구보다도 가까이에서 바라보며 자신의 미숙함을 느꼈다. 선우율과의 차이가 더 명확해질수록 그의 손은 더욱 굳어졌고, 실수가 날까 두려워 더 조심스럽게 건반을 눌렀다. 그러나 시간이 지나며 기억도 서서히 자신의 자리를 찾아갔다. 비록 긴장은 풀리지 않았지만, 그 순간만큼은 아버지와의 합주 속에서 자신만의 색을 찾으려 애썼다. 끝이 다가오자 선우율은 마지막 음을 길게 여운처럼 남기며, 기억의 피아노 소리가 자연스럽게 덧입혀지도록 배려했다. 피아노 위에서 두 사람의 손이 동시에 멈추자 관중석에서는 우레와 같은 환호성이 터져 나왔다.

관중석에 있는 그 누구도 눈치채지 못했지만, 무대 아래에서 기록은 똑똑히 보았다. 기억은 고통스러워하고 있었다.

* * *

공연이 잘 마무리되자 선우율과 기억, 그리고 기록과 가족들은 절벽에 세운 집에서 다시 모였다. 선우율과 가족들은 야외에서 불꽃놀이를 즐겼다. VR로도 충분히 즐길 수 있는 놀이였지만 그들은 일부러 진짜 불꽃을 쏘아 올렸다. 캄캄한 어둠이 드리운 절벽 위 하늘을 화려한 불꽃이 수놓았다.

기록은 선우율을 물끄러미 바라보았다. 그는 진심으로 행복한 표정이었다. 그러면 그럴수록 기록의 마음은 더 착잡해졌다. 화려하게 피어올랐다가 이내 사그라드는 불꽃처럼 이 모든 순간이 꺼져버릴 것만 같았다. 그는 유전자 검사 결과가 궁금했지만 한 편으로는 두려웠다. 기록은 기억이 어디 있는지를 살폈다. 기억은 자신의 방에 틀어박혀 나오지 않은 모양이었다.

'실수한 일 때문에 신경이 쓰이는 거겠지…'

기록은 환호성을 지르는 가족들을 그대로 두고 기억을 찾아 절벽에 세운 집으로 들어갔다.

'소형 카메라를 설치해 볼까. 이 집에서 분명 무슨 일이 일어났었어. 그리고 아직도 일어나고 있을지도 모른다…'

하지만 기록의 눈에 들어온 것은 집 곳곳에 설치된 CCTV였다.

'내가 카메라를 설치하면 저 카메라에 찍히겠지…'

그가 이런 고민을 하고 있을 때, 선우율의 목소리가 바로 옆에서 들려왔다.

"형. 뭐해?"

기록은 깜짝 놀라서 목소리가 들리는 방향을 바라보았다. 다행히 선우율은 기록이 카메라를 설치할 궁리를 하는 줄은 꿈에도 모르고 있었다. 그의 표정이 너무도 무해했기에 도리어 미안한 감정이 들었다.

"밖에서 바베큐파티 하는데, 형은 안 먹어?" 선우율이 물었다.

어린아이처럼 천진한 그의 얼굴을 보고 있으려니, 기록은 그를 의심하는 게 과연 무슨 의미가 있을까 하는 생각도 들었다.

"어. 기억이랑 같이 갈게."

이렇게 말한 후 기록은 기억의 방으로 향했다.

기억은 유리창에 붙어 바깥 풍경을 바라보고 있었다. 사실은 기억 또한 불꽃놀이를 실제로 보고 싶었던 것이다.

"기억아."

기록은 기억을 조심스럽게 불렀다. 그러자 기억이 반가운 표정으로 뒤를 돌아보았다.

"아저씨?"

하지만 기억의 표정은 이내 시무룩하게 변했다. "혹시…오늘 제가 실수한 거 보셨어요?"

기록은 차마 거짓말을 할 수는 없어 고개를 끄덕였다.

"아빠는 제가 아직 세상에 나가기에는 아직 부족하다고 생각하세요." 기억이 말했다.

'VVIP들에게만 보여주는 이유가 상업적인 이유 때문이 아니라 실력 때문인 건가…'

기록은 기억과 깊은 대화가 필요했다. 추측만으로는 한계가 있었다. 하지만 섣부른 해결을 위한 질문들이 오히려 기억을 고통스럽게 하는 결과가 될까 봐 조심스러웠다.

"더 잘 칠 수 있었는데…" 아쉬움이 많이 남는 표정이었다.

손끝이 건반 위에 닿는 순간, 기억은 숨이 들이마셨다. 갈비뼈에서부터 번지는 묵직한 통증이 온몸을 감쌌다. 연주할 수 있을까, 아니, 오늘도 연주해야 한다. 피아노 의자에 앉아 등을 세우는 것조차 고통이었다. 하지만 수많은 관중이 오로지 자신을 보기 위해 모여들었다는 사실에 손가락은 이미 건반을 향해 나아가고 있었다.

첫 번째 음이 울려 퍼지자, 또다시 갈비뼈에서 짜릿한 통증이 찌르듯 일었다. 피아노 앞에서 숨을 깊게 쉬면 안 된다는 것을 깨달았다. 상체를 조금이라도 비틀면 금이 간 갈비뼈는 참을 수 없다며 신호를 보냈다. 그러나 기억은 멈추지 않았다. 통증을 의식하면서도 손가락은 본능적으로 음표를 쫓아갔다. 한 음, 두 음… 곧이어 멜로디가 차분하게 흐르기 시작했다. 마음만큼은 순간에 집중하고 있었다. 그러나 연주가 절정에 가까워질수록, 그는 몸속에서 서서히 퍼져가는 통증을 무시하기 어려웠다. 손을 들어 올릴 때마다 갈비뼈는 마치 무엇인가에 눌린 듯 아팠다.

기억은 참고 연주를 계속했다. 하지만 곧이어 깊은 호흡이 필요해질 때, 그는 잠시 멈칫했다. 숨을 들이쉬는 순간 금이 간 갈비뼈는 더욱 강하게 욱신거렸다. 순간적으로 그의 손이 미세하게 흔들렸다. 정신이 흐트러지는 순간 음은 어긋났다. 기억은 당황한 나머지 실수를 만회하려 서둘러 다시 음을 바로잡으려 했지만, 그 순간 갈비뼈가 크게 찌르듯 아팠다. 상체를 고정하려는 무의식적인 움직임이 오히려 그의 손을 망쳤다. 오른손이 음을 놓쳤고, 왼손은 지나치게 세게 내려치면서, 불협화음이 무대 위에 울려 퍼졌다.

공기가 싸늘해졌다. 관객들의 시선이 느껴졌다. 차가운 땀이 등을 타고 흘러내리고 몸은 딱딱하게 굳어버렸다.

'어떡해…어떡하지…'

백과사전과 법전을 달달 외우고 있어도 이런 순간을 위한 솔루션 같은 건 도무지 알 수가 없었다. 그때 나타난 것이 바로 선우율이었다. 그는 그의 구원자이자 멍에였다.

"실수해도 괜찮아."

기록의 목소리가 들려오자, 연주 홀에 있었던 영혼은 순식간에 방으로 돌아왔다. 기억은 자신도 모르게 몇 번이고 실수의 순간을 재생하고 있었다.

"내 도움이 필요한 일이 있으면 언제든 말해." 기록이 말했다.

그때, 창밖의 어둠이 완전히 내려앉은 하늘 위로 또다시 불꽃이 터졌다. 습한 밤공기를 가르고 번쩍이는 빛이 하늘을 물들였다. 파란 불꽃이 하늘에서 금방이라도 흩어질 듯 사라지자, 그 뒤를 이어 붉은 불꽃이 뒤따랐다. 가족들의 탄성이 곳곳에서 터져 나왔고, 기억은 손을 뻗어 그 빛을 잡으려는 듯 창문 밖을 올려다보았다.

"아저씨. 불꽃과 사람의 인생은 다른 시간대에 살고 있지만 결국 비슷한 거 아닐까요."

"비슷하다니?"

"반짝이는 듯 화려하지만 결국에는 형체 없이 사라지잖아요."

기록은 기억의 방을 살펴보았다. VR을 구현할 때 파악해 두었듯, 기억의 방에도 CCTV가 설치되어 있었다. 기록은 기억에게 VR안경을 써보라고 말했다.

'진실을 말하지 못하는 이유가 감시를 당하기 때문이라면…?'

기록은 종이와 특수 펜을 꺼냈다. 그러고는 자신도 VR모드로 전환했다. 종이 위에는 [기억아. 말로는 할 수 없는 이야기가 있다면 적어줘]라고 말했다. 펜을 든 기억의 손끝은 떨리고 있었다. 기억의 시선도 방구석에 달린 CCTV로 향했다. 여전히 자신을 감시하고 있었다. 언제나 그랬다. 말할 수 없는 모든 것들은 언제나 카메라 속 검은 눈으로 빨려들어가 아무도 모르게 묻혀버렸다. 그 눈은 기억이 무슨 생각을 하고 있는지, 어디를 보고 있는지, 심지어 숨을 어떻게 쉬고 있는지도 모두 기록하고 있었다. 그래서 기억은 침묵할 수밖에 없었다.

[적어줘]

종이 위에 적힌 말이 기억의 가슴 속을 휘저었다. 말로 할 수 없는 이
야기들이 얼마나 많았던가. 작곡 선생의 매서운 손길, 몸에 남은 멍 자
국, '이건 모두 너를 위한 일이다'라고 말하던 목소리. 그 목소리는 기
억의 내면 깊숙이 박혀 있었다. 그러나 CCTV가 모든 것을 지켜보고
있는 방 안에서 기억은 무기력할 뿐이었다.

손에 쥔 펜이 무겁게 느껴졌다. 기록이 건넨 하얀 메모지가 눈앞에서
아지랑이처럼 피어올랐다. 펜을 든 기억의 손은 메모지에 닿기 직전에
멈칫했다. '정말 적어도 되는 걸까?' 적는 순간, 자신이 감당할 수 없는
일이 일어날 것만 같았다. 선경의 얼굴이 떠올랐다. 그녀의 눈빛, 명령
을 따르지 않을 때의 무서운 결과들이 머릿속을 스쳐 갔다.

그러나 기억은 눈을 질끈 감았다. 마음속 깊은 곳에서 작은 용기가 피
어올랐다. 그동안 숨겨왔던 진실, 아무도 모르게 묻어두었던 고통, 기
록이 준 기회는 오직 지금 이 순간뿐일지도 모른다. 그는 펜을 움켜잡
고 천천히 글씨를 써 내려갔다.

[작곡 선생님이 저를 때려요]

짧은 문장이었지만 기억에게는 세상을 바꿀만한 진실이었다. 손끝은
여전히 떨리고 있었고, 메모지에 적힌 글자들은 번져가는 듯 보였다.
하지만 기억은 그 순간만큼은 처음으로 어둡고 거대한 감옥에서 탈출
하는 기분이었다. 그동안 숨죽여온 진실이 잉크로 적혀 나오는 동안,
기억은 스스로에게 조금씩 위로를 건네고 있었다. 이제 이걸 본다면,
기록이 자신을 도와줄 것이다. 적어도, 그렇게 믿고 싶었다.

메모지의 글자를 읽은 기록의 손은 떨리고 있었다. 그가 조심스레 고

개를 들었다. 기록의 눈에는 지난날이 보여왔다. 그가 피아노에 잠들어 있던 기억의 팔을 붙잡았을 때 얼굴을 찡그렸던 이유. 그것은 악몽을 꾸고 있기 때문이 아니라, 부상을 당했기 때문이었다.

기록은 당장이라도 기억의 옷을 들추고 여기저기 살펴보고 싶었다. 하지만 이 집에 CCTV를 설치한 사람이 선우율이라면 그 또한 믿을 수 없었다.

[도와줄게]

기록은 이렇게 적은 후 특수 펜으로 적힌 모든 종이를 자신의 주머니에 구겨 넣었다. 그러고는 자신의 거대한 등으로 CCTV를 등졌다. 그러자 기억은 그에게 가려졌다. 기록은 기억의 몸에 소형카메라를 부착했다. 기억은 그가 왜 자신의 몸에 카메라를 부착하는지 설명하지 않아도 이해할 수 있었다.

증거가 필요했다. 선경이 절대로 빠져나갈 수 없는 명확한 증거.

그때, 창문 너머로 선우율이 얼굴을 들이밀었다. 기록은 절대로 들켜서는 안 되는 일을 하는 사람처럼 화들짝 놀랐다. 선우율은 뭔가 귀신이라도 봤냐는 표정으로 웃었다.

"다들 안 나와?" 그는 천진난만한 표정으로 입을 뻐끔거렸다.

'다…그 여자 혼자서 한 행동이겠지.'

기록은 기억의 손을 잡고 불꽃놀이를 보러 나갔다. 기철과 희은, 그리고 선우율은 잃어버렸던 시간에 대한 보상이라도 받으려는 듯 서로의 손을 꼭 붙잡고 있었다. 또다시 하늘 위로 불꽃이 터지자, 기억은 눈을 크게 뜨고 하늘을 올려다보았다. 선우율도 "엄마, 저기 불꽃 좀 봐요!" 라고 외치며 불꽃을 가리켰다. 그 목소리에 담긴 기쁨은 오랜 기다림

끝에 되찾은 평범한 순간의 소중함을 실감하게 했다.

선우율의 손을 잡고 있던 희은의 눈가에 눈물이 맺혔지만, 그 눈물은 더 이상 슬픔이 아니었다. 재회와 안도의 감정이었다. 기철은 선우율의 어깨를 감싸며 미소를 지었고, 기만은 콧노래를 부르며 하늘을 향해 두 손을 들고 뛰어다녔다.

빨강, 파랑, 노랑… 색색의 불빛이 밤하늘을 수놓을 때마다 그들은 그 빛 속에서 함께 웃었다.

"다시는, 이 손 놓지 말자" 희은이 선우율의 머리를 쓰다듬으며 속삭였다. 그 말에 선우율은 고개를 끄덕이며 눈물을 흘렸다. 하늘의 빛도 새로 시작된 시간을 축복해 주고 있는 것처럼 보였다. 그들은 더 이상 잃어버린 시간을 돌아보지 않았다. 지금, 이 순간, 그들은 완전했다.

2049. 8. 18. 나의 기억에게

기억아. 사실은 알고 싶지 않았던, 그러나 반드시 알아야만 했던 진실을 마주한 날이다. 직접 말로 하지는 않았지만, 글씨를 쓰는 손이 벌벌 떨리더라. 눈은 공포로 가득했어.
[작곡 선생님이 저를 때려요]
그 한 문장을 적기까지 얼마나 큰 용기가 필요했을까. 얼마나 오랫동안 고통을 혼자 짊어져 왔을까? 생각할수록 숨이 막혀.

당장 옷을 걷어 올리고 상처를 살펴보고 싶었어. 약도 발라주고 싶었어. 근데 그러지 못했어. 아직은 조심스러운 단계여서. 부상이 어느 정도인지조차 가늠이 안 돼.

나 자신을 탓하게 돼. 분노를 넘어서 허탈감이 몰려왔어. 그 아이가 그런 상황에 처해 있다는 걸 난 왜 더 빨리 알아채지 못했을까? 기억이는 다양한 방법으로 신호를 보내고 있었는데. 그냥 나처럼 지난날의 트라우마에 사로잡혀 있는 거라고만 생각했어.

하지만 이제라도 내가 어떻게 해야 할지 알겠어. 그 아이의 곁에서 혼자가 아니라는 걸 알게 해줄 거야. 그리고 꼭 구해줄 거야. 그 과정에서 내가 할 수 있는 건 무엇이든 할 거야.

12. 괴물

괴물

선경의 발소리가 가까워져 오자 기억은 본능적으로 움츠러들었다. 오늘은 그녀로부터 작곡을 배우는 날이었다. 음악 창작을 위해 더 이상 물리적인 악기나 복잡한 장비는 필요하지 않았다. 이제 그는 가상현실 (VR)과 인공지능(AI)의 힘을 빌려 새로운 곡을 창조하는 연습을 해야 했다.

기억은 VR헤드셋을 착용하고 피아노 앞에 앉았다. 갈비뼈의 통증이 그를 괴롭혔지만, 그는 고통을 억누르고 작업을 시작했다. 손가락으로 건반을 누르지 않아도 손가락을 움직일 때마다 공중에는 가상의 건반이 나타나고, 음들이 그에 맞춰 기록되었다.

기억은 흥얼거리며 멜로디를 구상했고, 음성인식 기능을 작곡에 적극적으로 활용했다. AI가 실시간으로 그 음성은 인식하며 곧바로 악보로 변환되었다. "이 부분은 현악기 섹션으로 바꿔 줘,"라고 말하자, 소프트웨어는 자동으로 음색을 변환했다. "여기선 비트를 조금 더 강하게,"라고 지시하면 드럼의 패턴이 바뀌었다.

AI 어시스턴트 기능은 모든 요청을 즉각적으로 반영했다. 기억이 리

듬에 변화를 주고 싶어 "4/4 박자에서 6/8으로 바꿔 줘,"라고 말한 순간, 소프트웨어는 이미 그의 의도를 파악하고 곡을 재구성했다. 과거라면 수많은 시간을 할애했을 복잡한 코드 전환도 이제는 단 몇 초 만에 해결되었다.

또한 감정 기반 알고리즘은 그가 상상하고 느끼는 감정과 상호작용하고 있었다. 기억이 만들어내는 멜로디가 슬픔이나 분노, 혹은 기쁨을 담고 있으면, 시스템은 그것을 반영하여 악기 구성이나 음색을 제안했다. 그는 오케스트라의 모든 부분을 손쉽게 통제할 수 있었고, 한 번도 만난 적 없는 가상의 악단이 언제든 그의 명령을 기다리고 있었다.

하지만 고통은 그가 더 이상 피할 수 없는 현실이었다. 갈비뼈의 통증이 점점 더 심해지자, 그의 곡은 점점 더 우울한 무드로 쓰였다. 오른손은 더 이상 공중에서 자유롭게 움직일 수 없었다. AI는 그의 신체 움직임을 추적하며 그가 손을 내릴 때마다 잠시 멈췄지만, 통증의 방해로 인해 정교한 악상은 점차 흐트러졌다.

"뭐 하는 거야?" 선경이 날카롭게 소리를 질렀다.

그녀는 직접 제작한 몽둥이로 기억의 등을 내리쳤다. 옷더미를 뭉쳐서 철퇴처럼 만든 몽둥이였다. 겉으로 보기에는 말랑해 보이는 섬유일지라도, 한데 뭉치니 호박을 깨부술 만큼의 타격이 있었다. 멍이 들 경우 매로 맞은 것처럼 들지 않기에 그녀는 이 몽둥이를 자주 사용하였다. 방금 전의 타격으로 인해 기억의 통증은 극에 다다랐다. 결국 그는 통증을 견디지 못하고 잠시 VR에서 벗어났다. 헬멧을 내려놓고 가슴을 붙잡으며 깊은숨을 내쉬었지만, 통증은 사라지지 않았다.

기억의 머릿속엔 아직도 미완성된 멜로디가 흘러나오고 있었다. 그러나 그의 몸은 이미 한계를 넘어서고 있었다.

"또 연습하기 싫은 거니?"

"오른손…오른손이 올라가지 않아요. 선생님."

"꾀병 부리지 마." 그녀는 또다시 기억을 향해 몽둥이를 내리쳤다.

퍽! 무언가가 부서지는 듯한 소리가 기억의 내부에서 울려 퍼졌다. 갈비뼈에 새겨진 고통은 더 깊어졌다. 그는 비명을 질렀다. "아악!"

선경은 표정 하나 변하지 않고 스마트폰을 꺼냈다. 이미 한참 전에 고물이 되어버린 스마트폰이었지만 그녀는 일부러 그 기기를 사용하고 있었다. 화면을 터치하며, 선경은 몇 번의 문자를 주고받았다. 메시지 창 위로 '라르고'라는 이름이 떠올랐다.

[기억이 상태가 좋지 않아요. 더는 못 할 것 같습니다.]

몇 초 후, 라르고의 답장이 화면에 나타났다. [계속해. 끝까지]

선경의 눈이 한층 더 차가워졌다. 그녀는 메시지를 빠르게 읽어낸 뒤, 스마트폰을 주머니에 넣고는 다시 기억에게 다가섰다. 그 순간 기억은 자신의 몸에 부착된 작은 소형 카메라가 미세하게 깜빡이는 것을 느꼈다. 모든 순간이 기록되고 있었다. 그를 학대하는 선경의 얼굴과 고통에 신음하는 기억의 목소리, 그리고 그가 느끼는 절망까지 모조리 작은 렌즈 안으로 들어가고 있었다.

기억은 숨을 가쁘게 내쉬며 가슴을 붙잡았다. 갈비뼈가 너무 아파서 더는 숨조차 제대로 쉴 수 없을 것 같았다. 오른손은 힘없이 주저앉고, 다시는 건반을 칠 수 없을 거라는 생각에 가슴이 미어졌다. 그는 한때 자신의 음악이 세상을 바꾸리라 생각했다. 아버지처럼 되는 미래를 꿈꿨었다. 하지만 이제는 그가 갖고 있던 모든 희망의 불씨가 꺼져가고 있었다.

기억은 허공을 바라보며 중얼거렸다.

"아저씨. 전…모든 걸…잊고 싶어요."

* * *

어둠이 짙게 깔린 방. 기록은 오직 컴퓨터 모니터의 희미한 빛에만 의존한 채 앉아 있었다. 컴퓨터로 전송되고 있는 영상은 기억의 몸에 부착되어 있던 카메라로부터 촬영된 데이터였다. 데이터 업로드가 완료되자, 모니터에서 뿜어져 나온 빛은 이윽고 허공에 영상을 띄웠다.

영상 속에서 기억은 왼손으로 오른쪽 손목을 잡고 들어 올리고 있었다. 부상 때문에 그의 팔은 제대로 올라가지 않는 모양이었다. 영상으로 바라본 그의 몸은 유독 작아 보였고, 잔뜩 겁에 질린 표정이었다. 그리고 그 앞에는 그의 작곡 선생, 선경이 서 있었다. 선경은 몽둥이를 들더니, 그대로 기억의 어깨를 향해 무자비하게 휘둘렀다. 반동에 의해 기억의 몸이 땅으로 고꾸라지는 모습이 고스란히 영상 속에 담겨 있었다. 작은 신음 소리가 들렸고, 선경은 눈도 깜빡이지 않은 채 더 큰 소리로 소리쳤다.

"아픈 척하지 마."

기록은 눈을 질끈 감았다. 어딘가 속이 울렁였고, 숨이 막히는 듯한 압박감이 가슴을 짓눌렀다. 그동안 이 모든 사실을 몰랐다는 죄책감이, 그리고 지금은 알면서도 아무것도 하지 못하고 있다는 무력감이 그를 지배했다. 하지만 그럼에도 불구하고 보아야만 했다.

문득, 뒤에서 문이 삐걱거리는 소리가 들렸다. 기록은 반사적으로 뒤를 돌아봤다. 문틈 사이로 기만이 모든 순간을 바라보고 있었다. 여전히 그의 기억은 흐릿하고 현실을 혼동하곤 했지만, 그 순간 그의 눈빛은 생생했다.

"할아버지…"

기록은 어두운 방 안으로 들어오는 그를 바라보며 속삭였다. 기만의 눈은 영상 속 기억을 향하고 있었다. 그리고 그는 종종 그러하였듯, 크게 소리를 치기 시작했다. 그의 목소리는 거칠고 떨렸지만, 그 안에는 힘이 담겨 있었다.

"기억이를…기억이를 반드시 구해야 해!"

기록은 깜짝 놀라 기만을 바라보았다. 그의 목소리는 방 안에 가득 찼고, 하늘에서 내려온 사명처럼 느껴졌다.

"할아버지…" 기록이 입을 열었다. 하지만 기만은 그의 말을 끊었다.

"아직…아직 시간이 있다. 네가 해야 한다, 기록아. 늦기 전에. 네가 구해야 해."

기록은 가슴속에서 무언가가 와르르 무너져 내리고 있음을 느꼈다. 기록은 천천히 일어섰다. 방 안의 어둠이 그를 에워쌌다. 기만의 눈은 아직도 그를 꿰뚫어버릴 듯 똑바로 보고 있었다. 기록은 무겁게 숨을 내쉬며 결심을 굳혔다. 이제 더 이상 도망칠 수 없다. 기억을 구해야 한다. 할아버지의 외침처럼, 그 아이는 도움이 필요하다.

"알겠어요, 할아버지." 기록은 조용히 말했다. 하지만 그 목소리에는 이제 확신이 깃들어 있었다.

"반드시 구할 거예요."

기만은 조용히 고개를 끄덕였다. 그의 눈빛은 다시 흐려졌고, 잠시 후 그곳에는 다시 현실과 기억의 경계에서 길을 잃은 노인이 남아 있었다.

2049. 8. 19. 나의 기억에게

기억아. 난 그 여자를…할 수만 있다면 죽여버리고 싶어. 어떻게 어른이 되어서 아이를 그렇게 무자비하게 때릴 수가 있어. 나는 아직 부모가 되어본 적이 없지만, 그 정도는 누구나 알 수 있는 거잖아. 아이들은 우리가 지켜주고 보살펴 주어야 하는 존재야.

이제야 생각났어. 꼬마 기억이가 했던 말. 내가 모든 아이는 존중받아야 한다고 했을 때,
 [어른들이 아이를 존중하는 방식은 사람마다 다른 거 같아요]
라고 했었잖아. 그 말에 담겨있는 의미를 이제야 알 것 같아. 하지만 정선경. 그건 존중이 아니라 학대야. 신체적, 정서적 학대.

영상을 들고 바로 경찰서로 가려고 했어. 윤 경감님께서도 도움이 필요하면 언제든 연락을 달라고 하셨었잖아. 그런데…마음에 걸리는 게 하나 있더라.

아무래도…공범이 있는 게 아닌가 싶어. 그냥 과대한 해석일 수도 있는데, 누군가 정선경에게 기억이를 학대하라고 시키고 있을 가능성도 있어 보여. 일단 그 사람은 선우율에게 고용된 사람이잖아. 그리고 집안 전체에 달려있는 CCTV. 설치된 카메라의 숫자와 집요한 배치에서 어

편 의도가 있음을 느끼기에 충분했어. 물론 집을 비우는 일이 많으니까, 자신이 집을 비운 동안 기억이가 어떻게 지내고 있나 걱정이 되어서 설치했을 수도 있겠지. 의심하고 싶지는 않지만, 만약에, 만약에 말이야. 이 일에…선우율이 깊이 연관되어 있다면 어떡하지?

기억아. 난 너를 다시 만날 수만 있다면…악마에게 영혼을 팔아도 괜찮다고 생각했어. 하지만 이건 좀 다른 이야기잖아. 부모라고 해서 아이를 함부로 해서는 안 되는 거잖아. 아이들은…부모의 소유물이 아닌 하나의 인격체잖아. 아니라고 믿고 싶어. 너와는 정말 관련이 없는 이야기라고.

어떻게 하면 정선경에게서 공범에 대한 이야기를 들을 수 있을지 생각해 봤어. 그리고 나만이 할 수 있는, 나이기 때문에 가능한 일이 뭘까. 결국 나는 VR밖에 모르잖아.

그렇다면 정선경에게 내 방식대로의 공포를 보여주려고 해.

어둡고 삭막한 폐건물. 선경은 낯선 이로부터 받은 메시지에 적혀 있는 주소를 찾아왔다. 절벽에 세운 집과는 전혀 동떨어진 곳이었다.

발신자 코드도 이상했다. 다시 걸어도 받지 않는 독특한 조합의 번호였다. 다른 때 같았으면 스팸이라고 생각하고 무시했겠지만 이번에는 그럴 수가 없었다. 결코 무시할 수 없는 내용이 적혀있었기 때문이다.

[당신이 선우기억을 학대하고 있다는 사실을 알고 있다]

기록은 멀리서 그녀에게 동행자가 있는지 지켜보았다. 동행자가 있다면 공범일 게 분명했다. 하지만 선경은 홀로 온 모양이었다. 그녀는 자신을 부른 사람이 도대체 누구인지 궁금한 듯 주변을 두리번거리고 있었다.

폐건물 안쪽으로 들어가자 버려진 건물에 쌓인 먼지와 피어난 곰팡이로 인해 퀴퀴한 냄새가 그녀의 코를 찔렀다. 검은 모자를 푹 눌러쓰고 마스크로 얼굴을 감춘 기록은 그녀의 뒤로 다가갔다. 그러고는 그녀를 벽에 밀착시켜 결박했다.

"누구세요? 왜 이러세요!!"

선경은 두려움에 떨며 비명을 질렀다. 하지만 그녀의 목소리를 듣고 달려올 사람은 어디에도 없었다. 기록은 나약한 여성을 힘으로 제압한다는 데에서 죄책감을 느꼈다. 하지만 한편으로는 그녀가 기억에게 해왔던 일이 떠올랐다. 그녀가 과연 나약한 여자가 맞을까, 오히려 짐승이라고 표현하는 게 걸맞지 않을까. 기록은 선경이 뒤를 돌아보려 하자, 미리 준비해 두었던 VR안경을 씌웠다. 기존에 간소화된 안경이 아닌, 좀처럼 벗기 힘든 복면이라고 하는 표현이 더 맞아 보였다. 자기 얼굴에 무엇이 씌워졌는지 모르는 선경은 시야가 검게 차단되자 더욱 두려움에 사로잡혔다.

"이게 뭐야…뭘 하려는 거야…?"

선경은 가쁜 숨을 몰아쉬었다. 그녀는 뭔가 잘못되었음을 직감했다. 자신에게 악의를 품은 자가 같은 공간에 있다는 생각에 온몸이 떨려왔다. 그가 누구인지 짐작할 수 없는 부분도 그녀를 두렵게 하는 데 한몫했다.

"라르고…? 라르고야?" 선경이 허공에 대고 물었다. 기록은 그녀가 외치는 이름을 놓치지 않았다.

'라르고…?'

기록은 말없이 [라르고]라는 이름을 메모한 후, 구석으로 가 VR화면을 조작했다. 그러자 기억을 학대하는 선경의 영상이 공중에 나타났다. 울부짖는 기억을 몇 번이고 때리는 자신의 모습을 제3자의 입장에서 바라보게 되자 선경은 알 수 없는 묘한 기분에 사로잡혔다.

[오른손…오른손이 올라가지 않아요…선생님]

직접 들었던 말임에도 한 발자국 떨어져서 지켜보니 다르게 들렸다. 영상 속 아이는 꾀병이 아니라, 정말로 오른손에 힘이 들어가지 않고 있었다.

기록은 음성 변조기를 켰다. "왜 선우기억을 때렸지?"

VR안경을 쓴 선경에게 기록은 눈에는 보이지 않는, 목소리만 들려오는 존재였다. 기록의 목소리는 낮은 저음이었고, 괴물의 신음처럼 흉측했다. 선경은 아무런 말도 할 수 없어 침묵했다.

공간을 희미한 빛으로 채우던 기억의 영상이 꺼지자 이윽고 온전한 어둠이 찾아왔다. 선경은 숨을 죽이고 어둠 속을 바라보았다. 쿨렁거리며 액체가 차오르는 소리가 들리더니 순식간에 폐건물의 벽이 붉은 피로 물들기 시작했다. 그녀의 얼굴 위로도 검붉은 피가 떨어지고, 귓가에는 그녀를 비웃는 괴기스러운 웃음소리가 들려왔다. 피는 빠른 속도로 차올랐고, 처음에는 발목을, 그다음에는 무릎을, 그다음에는 허리 위로 차올랐다. 피의 끈적하고 축축한 감촉이 온몸을 감쌌다.

뚫려 있는 벽 안쪽으로 쿵쿵거리는 발소리를 내며 들어온 것은 천장에 닿을 만큼 몸집이 거대한 괴물이었다. 뾰족하고 날카로운 이빨이 드러난 입은 선경을 한입에 집어삼킬 것만 같았고, 뜯긴 피부가 덕지덕지 붙은 기괴한 얼굴은 칼로 도려낸 생간 같았다. 비정상적으로 긴 팔과 다리, 번뜩이는 붉은 눈은 악마의 형상을 하고 있었다. 선경은 비명을 지르며 뒤로 물러섰지만, 포박된 몸 때문에 뒷걸음질을 치는 것이 전부였다. 어느새 검붉은 피는 그녀의 가슴팍까지 차올랐다.

"안 돼! 안 돼!" 그녀는 혼신의 힘을 다해 비명을 질렀지만, 괴물은 점점 더 가까워지고 그녀의 몸은 점점 더 잠겨만 갔다.

뒷걸음질하다 막다른 벽에 다다르자 부서진 벽의 감촉이 몸을 스쳤다. 모든 냉기를 흡수한 벽은 한여름임에도 차갑게 느껴졌다. 이렇게 무서운 공간을 만든 사람은 누구일까, 누가 VR기기의 뒤에 숨어 자신을 바라보고 있는 걸까. 알 수 없는 것들에 대한 불안감이 그녀의 목을 조여왔다. 누군가가 공포 VR을 제작해 그녀의 눈을 가리고 얼굴 전체에 씌운 이유. 그것은 괴물이 들고 있는 무기에서 여실히 드러났다. 그 손에는 그녀가 기억을 학대할 때 사용했던 천 뭉치로 만든 몽둥이가

319

들려 있었다.

"왜 선우기억을 학대했지?"

또다시 기록의 변조된 목소리가 어둠 속에서 들려왔다.

"살려주세요. 살려주세요…"

그녀는 공포에 떨며 외쳤다. 그러나 돌아온 목소리에 자비는 없었다.

"왜 학대했냐고 물었어." 메마른 울림이 그녀의 귀를 파고들었다. 마치 죽음이 그녀의 귀에 속삭이는 것 같았다. 괴물은 모습을 바꾸더니 사람으로 변했다. 이 장치는 트라우마가 보이게 설정했던 프로그램의 변주였다. 사용자가 가장 두려워하는 대상이 보이게끔 되어있었다.

"지은아…? 지은가 왜 여기에…"

괴물의 얼굴은 그녀의 어린 딸로 변했다. 선경이 가장 두려워하는 대상은 다름 아닌 그녀의 딸이었다.

"지은이?" 처음 듣는 이름이 나오자, 기록은 그 이름을 따라 하듯 중얼거렸다.

"당신…우리 지은이를 어떻게 알고 있어? 당신 뭐야!!"

공포는 분노로 바뀌어 있었다. 낯선 이가 만든 VR에 친딸의 얼굴이 등장하자 그녀는 딸을 가지고 협박을 하는 것으로 오해했다. 기록은 그녀가 보고 있는 영상을 같이 보기 위해 자신의 콘택트렌즈를 VR모드로 전환했다. 단, 모드를 전환하더라도 선경의 눈에는 기록이 보이지 않도록 세팅되어 있었다.

괴물의 얼굴과 그 얼굴을 바라보는 선경의 반응으로 미루어 짐작하건데, 그녀가 생각하는 [공포]는 다른 개념의 것이었다. 그녀의 딸 지은이는 그녀에게 있어 [너무 소중하기에 오히려 두려운] 존재였던 것이다.

320

"자기 딸은 소중하고. 남의 자식은 소중하지가 않나? 넌 예전부터 그
랬지."

"예전부터…?"

"다른 사람의 창작물도 함부로 했잖아. 안 그래?"

이렇게 말을 해 놓고, 기록은 '아차' 싶었다. 너무 많은 정보를 주면 도
리어 선경이 자신의 정체를 간파할 가능성이 있었다.

시간이 흐르자 세팅 값에 따라 어둠 속에서는 또 다른 괴물들이 나타
나기 시작했다. 괴물들은 언제라도 그녀를 덮치고자 주위를 서성거렸
고, 출렁거리는 핏물은 어느새 목까지 차올랐다. 몰려오는 공포에도 선
경은 딸의 얼굴을 바라보며 정신을 똑바로 차리고자 숨을 몰아쉬었다.

"나… 나도 어쩔 수 없었어… 그가 시켰어! 그 사람이…!" 선경은 떨리
는 목소리로 변명했다. 몸은 땀에 젖어 흥건했고, 그녀의 심장은 폭발
할 것처럼 빠르게 뛰고 있었다.

'정말 혼자만의 짓이 아니었던 건가…' 기록은 생각했다.

"누가 시켰지?" 변조된 목소리로 차갑게 되물었다.

"그건…" 선경은 망설였다. 어디까지 말 해도 좋을지 알 수 없었다.

기록은 어쩔 수 없이 그녀에게 다가갔다. 허공에 발걸음 소리만이 울
리자 선경은 다시 긴장했다. 기록은 선경의 멱살을 잡았다. 갑작스럽게
가해진 물리적 힘에 선경은 신경이 곤두섰다.

"사실대로 말하지 않으면 난 때리는 걸로 끝나지 않아. 죽여버릴 거
야."

"지켜야 할 게 있어서 그래…"

"지켜야 할 거?"

기록은 그녀가 보고 있는 환영 속 지은이의 얼굴을 바라보았다. 그러고는 자신의 진심과는 다른 말을 내뱉었다.

"기억이한테 함부로 하면…지은이도 무사하지 못할 거야."

선경은 허공을 바라보며 눈물을 흘렸다. 지은이가 그녀의 아픈 손가락인 모양이었다.

"라르고… 라르고라는 사람이 시켰어. 나한테 돈을 주고… 내가 그 명령을 따르지 않으면…" 선경의 목소리는 점점 더 약해지고 있었다. 숨이 막힐 듯이 공포가 그녀를 덮쳤다.

"라르고? 라르고라는 사람이 너에게 그랬다는 증거가 있어?"

선경은 머릿속이 뒤엉켰다. 라르고. 그는 기억을 학대하게 한 장본인이 맞았다. 그녀는 모든 정황을 이제껏 누구에게도 털어놓은 적이 없었다.

"어느 날 다이렉트 메시지가 왔어… 근데 난 그 사람을 만나지도 못했어. 난… 난 그냥 시키는 대로 했을 뿐이야." 그녀는 눈물에 젖은 목소리로 대답했다. "그 사람이…시키는 대로 하지 않으면 돈을 더 이상 줄수 없다고 했어."

"돈이 그렇게 중요해?"

어느덧 핏물은 선경의 입 아래까지 차올랐다. 가끔씩 울컥울컥하고 그녀의 입속으로 피가 들어갈 때면 혀끝에서 피 맛이 느껴졌다. 가상의 영상이라고 하기에는 너무도 생생했다.

기록은 장치의 설정을 바꿔 그녀에게 자신이 보이도록 했다. 단, 그녀에게는 기록이 새롭게 등장한 괴물 중 하나로 보이고 있었다. 기록은 그녀가 자주 사용하던 천 몽둥이를 들고 괴물에게로 향했다. 아이의 얼굴로 변한 괴물은 핏물 속을 허우적대고 있었다.

"안돼. 그만둬. 지은아. 지은아…!!"

선경은 현실과 가상을 구분하지 못한 채 비명을 질렀다. 이것은 기록이 계획했던 공포는 아니었다. 하지만 기록은 선경을 바라보며 사람이 느끼는 공포에도 다양한 종류가 있다는 것을 알게 되었다. 지키고 싶은 것을 지킬 수 없는 순간이야말로 거대한 공포를 느낄 수 있다는 것.

선경의 입속으로는 핏물이 차오르고 있었지만 그녀는 개의치 않고 지은이를 바라보았다. 기록은 자신들을 에워싼 피가 사라지게 했다. 그러자 코끝까지 차올랐던 피는 순식간에 사라지고 지은이는 두 발로 땅 위에 섰다.

"자. 지금부터 사실대로 말하지 않으면…난 지은이를 때릴 거야." 기록이 말했다. "네가 기억이한테 했던 것처럼."

"어차피 가짜잖아." 선경이 날카롭게 말했다. "그건 지은이가 아니잖아."

"그래?" 기록은 잠시 침묵하더니 잔인한 미소를 지으며 선경을 바라보았다. "진짜 지은이도 이렇게 만들 수가 있어. 미리 봐 두는 것도 좋겠지." 기록은 선경을 협박하기 위해 마음에도 없는 말을 내뱉었다. 스스로가 혐오스러웠지만 그로서도 어쩔 수가 없었다. "너도 기억이를 때리는데, 나라고 안 돼?"

기록은 다시 영상을 틀었다. 기억이 비명을 지르며 쓰러지는 장면이었다. 그녀가 기억을 때리고, 발로 차차 그가 고통 속에 울부짖는 장면. 그 순간. 기억의 얼굴이 지은으로 변했다. 그녀가 가장 소중히 여기는 것으로 보이도록 세팅이 되어있었고, 공교롭게도 그녀가 가장 소중히 여기는 것은 공포의 대상과 동일했다.

 연달아 이어지는 학대에 선경은 비명을 질렀다.

 "안 돼! 지은이는…"

 "이제 알겠지." 변조된 목소리는 차분하고 잔인했다. "네가 한 일. 네가 책임을 져야 해."

 선경은 바닥에 무릎을 꿇고는 온몸을 떨었다. 그녀는 현실과 허상의 경계가 무너진 공포 속에서 처절하게 무너져 내리고 있었다.

 "돈이 필요했어. 지은이…내 딸이 소아암에 걸렸어." 그녀는 당장이라도 울음이 터져 나올 것 같았다. "치료비가 많이 필요했어. 정말 많이." 선경은 고개를 숙인 채 계속해서 말을 이었다. "처음에는 나도 기억이를 때리는 게 싫고 무서웠어. 라르고는 나한테 아이를 때려본 적이 있냐고 물었어, 매나 몽둥이를 갖고 있냐고. 근데 없어서…그래서 때릴 수 없다고 했더니, 어느 날은 주소를 어떻게 알았는지 몽둥이가 배달되어 왔어. 처음에는 발바닥같이 혈액순환에 좋은 곳만 때리라고 했어. 그래서 나도 살짝만 때리거나 때리는 시늉만 하기도 했어. 근데 언제부터인가 때리는 모습을 촬영해서 보내라고 했어."

 "촬영해서 가지고 있어?"

 선경은 고개를 끄덕였다.

 "그럼…주고받은 문자는?"

 "다 갖고 있어. 지금 보여줄 수도 있어."

 그녀는 고개를 들고 기록을 바라보며 말했다. 그녀의 눈에는 여전히 괴물로 보였지만, 줄곧 누구에게도 털어놓지 못했던 진실을 들어주는 유일한 인물이었다. 그리고 그녀는 그가 자신과는 달리 정의로운 사람임을 깨달았다. 자신을 공격할 수 있는 상황에서도 겁만 주고 있을 뿐이었다. 그렇다면 어쩌면 그가, 어둠 속으로 떨어진 자신의 영혼을 구해줄지도 모른다.

"지은이를 위해서였구나…" 기록은 한숨을 내쉬었다. "하지만 그렇다고 해서 그동안 기억이한테 했던 걸 용서받을 수는 없어."

"알아…나도 알아. 근데 라르고를 통해서 지시를 내리는 누군가가 있어. 자기 손에는 피를 묻히고 싶지 않은 사람."

기록이 줄곧 궁금해하던 부분이었다.

"그게 누구야? 라르고는 누구의 명령을 받았지? 누가 이 모든 것을 계획했어?"

"난 그게…선우율이라고 생각해." 선경이 말했다.

"선우율…? 그 사람은 기억이의 아빠 아니야…?"

"생각해 봐. 절벽에 세운 집. VVIP 콘서트. 아무도 모르는 피아니스트. 그리고…그 집에서는 모든 순간을 감시하고 있어."

선경이 선우율이라고 확신한 것은 그가 지은이의 병동을 찾았을 때였다. 그날도 선경은 여느 때처럼 병원 복도를 조용히 걸어갔다. 지은이가 입원한 병동은 언제나 차분했지만, 그 차분함이 불편하게 느껴지는 나날도 많았다. 오늘은 특히 더 그랬다. 문을 열고 병실에 들어가자, 몇몇 병동 직원들과 함께 선우율이 서 있었다. 그는 언제나 선경에게 '기억이를 잘 돌봐주시고 가르쳐주셔서 고맙습니다'라고 말했다. 항상 차분하고 깔끔한 모습을 유지하는 남자였지만, 그가 이곳에 와 있는 이유가 그녀를 불편하게 만들고 있었다.

"지은이는 좀 어떤가요?" 선우율이 온화한 미소를 지으며 물었다. 그는 질문을 했지만 대답은 듣지 않았다. 애초에 궁금하지도 않은, 그저 형식적인 질문일 뿐이었다. 지은이를 바라보며 그는 자신과 동행한 기자들을 향해 고개를 끄덕였다. "이 병동에 후원을 하고 싶습니다. 어린이들이 더 좋은 치료를 받을 수 있도록 말이죠."

선경은 짧게 감사하다는 인사를 하고 침묵 속에서 그 장면을 지켜보았다. 선우율은 병실에서 아이들과 부모들을 하나하나 챙기며 사진을 찍기 시작했다. 카메라가 지은이를 비추자, 선경은 심장이 내려앉는 기분이 들었다. 지은이는 작고 말랐으며, 머리카락은 항암 치료로 모두 빠져 있었다. 아이는 아픈 와중에도 선우율의 미소에 억지로 웃으려 애쓰는 듯했다. 지은이는 자신의 모습을 아무에게도 보여주고 싶지 않아 하는, 부끄러움이 많은 아이였다.

선경의 마음은 복잡하게 얽혔다. 그는 자신의 딸을 후원하겠다고 나선 선우율에게 고마워해야 마땅했다. 지은이의 치료비를 대줄 사람은 애초에 없었고, 선우율의 후원은 지은이를 살릴 중요한 기회였다. 하지만 그가 아이들과 함께 찍은 사진을 볼 때마다 마음 한편에서는 이상한 감정이 밀려왔다. 그 미소 뒤에 숨겨진 의도가 너무나 명백해 보였다. 빈곤 포르노. 그 단어가 떠올랐다. 선우율이 후원을 하는 목적이 정말로 아이들을 위한 것일까, 아니면 자신의 명성을 쌓기 위한 것일까? 선경은 더 이상 그가 고귀한 후원자로만 보이지 않았다. 카메라 렌즈는 그들의 고통을 담고 있었고, 그 고통은 그를 미화하는 데 사용될 것이 분명했다. 선경은 셔터 소리가 들릴 때마다 가슴이 조여들었다. 이건 자선이 아니야. 그저 자신을 드러내기 위한 쇼일 뿐이야. 그녀는 속으로 그렇게 생각했다. 그 미소 뒤에 감춰진 탐욕과 자부심이 보이는 것 같았다.

 하지만 선경은 아무 말도 할 수 없었다. 자신의 딸이 생명을 걸고 치료받는 이 병동에서, 지금은 그저 선우율의 후원에 감사할 수밖에 없었다.

'이런 생각은 잘못된 거야. 마음을 고쳐먹어야지…고마운 분이잖아…'

 사진을 다 찍은 선우율이 이만 돌아가겠다고 하자, 선경은 지은이의 곁에 앉아 선우율을 향해 짧게 고개를 숙였다. 하지만 그 고개 숙임 속에선 감사보다는 모멸감이, 그리고 부끄러움이 더 크게 자리 잡고 있었다.

 잠시 후, 인터넷 신문에는 선우율이 소아암 병동을 후원하고 있다는 내용이 올라왔고, 선우율과 지은이가 함께 찍은 사진이 메인으로 크게 실려 있었다. 선경은 사진 속에서 억지로 미소를 짓고 있는 지은이를 내려다보며 화면 위로 눈물을 떨어트렸다.

"어쩌면 선우율 뿐만 아니라 더 많은 사람들이 얽혀있을지도 몰라."

선경이 기록을 향해 말했다. "VIP들이 연관되어 있을 거야. 기억이가 콘서트를 열 때마다 찾아왔던 사람들. 그냥 VIP도 아니야. 6개의 등급 중에서 최상위 등급의 사람들. 백화점에서 연간 수억씩 쓰는 사람들이 모였어. 그 사람들이 그 어린아이를 자신들만 소유하겠다고, 세상에는 없는 존재로 만들었어."

"그게 누구든, 몇 명이 얽혀 있든 상관없어. 나랑 같이 가자."

"어디를…?"

"자수해. 증거가 많잖아. 라르고와 주고받았던 메시지. 라르고에게 전송했던 학대 영상들."

"안 돼."

선경은 자수라는 말에 덜컥 겁이 났다. "제발 부탁이야. 모른 척해
줘."

"어떻게 모른 척을 해. 걱정하지 마. 아무리 많은 사람이 얽혀 있어도
이렇게 많은 증거가 있으면…"

"그게 아니야." 선경이 다급한 목소리로 기록의 말을 잘랐다. "지은이
때문에 그래. 내가 없으면…그 돈이 없으면 우리 지은이는 정말 죽어.
우리 딸이 나을 때까지만…그때까지만 기다려줘. 그럼 내가 모든 벌…
다 받을게. 정말이야."

"제 자식은 그렇게 소중하면서…"

"아니야. 사실은 기억이한테도 그러고 싶지 않았어…내가 동요 만드
는 거. 그거 상 받는다고 큰돈이 되고 그런 거 아니야. 난 정말…아이들
을 사랑해."

위선적으로 들렸다. 하지만 선경의 말을 듣고 보니 그녀의 사정도 완
전히 무시할 수는 없겠다는 생각이 들었다. 일단 얻고자 하는 정보는
다 얻었다는 생각에, 기록은 선경의 뒤로 다가가 그녀가 쓰고 있던 VR
기기를 벗겼다. 선경은 이 모든 것의 설계자가 누군지 돌아보려 했다.
하지만 기록은 "돌아보지 마."하고 말했다. 여전히 음성변조가 되어 있
는 목소리가 들려오자 공포를 느낀 선경은 정면만을 바라보았고, 기록
은 이 틈을 타 현장으로부터 재빨리 도망쳤다.

2049. 9. 20. 나의 기억에게

기억아. 세상에 가치가 있는 VR만을 만들겠다고 다짐했었는데, 이번에 내가 만든 것은 지난번에 만들었던 트라우마 시스템을 역이용한 것이었어. 치료가 아닌 공포를 목적으로 한 작품을 위해 많은 시간을 허비하고 말았다. 제작 기간 동안 나도 괴로웠어.

하지만 원하던 대답을 어느 정도는 얻어낸 것 같아.
라르고라는 사람이 정선경을 조종하고 있었어. 왜 본인이 직접 나서서 때리지 않고 뒤에서 정선경을 조종하고 있는 건지에 대해 이유를 생각해 봤어.

전쟁에 나간 군인들은 사람을 쏴 죽인 후 외상 후 스트레스에 걸린다고 해. 죽인 대상이 민간인이거나, 실제로 위협이 되지 않는 대상이면 더욱 극심하대. 어린아이, 여성, 노인과 같은 무고한 민간인을 대상으로 한 살상일 경우 말이야. 그래서 테러리스트들이 주로 사용하는 잔인한 전술 중에는 인간 방패를 만드는 경우도 있다고 들었어. 폭탄을 어린아이에게 들고 나가게 하는 거야. 총으로 쏘지 못하게.
 자신의 손에 피를 묻힌다는 것은 많은 정서적으로나 사회적으로 많은 리스크를 감당하게 되는 거지. 그래서 만들어진 게 폭격이나 공습, 지뢰, 독가스 같은 화학무기라고 하더라.

그러니까 결론적으로, 비겁한 누군가가 뒤에 숨어서 라르고에게 지시를 하고, 라르고는 다시 정선경에게 동일한 지시를 하는 형식으로 기억이를 학대하고 있었던 거야. 일단 라르고가 누구인지를 알아내는 게 먼저겠지. 사실 나도 정선경도⋯선우율을 의심하고 있어. 정확한 증거도 없이 그러면 안 되는 거겠지만. 부디⋯아니었으면 해. 요즘 선우율이 우리 집에도 놀러 와서 시간을 많이 보내고 있는데, 엄마 아빠도 정말 행복해 보여. 할아버지만 간혹 정신이 오락가락하셔서 기억이를 찾아야 한다고는 하지만.

지금 한 가지 고민이 되는 건⋯차라리 처음부터 모든 것을 경찰에게 털어놓는 게 어떨까⋯하는 거야. 경찰이 수사를 한다면 내가 하는 것보다 더 명확했을까? 일단 나에게 있는 증거는 정선경이 기억이를 학대하는 영상, 그리고 정선경이 VR을 썼을 때 나와 대화했던 영상이야.

다만 한 가지 걸리는 점은⋯내가 정선경에게 했던 행위도 어떻게 보면 범죄처럼 보일 수 있을 것 같아서. 결국 경찰에게 떳떳하게 보여줄 수 있는 건 기억이가 학대를 당하는 영상뿐일 것 같은, 그런데 이것만으로 얼마만큼 사건이 해결될 수 있을지 잘 모르겠어.
일단 윤 경감님을 좀 만나보려고 해. 지난번에 말씀하셨던 DNA 검사 결과도 줄곧 회피하고는 있었지만⋯이제는 현실을 직시해야겠지.

가을의 냄새가 창가로 스며든 오후. 희은과 기철은 새로 들여놓은 피아노에서 흘러나오는 소리에 귀를 기울이고 있었다. 눈물이 앞을 가릴 정도로 가슴 벅찬 연주였다. 그들이 바라본 곳에는 피아노 앞에 앉아 있는 한 남자가 있었다. 행복한 순간을 음악으로 바꾸고 싶었던 그는 선우율이었다. 어린 시절, 엄마의 자장가를 따라 흥얼거리던 아기의 음성이 이제는 성숙한 피아노 연주가 되어 돌아온 것이다.

희은은 믿을 수 없는 듯, 선 자리에서 한 발짝도 움직이지 못한 채 그의 얼굴을 응시했다. "율아…" 떨리는 목소리로 그의 이름을 부르자, 그가 천천히 희은을 향해 고개를 돌렸다. 그의 손가락은 여전히 연주를 이어가고 있었지만 희은을 바라보는 눈빛은 마치 오랜 세월을 기다려 온 사람을 마주하는 듯한 따스함으로 가득 차 있었다.

"엄마, 아빠,"

선우율이 수줍게 엄마와 아빠를 불렀다. 그의 목소리는 어린 시절과는 달리 성숙했지만, 그리웠던 아이의 목소리와 닮아 있었다. 기철은 한참 동안 선우율의 얼굴을 보고 또 보았다. 눈물로 흐려진 그의 시야 너머로 보이는 것은 그가 그토록 그리던 아들이었다.

희은은 선우율에게 다가가 말없이 꼭 끌어안았다. 기철은 조용히 뒤에서 그 장면을 지켜보았다. 오랜 상실과 고통의 시간을 견뎌낸 후 비로소 가족이 하나가 된 순간이었다.

피아노 건반 위로 섬세한 손길이 다시 이어지자, 거실은 콘서트홀이 되었다. 기록은 먼발치에서 이 모든 모습을 묵묵히 바라보았다.

"형."

피아노를 치던 선우율은 그런 기록을 발견하고는 오른손을 흔들었다.

"요즘 형, 잘 나가더라? 인터뷰도 많이 들어오지 않아?"

국제 아티스틱 어워즈에서 대상을 받은 후, 기록은 각종 매체로부터 인터뷰나 출연 권유를 받고 있었다. 하지만 기억의 일을 해결하고 싶은 마음에 모든 것을 고사한 상태였다.

"어. 잠깐 다른 일 좀 하느라고."

"지금을 즐기는 것도 좋지 않겠어?"

선우율은 조금 서운한 표정을 지었다. 자신이 돌아왔음에도 어쩐지 형이 자신을 반겨주지도 않고, 관심도 없는 것처럼 보였다. 그 속에 감춰진 낯섦과 짙은 의심에 대해서 안다면 그는 어떤 기분이 들까.

"금방 다녀올게."

기록은 이 순간에도 기억이가 걱정되었다. 선우율이 자신의 집에 머무는 시간이 길어지고 있었다. 그것이 부모님에게는 좋은 일이었지만, 그만큼 기억이가 혼자인 시간이 길어진다는 뜻이기도 했다. 기철과 희은은 집에 올 때 기억이와 함께 오면 좋지 않겠냐고 몇 번이고 물었지만, 그때마다 선우율은 '기억이를 돌봐줄 사람이 있어서요.' '기억이는 피아노 연습을 해야 해서요.'라고 말하며 거절할 뿐이었다.

* * *

기록이 향한 곳은 윤이 근무하는 경찰서였다. 경찰서의 연구실에서 윤은 DNA 샘플을 분석하는 로봇 기술자들을 지켜보고 있었다. 선우율의 DNA 검사 결과는 이미 한참 전에 나와 있었다. 윤은 DNA 검사 결과를 찾아 모니터에 띄웠다. 화면에 표시된 분석 결과는 많은 것을 말해주고 있었다. 이미 답은 나와 있는데도 긴장이 되었다. 기록이 곧 도착한다고 하자 그는 모든 신경이 바짝 곤두섰다.

윤은 경찰서 복도 끝에 앉아 있는 기록을 멀리서 바라보았다. 평상시에도 쉬지 않고 일을 하는 성격 때문인지 많은 피로가 쌓여 있었지만, 무엇보다도 지금 그의 심장이 빠르게 뛰는 것은 기록에게 전해야 할 진실 때문이었다. 기록은 오랜 세월 동안 자신을 따라다니던 죄책감으로 인해 그늘 속에서 살아왔고, 그와 동생에게 벌어진 일은 미제사건으로 남아있었다.

윤은 깊은숨을 내쉬고는 기록을 향해 다가갔다. 기록은 머리를 숙인 채 자신의 손을 바라보고 있었다. 요즘은 메모를 하는 강박으로부터 조금 자유로워져서인지 손에 난 병도 많이 회복된 기분이 들었다.

"한기록."

자신의 이름을 부르는 목소리에 기록은 천천히 고개를 들었다. 그의 눈은 윤을 바라보았지만, 그 안에는 두려움과 기대가 뒤섞여 있었다.

윤은 기록의 옆에 나란히 앉았다.

"안 오는 줄 알았네."

"죄송해요. 그동안 많은 일이 있었어요."

"그래. 바빴을 수 있지. 검사 결과. 어땠을 거 같아?"

〈 2권으로 계속 〉

333

감사의 글

감사의 글

2024. 09. 30. 나의 독자에게

 글을 쓴 지 좀 되었는데 출판은 처음이네요. 저의 첫 번째 책을 읽어주신 독자님께 감사드립니다. 누군가는 저에게 '실물 책을 내지 않으면 진정한 작가가 아니다.'라고 했었습니다. 그런데 저는 글쓰기는 한국방송작가협회에서 드라마로 처음 접했고, 그 후에는 뮤지컬, 그다음에는 웹소설을 쓰다 보니 좀처럼 책을 낼 기회가 없었습니다. 실물 책 같은 건 없어도 아무 상관이 없다고 생각했는데, 사실은 그 말이 줄곧 저를 따라다녔나 봅니다. 이제는 제가 진정한 작가가 된 거냐고 묻고 싶네요(웃음)

지난날 동안 저는 '진정한 작가'가 무엇인지에 대해 치열하게 고민했었습니다. 처음 시나리오를 배우던 시절의 저는 '재미'가 가장 중요했습니다. 재미가 없으면 애초에 사람들이 관심조차 주지 않을 것이라고요. '상업성'이 중요하다고 생각했습니다. 그런 저에게 첫 번째 선생님은 천재라 말했고, 두 번째 선생님은 당장 때려치우라고 했습니다.

 누가 어떤 말을 하건, 그저 묵묵히 글을 썼습니다. 글은 저에게 때려치울 수 있는 종류의 것이 아니었습니다. 이 소설 속 한기록처럼, 글을 지면 위에 풀어내야만 직성이 풀리는 것이었습니다. 제가 글을 택한 게 아니라, 글이 저를 택했다고 할 만큼 머릿속에는 언제나 글에 대한 생각이 가득했습니다. 글을 쓸 기회가 주어지기만 한다면, 그것이 제가 생각하기에 재밌는 상상이라면, 열정페이라고 할지라도 마다하지 않고 집필을 했었습니다. 한때는 주 7일을 제대로 잠들지 못하고 뮤지컬을 쓰다가 대상포진에 걸리기도 했습니다. 의사 선생님께서 "도대체 무슨 일을 하시길래 이 젊은 나이에 대상포진에 걸리신 겁니까?"라고 물었습니다. 그만큼 글을 통해 또 다른 세상을 창조하는 것에 진심이었습니다.

 그런데 그렇다고 해서 진정한 작가가 되었냐고 묻는다면, 그건 저 스스로 답할 수 있는 것이 아닌 것 같습니다. 최선을 다해 글을 써도 혹평을 받거나, 무명작가 취급을 받으며 포스터에도 이름이 없거나, 수시로 양도 계약서를 받거나, 때때로 자신의 창작물을 누군가에 의해 도난당하기도 하는 것. 그 모든 것을 각오해야만 하는 게 작가의 길이었습니다. 그럼에도 불구하고 저는 앞으로도 진정한 작가가 되고자 글을 쓰고, 쓰고, 또 쓰겠지요.

 몇 년 전부터 제가 가장 중요하게 여기게 된 것은 '메시지'였습니다. 작가는 참 바보 같은 직업인 것 같습니다. 한 줄로 요약할 수 있는 메시지를 굳이 몇십, 몇백 페이지에 걸쳐 돌려서 말해야 하는 사람이니까요. 절대로 주제를 대사로 언급하지 말 것. 그리고 그 내용은 설득력을 지녀야 하며, 독자들이 이해하기에 너무 어렵지 않아야 할 것. 그 대신 스토리가 끝났을 때는 한 줄로 적힌 글과는 비교도 안 될 만큼 커다란 영향력이 있을 것.

하지만 가끔은 그날, 대상포진에 걸렸던 제가 지금의 저에게 말을 걸어오는 것 같습니다. "노력해도 어차피 아무도 알아주지 않을 거잖아."
사실 저는 재작년에 작가를 그만두려고 하였습니다. 그런데 제가 쓴 뮤지컬을 보고 우는 관객들을 보게 되었습니다. 그리고 그 모습을 보며 저는 또다시 펜을 들었습니다. 누군가를 글로 울릴 수 있다면, 그리고 나의 기록이 서점 어딘가에서 누군가의 책장으로, 누군가의 가슴으로 가 깊이 남을 수 있다면. 그것은 작가로서 매우 유의미한 인생이 아닐까요.

저의 첫 출판물을 읽으신 독자님. 진정한 작가인가는 결국 독자가 정하는 것입니다. 그러니 부디 앞으로도 저의 작가로서의 여정을 함께해 주셨으면 합니다. 작가는 오랜 시간 책상 앞에 앉아 캐릭터와도, 스스로와도 많은 대화를 나눠야 하는 고독한 직업입니다. 그러니 응원의 손길들이 있다면 외롭지 않겠지요. 사실 지금까지도 그런 고마운 존재들이 있었기에 여기까지 온 거라고 생각합니다. 초등학교 시절로 거슬러 올라가자면, 제가 쓴 시를 멋지다며 벽에 걸어줬던 선생님. 그게 시작이었던 것 같네요.

추신 : 작품 속 선우기억이 작곡하고 연주하는 피아노곡 '달빛을 기다리며'를 직접 들으실 수 있도록, 책 뒷날개에 큐알을 넣어 두었습니다. 곡을 듣는 모든 이들의 마음에 달빛이 내리기를 기도하겠습니다.

감사합니다.

no. _____

절벽에 세운 집

초판 1쇄 발행 2024. 09. 30.
ISBN : 979-11-988959-1-2 03810

지은이 유주애
펴낸곳 바다주
출판등록 제 2024-000029 호
주소 서울특별시 동대문구 이문로 107 한국외국어대학교 120호

출판사 이메일 yja002@gmail.com
Instagram 작가 계정 @juae_yu
출판사 계정 @badaju_story

표지 일러스트 페퍼밀 @a_pepper_mill
표지 디자인 백일 @1ove.0f.1oves

*본 도서는 서울시캠퍼스타운 사업의 지원으로 창업하여 제작되었습니다.